講談社文庫

邪魔(上)

新装版

奥田英朗

JN054392

講談社

目次

邪魔(上)

1

深夜の繁華街に二サイクル・エンジンの甲高《かんだか》い音が響いている。

マフラーを外した排気音は左右の建物に反射して、まるでステレオのように渡辺裕《わたなべゆう》輔《すけ》の鼓膜を震わせた。

うしろからはパトカーが追いかけてくる。赤色灯が辺りを間欠的に照らし、ちらりと横を向いた洋平《ようへい》の頬を赤く染めていた。

サイレンは鳴っていない。鳴らせばいいのにと裕輔は思った。そのほうが注目が集まる。通行人はまばらだが、道端のあちこちには若い女たちがしゃがみこんでいる。あの女たちにもっとアピールしたかった。

「前のスクーター、ただちに停止しなさい」パトカーの拡声器から低い声が発せられる。

ナンバープレートは折り曲げてあるし、そもそも無灯火なので、スクーターで足がつくことはない。

「前の三人、危険だから停まりなさい」

「誰が停まるか、バーカ」

背中で弘樹《ひろき》が怒鳴りかえしたら、「コラ。前の三人、いいかげんにしろよ」と、警官の口調がいきなり荒っぽくなった。

裕輔の前にはハンドルを握る洋平。背中には弘樹がしがみついている。

「おい。コケるなよ」洋平に言った。

「まかせとけって」威勢のいい声が返る。

スクーターの三人乗りはもう慣れっこだ。背中を丸めないで、三人揃って反《そ》っくりかえるのがコツだ。足はやじろべえのように両側に遊ばせる。そうするとバランスがとれる。

午前零時過ぎ、洋平のスクーターに三人で乗りこんだ。裕輔もスクーターを持っているのだが、ノーマルのおとなしいやつなので暴走には向かない。それに三人乗りの方が目立つし楽しい。繁華街を一周したところで巡回中のパトカーに見つかった。

「ヒュー」洋平と弘樹が奇声をあげ、裕輔も続いた。体温が一瞬にして上がった気がした。これで今夜の自慢話がひとつできる。

スクーターは街灯をかすめるようにして角を曲がった。この先には遅くまで営業しているドラッグストアがあり、その前には同じ年代の男女がたむろしている。

洋平もコースは考えているのだろう。田圃道《たんぼ》を走ったって面白くもなんともない。スピードを緩めパトカーを引きつけた。車間距離が縮まる。

「前の三人、左に寄りなさい」

狙いどおり馬鹿な警官が拡声器でわめいた。周囲の人間がなにごとかと視線をくれる。見られている快感が全身を駆けぬけた。

ドラッグストアの前にさしかかり、ここぞとばかりに洋平がアクセルを吹かした。裕輔と弘樹が歩道に向かって親指を立てる。十数人いる男女からやんやの歓声があがった。何人か顔見知りもいた。ステージで拍手でも浴びている気になった。

「もう一周しようぜ」弘樹が凄むように言う。

「もういいんじゃねえの。あのパトカー、応援呼んでるかもしんねえし。一旦路地に入ろうぜ」裕輔が答えた。捕まっては元も子もないし、停学常習者としてはそろそろ学校も心配だ。

「なんだよ。お巡りなんかどってことねえよ」

「じゃあ、どっちでもいいけど」

「裕輔、びびってんじゃねえのか」振り向いて洋平が言う。

「そんなことねえよ」むきになって言いかえした。

反対する者がいなくなり、もう一周した。

ドラッグストアの前ではギャラリーからさらなる歓声を浴びた。女たちの上気した顔が目に飛びこむ。やってよかったと裕輔は思った。パトカーは相変わらずあとをついてくるだけだ。

「おい、『白木屋』の脇に入れ」

弘樹が大声を出し、洋平が「わかってるって」と左手をあげた。

車が入ってこられない路地だ。先輩からパトカーの追跡は五百メートルまでと聞いたことがある。事実かどうか知らないが、ここいらの警察は無理な追跡はしてこない。事故を起こされることのほうが怖いのだろう。

「さっきタケ坊の女がいたぞ」洋平が言った。

「見た見た。女子商の一年だろ」裕輔が答える。

「あの女、そこらじゅうの男に喰われてるぞ」三人で笑った。

スクーターは裏道を右へ左へと走った。パトカーはあっさりと追跡を諦めたようだ。東京都下のしょぼい繁華街だから、一ブロックも走ればすぐに住宅街だ。もはや観客がいないのでスピードを落とし、いつもの公園に向かった。市のスポーツセンターと並んでいて、校庭ほどの広さがある。

途中、自販機でスポーツドリンクを買った。

スクーターで公園の中まで入り、三人で芝生《しばふ》に腰をおろした。

缶のプルトップを引き、一気に流しこむ。一息ついたところで、三人は競うようにしてたばこに火を点けた。

夜露を吸って芝はかすかに湿っている。寝そべると地面から冷気が伝わった。

「さっきのタケ坊の女な」洋平が口を開いた。「木下先輩にも喰われたってよ」

痩《や》せぎすの洋平は薄い髭《ひげ》を無理に伸ばしている。ちょっと見は栄養不足で目つきの悪いヤギといったところだ。

「木下って、四中にいた一個上の人か」と弘樹。

反対に弘樹はデブだ。頭を五分刈りにしているので、棒を持たせれば目つきの悪い寺の門番だ。

「おお。南高へいって一年で辞めて、いまは深夜喫茶で働いてるよ」

「タケ坊は知ってんのか」裕輔が聞いた。

三人の中では、自分がいちばん顔がいいと裕輔は思っている。目が大きくて、小さい頃は女の子と間違えられた。

「そりゃ知らねえだろ」洋平が空になった缶をアスファルトめがけて投げる。「知ったら面白えけどな」缶は乾いた音をたて、向かいの植え込みまで転がっていった。

「教えてやれよ。喧嘩させて見物しようぜ」

弘樹が言うと洋平が声をあげて笑い、大袈裟《おおげさ》に腹を抱えた。

「どっちが勝つと思う」裕輔が身体を起こす。

「木下先輩に決まってんじゃん。中学んとき、五中の久保さんとタイマンはって腕折ったんだぜ」洋平は自分のことのように得意げに言った。

「久保さんって、いま多摩ナントカっていう族のアタマやってる人だろ。そんな人に勝ったのか」

「あ、それ嘘」弘樹が二本目のたばこに火を点けた。「人数集めて呼びだして、フクロにしただけ。タイマンじゃねえよ。テツに聞いた。あいつ、木下の後輩だから」

「そうなのか」

「おまけにあとで仕返しされて、金もふんだくられたらしいぜ」

「なんだよ、ふかしかよ」

「でも久保さんだってタイマンで仕返ししたわけじゃねえんだろ。木下先輩が強えのは確かだって」洋平は木下の肩をもつようなことを言う。以前飯を奢《おご》ってもらったことがあるからだ。

「ま、久保さんを呼びだしただけでも、たいしたもんだけどな」

「久保さんって刺青《いれずみ》、入ってんだろ」と裕輔。

「そうそう。それもドクロとか鉤十字《かぎじゅうじ》とか、そういうんじゃなくて、紋チャンだぜ」

「やくざなのか」

「そうなんじゃねえの。だいいち族のケツモチがやくざだもん」

「ふうん」裕輔は夜空に向かってたばこの煙を吐いた。

「おれも今度な、タトゥー彫るぜ」弘樹は五分刈り頭を撫でて言った。

「マジかよ」

「もう予約入れた。渋谷の『キャロル』ってところ。この前行って絵柄も決めた」

「なんの絵だよ」

「腕と手の甲に青いビー玉」

「なんだよそりゃ」

「そういうのがあるんだよ。けっこうかっこいいんだぜ。な、洋平」

洋平がにやつきながらうなずいている。シンナーのやり過ぎで前歯は汚れ放題だ。

「洋平も行ったのかよ」

「おう。おれも金がたまったら彫るぜ」

話題を変えたほうがいいと思ったので「タケ坊の女……」と言いかけたが、それより早く弘樹が言葉を投げつけた。

「裕輔も彫れよ」

少し言葉に詰まった。「おれか。おれはやめとく。親がうるせえしな」

「親だってよ」洋平がからかうように笑った。洋平は親が離婚して一人暮らしだ。

「これだから学生さんはよォ」二人で口々に言っている。

洋平と弘樹はとっくに高校を辞めていた。裕輔だけが高校二年生だ。

「うるせえよ」言いかえしたかったが、うまい台詞《せりふ》がみつからなかった。

「裕輔もいまいち、イケてねえからなあ」と弘樹。

「関係ねえだろう」

「この前のおやじ狩りのときも、見てただけだし」と洋平。

「なに言ってんだ。見張りしてたんじゃねえか」

鼻息荒く抗弁したが、二人は交互に裕輔をおちょくるようなことを言う。

「だいいち、裕輔、喧嘩したことあんのかよ」とくに洋平がしつこかった。

「あるよ。決まってんだろう」

「中坊をはたいたぐらいじゃ喧嘩って言わねえぞ」

「西高の連中とやったとき、おまえらだっていただろう」

「あれは向こうが四人でこっちが六人だったじゃねえか」

「喧嘩に人数なんか関係あるかよ」

「そうかなあ」二人が笑っている。

「なんだよ、おまえら。そういうこと言うのかよ。帰るぞ」不機嫌さを隠さずに言った。

「まあ、怒るなよ。冗談だって」

「そうそう。裕輔が気合い入ってるのはわかってるって」

仲間が減るのは困るのか、二人は折れて、なだめる姿勢に変わった。

携帯電話が鳴った。弘樹の携帯だ。

弘樹はボタンを押すと「もしもしィ」と舌ったらずな口調で応じていた。口ぶりからすると女らしい。

それを見た洋平が「おれも」と言ってポケットから携帯を取りだし、誰かに電話をかけはじめた。

裕輔は芝生に寝そべり、小さく伸びをする。息を吐くと白くはならなかった。つい先週まで厚手のジャンパーが必要だったのが嘘のように今夜の空気は暖かい。あと一週間もすれば春休みだ。そうなれば、もっと時間を気にすることなく遊べる。

高二になって勉強することをやめた。都立の普通校だが、真面目に勉強したところで有名大学に入れるほどの学校ではない。教科書を置きっ放しにするのにさしたる躊《ちゅう》躇《ちょ》はなかった。それより仲間と遊ぶほうが面白かった。夜、繁華街に立つと気持ちがふくらむのが自分でもわかる。たいてい何かが起こり、退屈することもない。

この一年で二回補導されたが、気にしてはいない。むしろ仲間に自慢できると思っている。最初は口うるさかった親も、一度「じゃあ学校辞めて働く」と告げたら何も言わなくなった。出かけるときも「遅くならないようにね」と懇願調で言うだけだ。

教師は親に輪をかけて腰抜けだ。一年のときは顔色をうかがっていたものの、たいした連中でないことはすぐにわかった。二年になって、気にくわない教師を数人で屋上に呼びだしたら、青い顔で「暴力はいかんぞ」と声を震わせるだけだった。後の咎《とが》めもなかった。

大人を恐れていた一年前の自分が嘘のようだ。大人だって暴力が怖い。自分たちを恐れているのだ。

ただ、高校を辞めるつもりはない。さすがに中卒はまずいだろうと思ったりもする。

「裕輔」電話を終えた弘樹が顔を向けた。「おまえ、金あったら貸してくれよ」

「ねえよ」

「洋平は？」

「おれだって」

「なんかあったのか」

「ユミコがパーティー券、買ってくれって。三万円ぶん」

「そんなもん断れよ」裕輔が鼻で笑った。「尻に敷かれてんじゃねえのか」

「馬鹿野郎。そうじゃねえよ。アヤコさんから回ってきたんだよ」

「アヤコって、如月会のか」洋平が眉を持ちあげた。「そりゃあやべえよ」

「だろ。金作んねえと、ヤキ入れられるってよ」

「じゃあ、あるところからいただくしかねえよな」洋平がにやりと口を歪《ゆが》め、立ちあがって尻の草を払った。「ついでにおれらも小遣い稼ぎしようぜ」

「悪いな。協力してくれ」

弘樹も立ちあがる。

「裕輔もやるんだろ」

洋平に水を向けられ、もちろん「おう」と答えた。

「一時か。終電で帰ってきた奴ならまだ狙えるな。急ごうぜ」

再びスクーターに三人で乗って住宅街を走った。駅のそばは人通りがあるので、少し離れた場所で獲物を物色することにした。すっかり静まりかえった街に、乾いたエンジン音がこだましている。

五分も流していると、早速、背広姿の中年を見つけた。酔っ払いというほどではないが、軽く酒が入っている様子だ。

手前でスクーターを停め、電柱の陰で近づいてくるのを待った。

「おい。裕輔にやらせようぜ」洋平が言った。

「なんでだよ。弘樹の女にやる金だろう」振り向いて睨《にら》みつけた。

「裕輔、びびってる、びびってる」

洋平が意地悪く汚い歯を見せる。顔が熱くなった。からかわれていると思った。

「洋平。おまえ、おれに喧嘩売ってんのかよ」

「でけえ声、出すな」弘樹が腕をつかむ。「おれがやるからいいよ」

「待てよ。おれが行ってやるよ」裕輔は弘樹の手を振り払った。「おまえらな、ナメたことばっか言ってんじゃねえぞ」

無性に腹が立った。ここで引き下がっては後々馬鹿にされる怖さもあった。

「なに怒ってんだよ」弘樹がなだめた。

「いいじゃねえか、裕輔にやらせようぜ」

お手並み拝見といった体《てい》で、まだ洋平はにやついている。ますます怒りが込みあげてきた。

アスファルトを踏み締めて歩を進めた。二人があとからついてくる。

歩いてくる男と目が合った。大丈夫だ。さえない中年だし、身体も大きくはない。

裕輔の心臓が高鳴った。「おじさん」かけた声が少しうわずった。

見るからに不良の身なりをした三人に、男は異状を察したのか、身を固くした。

「おじさん。ボコボコにされて金獲《と》られるのと、おとなしく金獲られるのと、どっちがいいですかァ」咄嗟《とっさ》に出た台詞《せりふ》だったが、悪くないと自分でも思った。「二つに一つ。選んでくださいよ」

静かだが、ドスをきかせて言った。なまじ乱暴な言葉を使うより効果がある気がした。実際、目の前の男は小さく後ずさりし、口が利けないでいる。

「おっさん。おとなしくしてたほうがいいですよ」すかさず弘樹が男のうしろに回りこんだ。「ぼくら、凶器、持ってるし」

はったりだが、たちまち男は蒼白の面持ちになった。

「な、なんだ。君らは」

男が虚勢を張ろうとしている。けれどその声には力もなく、ましてや抵抗しそうな気配はみじんもなかった。

裕輔は男に顔を近づけた。眉間《みけん》に皺《しわ》を寄せ、睨みつけた。

「金を出せばなんにもしねえよ」ネクタイをつかむ。「怪我しちゃつまんねえだろう」

「なんだ、君ら、よせよ」

男が手で払おうとしたが、洋平がその手を押さえ、男は完全に顔色を失った。

裕輔は徐々に興奮してきた。大人を支配している快感があった。

洋平が鞄を取りあげる。「おっさん、飛んでみろ」と言った。

「馬鹿。ガキじゃねえんだからよォ」

気持ちに余裕が生まれ、洋平の場違いな台詞を諌《いさ》める言葉もでた。

男が身動きできないでいるので、裕輔は上着の内ポケットに手を入れ、革製の財布を抜きとった。

「おい」男が声を発したが、かまわず中身をあらためた。

「なんだよ、おい。福沢諭吉がいねえじゃねえか」軽く男の頬を殴った。

「なにをするんだ」

「うるせえっ」

初めて大人を殴った感触は、意外なほど柔らかなものだった。

「いくらあるんだよ」弘樹がのぞき込む。

「しけたおっさんだぜ」札を数えた。「八千円だってよ」

「おいおい、とんだ雑魚《ざこ》だな」弘樹が鼻をふんと鳴らす。

「やっちまうか。腹立つしよォ」

裕輔は金だけ抜きとると、財布をアスファルトに捨てた。

「まあまあ、勘弁してやれよ」弘樹が財布を拾い、男に手渡す。「おっさん。これで許してやっからよ、警察にはチクんなよ。面《つら》ァ覚えたからよ、何かあったら待ち伏せカマすからな」

男が財布を受けとる。顔がひきつっていた。

物足りない気がしたので、裕輔は男の尻を蹴とばした。

男が驚き、顔をしかめる。その不服そうな態度を見たら急に残酷な昂《たか》ぶりを覚えた。

「なんだァ、その面は」

言うより早く手が出ていた。拳《こぶし》で男の頬を殴っていた。今度は本気で力を込めた。

「おい、やめろって」弘樹が割って入る。「もういいじゃねえか」

自分の顔が熱くなっているのがわかった。血が全身を駆け巡った。

「なんだよ。やっちまおうぜ」

「落ち着けよ。金さえもらえりゃ、あとはいいだろう」弘樹がうしろ手で男を追い払う。「おっさん、早く帰んな」

男は鞄を抱きかかえると、走ってその場を去っていった。

裕輔が肩で息をしている。その肩を弘樹が軽くたたいた。

「ほらよ」裕輔が男から奪った金を弘樹に渡す。「ユミコにやれよ」

「おお。サンキュ」

「おい、おれらも早く逃げた方がいいぞ」

洋平が口を開き、三人でスクーターまで走った。エンジンをかけ、闇に包まれた街を飛ばした。

えもいわれぬ達成感があった。何かを突き抜けた気がした。

「もう一発いくぞ」声を張りあげた。

「おう」弘樹が笑って答えた。

こいつらは仲間だと思った。


十分ほど走り、線路の反対側の住宅街に入った。警察に通報された可能性があるので、少し離れた方がいいと弘樹が言いだしたのだ。公民館らしき建物の前にスクーターを停め、再び帰宅するサラリーマンを物色することにした。

「あと二万二千円だな」裕輔が言った。

「ああ。ユミコには裕輔のおかげだって言っておくよ」

弘樹は明らかに裕輔を見直したようだった。うれしそうに裕輔にじゃれてくる。逆に洋平はおとなしくなり、黙ってたばこばかり吹かしていた。

「洋平。おまえさっき変なこと言ってたよな」

裕輔は、いままで見下すような態度をとっていた洋平に仕返しをしたくなった。

「なにが」

「おやじに向かって『飛んでみろ』とか言ってただろう」

「おう、言った言った」弘樹がおかしそうに笑う。

「中学生のカツアゲじゃあるまいし」

「うるせえよ」

「小銭が鳴ったからってどうするんだよ」

「うるせえ」

洋平が顔色を変える。立場が逆転したなと思った。

「本当はびびってたんじゃねえのか」

洋平は鼻の穴を広げ「なんだとこの野郎」と声を荒らげた。

「おいおい、こんなところで喧嘩すんなよ」弘樹が諫める。「仲間だろ、おれら」

「だって裕輔が生意気なこと言うからよォ」

「いいじゃねえか。おまえだって、さっきまでからかってただろう。おあいこだよ」

洋平は、裕輔が勝手にやるから出る幕がなかっただけだ、と唇をとがらせた。次はおれがやるからよ、そう言って地面に唾を吐いた。

「ま、でも、裕輔に根性あんのはわかったからよ」最後はぽつりと言った。

裕輔は満足だった。もう何も怖くない気になっていた。

公民館の前でしばらく獲物が通るのを待ったが、さすがに二時近くになると人通りはなく、仕方がないので徒歩で周囲を歩きまわることにした。

「裕輔。明日、学校、いいのか」弘樹が肩をぶつけてきた。

「関係ねえよ。行ってもどうせ寝てるし」

「しかし、よく続くな」洋平があきれたように欠伸《あくび》をする。「おれなんか半年でいやになったぜ」

「おまえはその前に馘《くび》になったんだろうが」

「バーカ。自主退学って言ってくれよ」

「卒業すんのか」と弘樹。

「できりゃあな」

「大学生とかになったりして」

「関係ねえだろう」

「裕輔が大学生になったら、この国は終わるぜ」洋平がおどけて言う。「だいいち入れる大学があるのかよ」

「名前が書けりゃあ全員合格の大学だってあるらしいぜ」弘樹が笑う。

「ナメんなよ。小学生のころは頭よかったんだよ、おれは」

「で、今も小学生並か」

「うるせえ」怒るつもりが、つい吹きだしてしまった。

親は大学に行かせたがっている。渋々というポーズを取りながら、たぶん自分は従うのだろう。勉強などしたくもないが、働くのはもっといやだ。親の金で四年間遊べるのだとしたら、それはラッキーなことだ。将来を考えないわけではない。サラリーマンはごめんなので、自分でショップでも開けないかなと漠然と考えている。

「おまえらはどうするんだよ、これから」

「テキトーよ、テキトー」洋平は今、弁当屋で配達の仕事をしている。

「なんとかなんだよ、世の中は」弘樹は歳をごまかしてゲームセンターで働いている。

仲間には悪いが、やっぱり中退は先行きが明るいとは思えない。

「おい」弘樹が裕輔の腕をつついた。「カモだぞ」

視線をあげる。背広姿の男がマンション前の植え込みに向かって立ち小便をしていた。さっきの男ほど中年というわけではなさそうだが、大人にはちがいない。

「あいつにすんのか」洋平が低くささやく。やめようぜという口ぶりにも聞こえた。

男は遠目にも背が高く、肩幅も広かった。

「おいおい、やっぱりびびってんじゃねえのか」

裕輔が口の端を持ちあげる。洋平は「馬鹿野郎」とかすれた声をだした。

「まかせとけ、またおれが一発かましてやるよ」

自分でも気が大きくなっているのがわかった。大人なんかどれも同じだ。体裁を取り繕《つくろ》っていても、ちょいと脅せば震えあがるのだ。

裕輔が先頭になって近づいた。「おじさーん」わざと軽い口調で声をかけた。

「立ち小便はいけないんですよ」

男が振りかえる。静かな目で裕輔たちを一瞥《いちべつ》した。

「ああ」腰をゆらしてズボンのチャックを上げた。「こりゃ悪かったな」

酔ってはいない様子だった。ただ、目はやけに赤い。

「おじさん。罰金」

裕輔がてのひらを差しだした。男がゆっくり向き直る。三人まとめて見下ろされた。動じていないのが癇《かん》にさわった。

「おっさんよォ。ボコボコにされて金獲られるのと、おとなしく金獲られるのとどっちがいい？　選びなよ」

少しの間を置いて、男が鼻で笑った。かっと血が昇る。

「余裕かましてんじゃねえよ。ほんとはびびってんだろ」声を荒らげた。

弘樹がすかさず男のうしろに回る。洋平も脇に立ち、三人で男を見上げ、睨みつけた。

男はまだ何も言わない。

「気に喰わねえなあ、このおっさん」洋平が顎《あご》を突きだし、顔を数センチのところまで近づけた。「さっさと金出さねえとやっちまうぞ」

男は目を伏せ、なおも小さく笑みを浮かべる。角張った顎がかすかに揺れた。内心は脅《おび》えているに決まっている。

一瞬、相手をまちがえたかなと気持ちが焦った。いや、はったりだ。

「おっさん、耳が聞こえねえのかよ」

裕輔が男のネクタイをつかんだ。それでも落ち着きはらっている。内ポケットに手を伸ばそうとしたら、初めて男は反応し、裕輔の手首をつかんだ。分厚い手だった。

「てめえ」

顔が熱くなった。つかみかかったら両手で胸を押しかえされ、裕輔はその場に尻餅をついた。弘樹と洋平が色めきたつ。

「おいおい、おっさん。三人相手にやる気かよ」

「頭悪ィんじゃねえのか」

口々に罵《ののし》る。裕輔は立ちあがりながら、この男を殴ることを決めた。

「おっさん。おとなしく金出しなよ。おれら、凶器、持ってんだぜ」

弘樹が男の肩をつかむが、その手もあっさり払いのけられた。

「今日は」やっと男が口を開いた。「厄日《やくび》だな」ため息をついた。

「あ？　何ひとりごと言ってんだよ。ねぼけてんのか」洋平が男の前に立ちはだかる。

「おい、洋平。どけ」裕輔が身構えた。「あったま来たぞ。そいつはおれにやらせろ」

裕輔の剣幕《けんまく》に驚いたのか、洋平が脇にどいた。

「刺すぞ、コラァ」声を張りあげた。

「ほら、おっさん。この男は怒らせたら怖いよ」弘樹が口をはさむ。

「あのなあ」男が低く言った。てのひらで顔をこすり、赤い目を剝《む》いた。「おじさん、今日は機嫌が悪いんだよ。だからさっさと消えな」

「ふざけんな」

裕輔はもう一度、男を見た。安い背広を着たサラリーマンだ。身体はでかいが、三人でやれば負けるわけがない。

男が内ポケットから何かを取りだそうとした。

「やっとわかってくれたのかよ。最初から出しゃあよかったんだよ。へっ」

弘樹が言う。ところがその手は途中で止まり、男は何か考えごとをしている。

もう待てなかった。怒りの感情はすでに全身に溢《あふ》れている。裕輔は一歩踏みこむと、拳を男の頰に打ちつけた。確かな手応えがあった。

男は避けるでもなく拳を喰らった。口元を手で拭《ぬぐ》う。やっぱり見せかけだけだ。

「もう一発いくか、コラァ」怒声を浴びせた。

なのに男は一向に動じない。

目が合った。どこかで見た目だと思った。この目は確か……。沸いていた血が急激に温度を下げた。次の言葉が出てこない。

「おまえら、高校生か」男はゆっくり首を振り、ネクタイを緩めた。

「てめえに関係あるか」今度は洋平が横から小突こうとした。

「じゃあ」男がその洋平の腕をつかむ。表情が一変した。「腕の一本や二本、折れても生活に困るわけじゃないな」

そう言い終わらないうちに、洋平の腕の中から音が響いた。冬の木の枝でも折ったような乾いた音だった。洋平の顔が歪む。声すら出せないでいた。

「おいっ」弘樹が慌ててつかみかかった。「離せこの野郎」

裕輔もあとに続いた。ただ、感情のメーターはさっきとは逆方向に振れている。焦りと戸惑いだった。この男は何者だ。

洋平が地面に崩れおちるのと、弘樹がうしろに転がるのが同時だった。そして弘樹が男の肘《ひじ》打ちを喰らったのだとわかったときには、裕輔の顎に衝撃が走っていた。

腰が砕けた。飛ぶのではなく、真下に膝《ひざ》から落ちた。

「小僧。おまえだったな、おれを殴ってくれたのは」

シャツの襟《えり》をつかまれた。目がかすむ。霧がたちこめたような視界の中に、男の顔が現れた。思いだした。この激しい目は、小学生のころ見た、怒った大人の目だった。身体のどこにも力が入らなかった。

「九野《くの》さん」そのとき別の男の声がした。「何やってるんですか！」

「なんでもねえよ」男が答える。

裕輔の意識が、遠のく境界線で行きつ戻りつしている。

「なんでもないわけないでしょう。九野さん」

男の腕が解かれ、裕輔はアスファルトに転がった。コンビニのビニール袋が目の前にある。中から菓子パンがいくつかこぼれでていた。

「これ、まずいッスよ」別の男がしゃがみこみ、裕輔の頬をたたいた。「おい、しっかりしろ」

呼吸が苦しい。仰向けになって空を見たら、マンションの部屋の明かりがいくつか灯《とも》っていて、ベランダから覗きこむ人影があった。

「いったい何があったんですか」

「おやじ狩りってやつだろうよ」男が投げやりに答えた。

「手帳を見せて追い払えばいいでしょうが」別の男が興奮した様子で言う。

手帳？　もしかして刑事なのか？

「いきなり殴りかかってきたんだよ」

嘘だ。この男は先に手を出すのを待っていたのだ。

　これで退学だな。裕輔は他人事のように感じていた。

「おい、立て」別の男に腕を引っぱられた。はじめて顔を見た。丸い気取った眼鏡《めがね》をかけた、渋谷あたりにいそうな若い男だ。「大丈夫か」

　首を振る。気がついたら弘樹と洋平が、ガードレールに身体を預け、青い顔で座りこんでいた。

「腕、どうした。折れてるのか」

　眼鏡が洋平に聞いた。洋平は右腕を抱えこみ、汗を流している。

「なんてこったい。九野さん。子供相手に何やってんですか」

「こいつら凶器持ってるんだぞ」

「おい」眼鏡が向き直る。「本当か」

　裕輔はかぶりを振った。事実、三人とも何も持っていない。

　眼鏡が腰に手をあて、大きく息をついた。まずいな、通報があったかもしれんな、とひとりごとを言い、辺りを見回した。

「おまえら、さっさと帰れ」

　眼鏡の意外な言葉に三人が揃って顔をあげた。

「いいか。別のグループと喧嘩したことにでもしておけ。めったなこと言うんじゃねえぞ。そうじゃねえとパクるぞ」そう言った途端、しまったというふうに顔をしかめた。「もうわかってんだろ。おれらは警察だ。貴様ら鑑別所に放りこむことぐらい」

「おい――」

また別の声がした。声の方角を見ると、堅太りの、屈強そうな中年が、パジャマにガウンを羽織った姿で立っている。たった今、マンションから出てきた様子だった。

「九野と井上じゃねえか」

そう声をかけられ、二人の男が黙った。眼鏡は青ざめていた。

「こんな時間に通りすがりです、なんて言わねえでくれよ」

男たちはなおも黙りこみ、気まずい沈黙が流れていた。

「いつからだ」パジャマが重々しく口を開く。

「……今夜からですよ」大柄な男がうつむいたまま答えた。

「ふん」パジャマが鼻を鳴らす。「おまえらいつから工藤《くどう》の犬になったんだ」

何の話かわからなかった。それより、裕輔は吐き気がした。あのパンチは相当きいたらしい。顎ばかりでなく全身が痺《しび》れている。

「わたしらだってやりたかないですよ」男がつぶやいた。「でもね、花村さん――」

「馬鹿じゃねえのか、工藤は。同じ署の人間にやらせてバレねえとでも思ってんのか。それとも本庁の監察に気兼ねでもしてるのか」

胃の中のものが逆流し、裕輔はその場で小さく嘔吐《おうと》した。男たちは視線をよこしたが、何も言わなかった。

「九野、てめえ、おれのこと嗤《わら》ってやがんだろう」

「まさか」男が目を伏せる。

「花村はおれのお古に夢中になってるって、腹ん中で嗤ってやがんだろう」

「そんな」

「いいや、てめえはおれを馬鹿にしに来たんだ」パジャマはこめかみを赤くしていた。

車のエンジン音が聞こえた。赤色灯が深夜の街を照らしだし、パトカーがやってきたことがすぐにわかった。サイレンは鳴らさずに来たらしい。

眼鏡が舌打ちする。見るとパトカーは二台だった。

「おれが追い払ってやる」パジャマがガードレールをまたぐ。振りかえり、「ところで、このガキ共、なんなんだ」と聞いた。

「なんでもないですよ」男が静かに言う。

「いいか、工藤には、おれを馘にしたいなら刺しちがえる覚悟で来いって伝えろよ」

地面に唾を吐く。「それからてめえもただでは済まさねえからな」

パジャマはそう言い残すと、パトカーのところへ行き、制服の警官たちと何ごとか話していた。

「おい」眼鏡が裕輔の足を蹴った。「早く行け、このクソガキが。貴様らのせいで」眼鏡も険しい顔をしていた。親や教師が怒る姿とはちがっていた。大人から、はじめて憎悪を向けられた気がした。

殴った刑事は、裕輔たちの方を見もしなかった。一人考え事をしている。立ちあがると、あらためて目眩《めまい》がした。

弘樹と洋平も黙ったままだった。

それぞれが怪我を負った箇所を押えながら、三人でその場を離れた。角を曲がる。誰も追いかけてこないところを見ると、この件はなかったことにされたのだろう。刑事を殴っても、相手にされなかったのだ。

退学を免《まぬか》れたという安堵はあったが、説明のつかない淋しさもあった。前から吹いてきた風が髪をなでつけた。

鉛《なまり》の球でもくくりつけられたように、裕輔の足どりは重かった。

2

消毒薬の臭いが染みついたトイレの洗面台で顔を洗った。三月の水にまだ春の気配はほど遠く、肌がたちまち縮こまるのがわかった。口元に小さな痛みが走る。タオルで拭きとりながら、昨夜未明、どこかの少年に殴られたことを九野薫《かおる》は思いだした。

鏡を見る。腫《は》れているわけではなさそうだ。ここのところ鏡の前に立たないようにしてきたが、避けてばかりいても仕方ないだろうと思い、ついでに自分の顔を直視した。やはり目は赤かった。白眼の部分が全体に赤みがかっている。そのせいか瞳まで澱《よど》んで見えた。「眼精疲労」とごまかしてきたが、そろそろ誰かに言われそうだ。もっともそのときは薬を飲めばいい。常用しないように気をつけているので、まだ効きはいい。

昨年暮れまで、腹の調子が悪いと偽っては内科で精神安定剤を得ていた。医師に求めると簡単に処方してくれるので味をしめたのだ。あちこちの町医者から数ヵ月分の薬を手に入れた。ふだんは我慢しているが、不眠が三日も続くときは服用することにしている。冷蔵庫の中に薬が常備されているというのは、なかなか心強いものだ。

「不眠症」の診断が降りたら、たぶん警務課行きだ。かつてそういう前例があった。その捜査員は愚かにも警察病院の神経科に出向き、医師の誘導のまま心情を吐露《とろ》し、現場を外されたのだ。

廊下のスピーカーからは、八時半の朝礼放送が流れている。

「今月に入り、検挙数が伸びていません。年度末がせまっておりますので、いま一度、未解決事案の洗い直しと……」

工藤副署長の怒ったような声だ。年四回の全体署長会議が近づくと、上の連中は成績をあげたがる。会議の席で表彰がないと、署長の機嫌が悪くなるからだ。

「また最近は報告書の不備が目立っておりますので、断片的なものでも省略しないように……」


九野は薄汚れた天井を見上げ、目薬をさした。薬液が眼球にしみる。顔を振って深呼吸し、平手で頬を数回たたいた。

水の流れる音がする。個室の扉が開き、同じ刑事課強行犯係の佐伯《さえき》警部補が出てきた。太い首を左右に曲げている。

「なんだ、九野か」

「おはようございます」振り向いて軽く会釈した。

「今日の武道訓練、剣道はおぬしが出てくれ」佐伯は口の中で痰を切りながら言った。

「またですか。この前も――」

「いいじゃねえか」その痰を小便器に向かって吐く。「おれは二日酔だ」

「こっちは寝不足ですよ」

佐伯が九野の顔をのぞき込んだ。ぎょろ目が動く。かつての愛称は「ダルマさん」だったが、若い婦警たちは、その体型から「サンダーバード二号」と呼んでいる。

「ゆうべ、何やってたんだ」

「べつに。やぼ用ですよ」

「ふん……ま、いいか。でも原田も関も休みだし、残ってんのはおぬしと井上だけだ」

「たまには係長にやらせましょう」

「おお、それはいいな。宇田《うだ》の旦那にもたまには汗をかいてもらうか」

「じゃあ主任が言ってくださいね」

しばらく黙って佐伯が眉間を寄せる。

「頼むぜ、ひとつ。四段の腕前で。ほかの課の馬鹿どもを痛めつけてくりゃあいいじゃねえか。胴を外して脇の下でもミミズ腫れにしてやれ」

「またそんなことを」

佐伯は九野を丸い身体で押しのけると、水道の蛇口をひねった。「おい」鏡の中の九野を見た。「おぬし、白髪があるぞ。その耳の上んところ」

「苦労ばっかりだからですよ」

「いくつになった」

「知ってるくせに」踵《きびす》をかえし、洗面台を離れる。

「逃げるなよ」

「逃げてませんよ」無視して扉を開けた。

「なあ、九野」佐伯がハンカチで手を拭き、あとをついてきた。二人で廊下に出る。

「三十六で独り者っていうのは身体に悪いぞ」

「はいはい」軽く受け流そうとした。

「この前の、新町の呉服屋の娘、どこが気にいらねえんだ」

「いや別に、気にいらないってことは」

「じゃあ一回、映画にでも誘えよ」

「考えておきます」

「先方はまんざらでもないみたいだぞ」

「でも主任の親戚になるのはね」冗談めかして言う。

「馬鹿。遠縁だ。おれだって会ったこともなかったんだ」そう言うと、うしろから九野の肩を揉《も》んだ。「このまま独身じゃ出世に響くぞ」

返す言葉が見つからないので、苦笑だけ口元に浮かべ廊下を歩いた。

ペタペタという足音が背中に響いている。佐伯は署内ではサンダルを履いていた。

警視庁勤務だったころの上司は、よそよそしいほど九野の私生活に触れなかった。飲みに誘われたことすらなかった。本城署《ほんじょう》に移った途端、なにかとかまう上司の下についた。声と顔が大きな佐伯という警部補は、初対面からあけすけに質問攻めし、九野を辟易《へきえき》させた。自分のことも話した。十歳になる長男が障害をもっていることまで、少し真顔になって告げた。所轄署《しょかつしょ》の家族的雰囲気は嫌いではないが、本庁のドライな人間関係を懐かしく思うこともある。

刑事部屋に入ると、各係ごとのミーティングが行われていた。

宇田係長がお茶をすすっている。細い首、華奢《きやしゃ》な手。佐伯とうって変わって、こちらは役所の窓口のほうが似合いそうな風体だ。

「お、九野は今日、休みじゃなかったのか」

「いえ。報告書があって」椅子を引いて腰をおろした。

「例の分科会か」

「そうです」

「休めるときに休んでくれよ」

女子職員のいれてくれた湯呑みで冷えた手を温めた。署内では頻繁に会議が行われる。さして意味のない「倫理向上委員会」のような会議だ。ただ実際の討議はなく、幹事を務めた者がそれらしく報告書を作文しなければならない。

「佐伯主任は？」

「あっしも報告書です。精算もいろいろあるし」そう言ってニヤリと笑った。

「おてやわらかに頼むよ」

「そうはいきませんぜ。ホシを挙げたときぐらい、普段の穴埋めをさせてもらわないとね」

刑事部屋には細かな経費を請求しにくい雰囲気が伝統的にある。いつも自腹を切らされるぶん、佐伯は手柄をあげたときにまとめて請求しているようだ。

強行犯係では先週、佐伯警部補の手により強盗事件の犯人を逮捕・送致していた。次の重要事案が起きるまで、九野も暇になる。

「井上は？」

「ぼくは午後から歯医者に行きたいのですが」

「馬鹿」佐伯が若い後輩を睨んだ。「そういうのは黙っていけ」

叱責された井上は首をすくめている。

ほかの捜査員は休みだ。ほぼ三週間、休みが取れなかったので、各自が休暇願いを出し、警務課の承認を得た。

本城署の強行犯係は、係長以下八名で構成されている。主任が一人、警部補が二人、平の刑事が四人だ。管轄には新宿のような繁華街もターミナル駅もないため、係はひとつきりしかない。

「それから」宇田が身を乗りだし、声をひそめた。「署長の息子さんが大学に合格したそうだから」

「またですか」佐伯が鼻毛を抜きながら言った。

「この前は副署長の息子さんだろう」

「で、今度はどこなんです」

「日大だそうだ」

「あらら」佐伯が抜いた鼻毛を灰皿に落とす。「副んところは慶応の経済でしょ。こりゃ署長も面白くねえや」

「めったなこと言うな。巡査長以上は一人頭五千円だ」

「うちも下のガキ、今年、小学校なんですけど」

「わかった、わかった。四月になったら集めてやる」

事件がないときのミーティングは、たいてい業務連絡だけだ。以後は、居場所さえはっきりしていれば自由に行動がとれるし、将棋をさしていても咎める者はいない。

「おい、井上。行くぞ」九野が、まだ顔にあどけなさが残る二十六歳の巡査部長に言った。

「どこへですか」

「四階だ」その階には道場がある。

「え、またですか」

「ぶつぶつ言うな」佐伯がたばこに火を点け、天井に向かって煙を吐いた。「少しは上達しろ。おまえの擦《す》り足はスキップみてえだってヨソの課のやつが笑ってたぞ」

「ほっといてくださいよ」

赴任して一年目の井上は髪を薄茶に染めている。若い婦警たちの関心をひきたいのだろう。コロンの匂いをさせている刑事は、署では井上だけだ。万博も巨人のV9も知らない世代らしく、顔が小さくて手足が長い。バレンタインデーには机にチョコレートが山と積まれた。

立ちあがったとき、壁際の暴力犯係の花村巡査部長と目が合った。憎しみのこもった目で九野を睨みつけている。咄嗟に視線を外したが、睨み続けていることはわかった。

表情を変えないようにして部屋をあとにした。

「九野さん」井上が追いかけてきた。「ゆうべのことなんですけど」

「なんだ」

「報告しなくていいんですかねえ」

「ああ、花村氏のことは、あとでまとめて工藤さんに報告する」

「いや、そうじゃなくて」井上が横に並んだ。「ガキ共、痛めつけたことです」

「目撃者はいたのか」

「一一〇番通報はマンションの住民です。上から見てたんでしょう」

「じゃあ細かいことまではわからんさ。それに吠えてたのはガキ共だしな」

階段で何人かの顔見知りとすれちがい、そのつど挨拶した。

「大丈夫ですかねえ」

「心配するな。先に手を出したのは連中だし、仮に訴えでてきたとしても、なんとでも説明はつくさ」前を見たままで答えた。

「昨夜は駅の反対側で強盗傷害があったそうです」

「そうなのか」

「三人組の少年に四十五歳の会社員が殴られたうえ、八千円を強奪されたそうです。少年係の巡査が当直で出動してます。被害届も受理してます」

「あんときのガキ共か」

「たぶん。人相風体が一致してます。時間帯も合ってます」

「じゃあ余計に大丈夫だ。向こうの方がうしろめたいからな」

「捕まらないといいですね」

九野は思わず苦笑し、隣の井上を肘で小突いた。

「おまえ、少年係でわざわざ調べたのか」

「一応、気にはなるじゃないですか。ガキの親が市民運動家とか人権派弁護士とかだったら、九野さん、それだけでアウトですよ」

「可能性はあるんですから。慎んでくださいよ、九野さん、ときどき癇癪《かんしゃく》起こすから」

「脅かすなよ」

「癇癪じゃねえよ」

「じゃあなんですか」

「面倒臭くなるんだよ」

「……また、投げやりな」

井上は顔をしかめ、頭を小さく振っている。

道場に入り、稽古着に着替えた。たれと胴を身に巻き、素振りをはじめる。

板張りの床はひんやりと冷たく、窓が開け放ってあるせいで吐く息も白かった。

月例行事の武道訓練は全員参加が建前だが、本城署では時間の空いた者だけだ。関心がないのか、署長が顔を見せたことはない。剣道場では四十人ほどが準備運動をしていた。

時間がきたところで全員が整列し、正面の神棚に向かって一礼する。その後、面と小手を着け、指導教士の号令により二手に分かれた。

「打ちこみ、はじめっ」

竹刀《しない》の当たる音と「面」という掛け声が道場に響きわたる。

九野は若い巡査の繰りだす竹刀をさばいていく。剣歴は中学生のころから二十年以上になる。高校時代はインターハイに出場したこともあった。剣道が特別に好きというわけではない。警官という職業に就き、柔道よりは馴染《なじ》みがあるという理由で続けているだけのことだ。

自分の番になり、目の前の相手に面を打ちこんだ。身体が重かった。昨夜は二時間ほどしか寝ていない。それも夢ばかり見る浅い睡眠だ。

ふと義母に電話しなければと思った。昨夜の夢は義母の夢だった。内容までは記憶にないが、目覚めて暗い気持ちが残っていたことは覚えている。

打ちこみは、小手と面の二段打ち、面抜き胴と続いていった。

身体が徐々に暖まり、床の冷たさが気にならなくなった。

「一本稽古」

その号令で、柔道でいう乱取りに移った。一本取られた者が手を挙げれば対戦が終わり、フォークダンスのように相手が順に替わっていく稽古だ。

署内で九野から一本を取れる人間は限られている。そのため所轄署対抗の柔剣道大会で九野は必ず代表に選ばれる。代表になると大会前一週間は仕事を免除されるが、さしてありがたい話ではない。

最初の交通課の巡査部長は、壁まで追いつめ、軽く小手抜き面でしとめた。「九野さん、相変わらず強いや」そう言って面ごしに白い歯を見せた。

次の相手は井上だった。からかってやろうと思い、剣先を下げた。井上が踏みこむと同時にうしろに下がり、竹刀を振りかぶる。慌てて両腕が上がったのを見て、抜き胴を決めた。

「正直な奴め」小声で言って笑う。井上が、だからぼくは剣道に向かないんですよとへらず口をたたいた。

そうやって何人かと対戦し、すべて手早く一本を取っていった。若手に稽古をつけてやる気はない。体力を使いたくないからだ。

何巡かして太った男が目の前に立った。前だれに目をやるが名札を付けていない。見慣れない風体に誰だろうと顔を上げると、面の奥の激しい目とぶつかった。花村だった。

花村を剣道場で見かけたことはない。普段は柔道の方だ。考えられるのは、自分に用があるということだった。

「はじめ」の合図があって、花村はいきなり身体をぶつけてきた。九野はそれをまともに受け、よろけて床に尻餅をついた。

立ちあがると、構える間もなく再び突進してくる。今度は腰を落として持ちこたえた。

「おい、九野」つば迫《ぜ》り合いしながら花村が唸《うな》る。「終わったら屋上へ顔貸せ」

体重にまかせ、九野を押しこんできた。

「わかりました」少し間を置いて静かに答えた。

右に回りこんで花村の身体をかわした。振りかえった頭に面を打ちおろす。花村が顔を歪めるのも冷静に見ていた。

ところが花村は手を挙げなかった。一本だと認めなかったのだ。

そういう気ならと思い、今度は花村の竹刀を上から打ちつけ、腕が反射的に上がったところで胴を決めた。

それでも花村は向かってくる。繰りだす竹刀を避けたつもりが、右の肘に電気が流れるような痛みが走った。花村が胴ではなく、九野の肘を狙って打ったのだ。しびれて右腕の自由がきかなくなった。

顔が熱くなった。抗議をしようと左手で制止のポーズをとると、花村は竹刀をゆっくりと下ろした。九野が構えを解いた瞬間、巨体が前に出た。竹刀の先で九野の喉を突いた。

「突きーっ」

花村の声が耳に響くのと、自分の身体が後方に飛ぶのとが同時だった。床に背中をしたたか打ちつけた。

息が止まり、九野は激しく咳きこんだ。

何人かがこちらを見ているが、全体の稽古がやむことはなかった。

「そこ、どうした」指導教士の声がかかる。「なんだ、九野か。九野でも突きを喰らうことがあるのか」

のんびりした口調だった。

やっとのことで呼吸を整え、身体を起こした。

「大丈夫か」指導教士の手が肩に乗る。

「……ちょっと休ませてもらいます」自分の声がかすれていた。

目で花村を探すと、四角く広い背中が見えた。更衣室へ消えていくところだった。

もっと怒りが込みあげるかと思ったが、気持ちは意外と平静なままだった。


喉には痣《あざ》ができていた。医務室へ行って湿布をもらい、患部に貼った。ネクタイはしないことにした。シャツの第一ボタンも外し、上着ではなくロッカーに入れてあったカーディガンを羽織った。どうせ今日は出かける予定もない。

憂鬱な感情を胸に押しこめ、九野は屋上に向かった。

鉄の扉を開けるとすぐに花村の姿が見えた。角刈りの頭に薄い眉。開襟シャツの襟をスーツの上に出している。マル暴の刑事らしいといえばそうなのだが。金網にもたれてたばこを吹かしている。暴力犯係の巡査部長は、確か九野より十歳ほど年上だ。

近づいていくと、花村はたばこをコンクリートに捨て、足で踏み消した。

「今度は柔道でケリをつけるか」花村はそう言った。

「いえ」口の中だけで答えて首を振る。

「こっちは柔道の方が本職なんだ。締め落としてやってもいいんだぜ」

花村は最初から喧嘩腰だった。鼻の穴を大きく開き、九野を睨み据えている。

「で、工藤には何て報告した」

「いえ、副署長にはまだ」

「じゃあ何て報告するんだ。おっしゃる通り花村の野郎は元婦警のマンションにシケこんでましたって言うのか」

九野は黙って下を向いた。

「なんで貴様が出てくるんだ」

「それは……」

「知ってんだよ。工藤は本庁にいたころの指導官だったんだろ。でもそりゃ十年以上も前のことじゃねえか。ずいぶん義理堅いんだな。それとも何か、おれみたいな中年が若い女に鼻の下伸ばしてるのを、貴様は見てよろこんでるのか」

「そんなわけないでしょう。わたしだってこんな真似、やりたかないですよ」

「じゃあ断れよ」

「警視の命令です。断れないのは花村さんだってわかるでしょう」

「おれなら断るね。同じ部屋の刑事の素行調査なんか死んでもやるかよ。しかも相手はてめえの昔の女だ」

「誤解ですよ、それは」

ため息をつき、花村を見た。眉の端が小さくひきつっていた。

「どうして本庁の警務部が来ねえんだ。監察の仕事だろうが」

「さあ。内輪で済ませたいんじゃないですか」

「考課に響くか。管理能力を問われるか」

「わたしに聞かれても」

「で？　工藤には、花村から依願退職《イガン》を取ってこいって言われてんのか」

「そこまでは……」

花村は身体の向きを変えると、金網を軽く蹴飛ばした。

「おい、九野。こんなもん、どこにでも転がってる話だろう」

答えに詰まった。

花村は去年まで同じ署の警務課に勤務していた婦警と関係をもった。婦警は退職し、水商売に鞍替《くらが》えしたが、その関係は今も続いてる。話はそれだけのことだ。

「女が嫌がってるっていうのなら話は別だがな」

「しかし、服務規程違反には」

「もういい。そんな話じゃねえ。外泊届けを署に出さなかったくらいで首を飛ばしてたんじゃ、警官なんかこの世からいなくなっちまうだろう」

「それはそうですが」

「おい、九野。腹を割って話そうぜ」花村が顎を突きだした。「貴様、工藤のことはどう思ってる」

「どう思ってるって」

「正直に言え。ひどすぎるとは思わねえのか」

「そんなことは」

「嘘つけ。貴様だって前任者の林さんのことは知ってんだろう。あの人と比べてみろよ、工藤のやってることを」

　女の声がして九野は振りかえった。交通課の婦警が数人、弁当らしき包みを手にして屋上に上がってきたのだ。嬌声をあげ、じゃれあっている。婦警も勤務を離れると民間のOLと変わりがない。

　花村が顎をしゃくる。あとをついて屋上の端まで移動した。

「おれもな」あらためて向き合い、花村が口を開く。「警察に入って長いんだ。いまさら幹部への上納金がどうだとか、捜査費が途中で刈られるとか、そんな青臭いことは言わねえよ。裏金作るのはしきたりなんだからしょうがねえ。でもな、上に立つ人間はそれなりの金の使い方ってもんがあるんじゃねえのか。ちがうか、九野」

「ええ……まあ」

「林さんはできた人だったよ。超過勤手当もできるだけ払おうとしたし、プールした金で、事件が解決したときはおれらに飯を喰わせてくれたり、子供が病気になれば見舞い金を出してくれたりしたよ。地域《チイキ》課の後藤、知ってるか。あいつの子供が入院したとき、林さんは入院費の半分、ポンと出してんだよ。後藤は泣いてたよ。あの人にならついていくって涙流してたよ。おれだって林さんが好きだった。たぶん貴様だってそうだ。……ところが今度来た工藤の野郎はなんだ。下の者にいっさい金使わねえで、署長の公舎にペルシャ絨毯《じゅうたん》なんか敷いてやがる。あんなもん、転勤すりゃあ署長の私物になるものだろうが。おまけに自分もさんざん裏金で飲み喰いだ。運転手やらされてる石田巡査もあきれてたぞ。毎晩、新町へ繰りだして、地元の商工会の連中とドンチャン騒ぎだ。そんときの言い草も凄えじゃねえか。『地域住民との親睦と情報収集』だとよ。現場はみんな頭来てんだよ」

返す言葉がなく、九野はうつむいていた。実際、佐伯主任も酒の席では工藤副署長に苦言を呈していた。「おぬしのかってての指導官だってことは知ってるけどどな」と付け加えながら。

「課長連中は腰抜けだ。だからおれが代表して文句を言っただけなんだ。何が悪い」

「……ゆうべの」ひとつ咳ばらいした。「ゆうべのことは報告しません。井上にも言っておきます。だから」

「だからなんだ。恩でも着せようってえのか」

「そうじゃなくて……とりあえず、女とは切れてください。外泊の届け出だけでなく、服務規程第三条、職責の自覚、第二十五条、行状にも引っかかります」

「うるせえよ」花村が目を剝《む》いた。「それより工藤をなんとかしろ。警官ってえのはな、幹部から目をつけられたら最後、あらゆる手を使って辞めさせられることはわかってんだ。女と切れたところで、別の規程を持ちだすに決まってんだ。おれだって聖人君子じゃねえ。刑事を何年もやってりゃあ、誰だってたたけば埃《ほこり》が出る身体になるもんだろうが。それを本当にたたいてどうする。やるならこっちだって考えがあるぞ。工藤は態度をあらためて超過勤手当をちゃんと払うか、おれと刺しちがえるかどっちかなんだよ」

「刺しちがえるっていうのは、どういうことですか」

「警察庁《サッチョウ》にでもブン屋にでも告発してやるってことだ。馘にできなくても、絶対に八丈島送りくらいにはしてやる」

「花村さん、穏便にいきましょうよ」

「馬鹿野郎。何が穏便にだ。喧嘩売ってきてんのは向こうだぞ」

「喧嘩って言い方は……」

「ふん。貴様と話をしても埒《らち》があかねえんだよ、この犬が」

花村はコンクリートに唾を吐くと、九野に肩をぶつけ、階段の方向へと歩いた。

「あのな」立ち止まって振りかえる。「おれの家庭はもうぼろぼろだ。離縁して美穂《みほ》と暮らすつもりだ。水商売かもしれんが、前科《マエ》があるわけでもアカでもない。だいいち元婦警だ。会社《カイシャ》が口を出すいわれはなにもないんだ」

苛立《いらだ》った花村の顔を眺めつつ、自分は工藤副署長の要求にこれから応えられるだろうかと思い、憂鬱になった。

「それから。さっき、つい工藤の運転手の話をしちまったが、石田のこと、もし工藤にチクッたら貴様ただじゃおかねえからな」

「言いませんよ」そんな気はまるでない。力を込めて言った。

「……ところで、貴様」花村がうしろ足に進みながら、やや大きな声を出した。「当直の夜になると署の中庭をうろついてるらしいじゃねえか」

「散歩ですよ」

「ひとりごとをぶつぶつ言いながらか」

「携帯電話をかけてるんですよ。誰が言ったんですか、そんなこと」

「みんな言ってるさ。九野は変わってるって。ついでに美穂もな」

眠れないんですよ。その言葉を呑みこみ、九野は首の裏を手で揉んだ。

花村が踵《きびす》をかえす。歩く途中、ベンチで弁当を食べている婦警たちに軽口をきき、階段へと消えていった。

花村は何かと噂のある刑事だが、不思議と一部の後輩たちには人気があった。気前がいいという評判だった。おそらく夜な夜な酒でも振る舞ってやっているのだろう。

しばらく屋上にいて、本城の町を眺めた。昔、城があったらしい場所はただの公園で、全体の風景はどこにでもある東京郊外のベッドタウンだ。中心街を離れると、まだ田畑が残っている。真下の道路を、学校がひけた子供たちが賑やかに走り抜けていった。

本城署に配属されて二年になるのに、九野はこの町が好きになれない。おそらく、それは強すぎる生活の匂いのせいだ。みなが同じ方向を見て、均一に生きている。

九野は大きく息を吐くと、屋上をあとにした。

階段を駆けおりる。刑事部屋のある二階を飛ばして、一階まで行った。

交通課のカウンターの隅には公衆電話がある。掲示板がうまい具合に衝立《ついたて》となり、職員に見られることはない。

そこから八王子に住む義母に電話をした。六十五歳の義母は、古びた、けれど旧家の趣がある広い木造二階建の一軒家に一人で暮らしている。

呼出音が三回ほど鳴って、義母のか細い声が聞こえた。

「おかあさん？　薫です」

「ああ、薫君。元気でやってるの」声が少し明るくなる。

「ええ。やってますよ。おかあさんは」

「おかあさんも元気。この前も山形へ行ってきてね、おととい帰ってきたばかりなの」

「山形？　またなんで。あっちはまだ寒いでしょう」

「うん。寒かった。雪が積もってた」

「じゃあどうして行ったんですか」

「内村さんの夫婦に誘われて。あと高木さんも行くっていうから。天童温泉。内村さんの奥さん、神経痛でね」

義母は旅の話をした。会ったことはないが、義母の交友関係はだいたいわかっていた。内村は近所の老夫婦。高木は女学校時代の同級生で義母と同じ未亡人だ。

「この前も九州へ行ったばかりでしょう」

「それはもう去年の話じゃない」

「そうでしたっけ」

義母はここ最近、旅行づいている。足腰が丈夫なうちにということなのだろうか。自分が連れていってやりたいと思いつつ、九野は一度も実行に移していない。

「薫君、仕事は忙しいの」

「相変わらずですよ。でも、先週事件が解決したばかりだから、今度の日曜日、何もなかったらそっちに行きますよ」

「あら、そう」電話の向こうで声が弾んだ気がした。

「何か欲しいものはありませんか」

「ううん、何も。それより、薫君、危ない目に遭ってないの」

「遭ってませんよ。刑事なんて、実際は地味なんですから」軽く笑った。

五分ほど話して電話を切った。

テレフォンカードを財布にしまいながら小さく息をつく。とりあえず一週間の義務をはたした気になった。

九野は週に一、二度、義母に電話をかける。妻の早苗《さなえ》が死んでからずっと続いている習慣だった。母の日には五千円ほどの花をプレゼントする。これも欠かしたことはない。

早苗は母思いの娘だった。だから、それを夫である自分が引き継いでいるのだ。

自分自身が愛しく感じている部分もある。義母が還暦を迎えたときは、その背中があまりにも小さいのに驚き、以来、義母の人生を思うようになった。夫に先立たれ、一人娘を失い、孫を抱くことなく迎える老後はどんな毎日なのだろう。

九野は軽く伸びをするとロビーを歩き、二階への階段を勢いよく昇った。書類を片づけたら久し振りに隣町まで映画でも観にいこうと思った。できるだけ空いている映画館がいい。うまくいけば眠れるかもしれない。

3

洗濯機のブザーが鳴ったので、及川恭子《おいかわきようこ》は新聞をたたみ、椅子から立ちあがった。エプロンの紐《ひも》に首を通し、腰のうしろで軽くしばる。コーヒーカップを流しに運んだ。

毎朝、洗濯機のブザーが鳴るまでが恭子の休憩時間だ。六時に起床して朝食の支度をし、夫と二人の子供を送りだす。その後、汚れ物を洗濯槽に放りこみ、洗いとすすぎが済むまでの三十分間に一息つく。子供が学校に行くようになってからの変わらぬ習慣だ。

パタパタとスリッパの音をたて、風呂場の隣の洗面室に行く。洗濯機はいまどき珍しい二槽式だ。結婚したときの嫁入り道具だから、もう十年は過ぎている。当時すでに全自動が主流だったが、わずかな金を節約してこの二槽式にした。節約した理由は覚えていないが、きっとつまらないことだ。服の一着でも欲しかったのだろう。洗濯機を買いかえることは考えていない。家電製品など、壊れるなどのきっかけがない限り、いつまでも使うものだと恭子は思っている。

洗濯物を脱水槽に移しかえて、タイマーのダイヤルを回した。ゴトゴトという音が、やがて風が唸るようなモーター音に変わってゆく。その音を聞きながら洗面台の鏡で髪を整えた。そろそろ美容院に行かなくてはと吐息をもらす。手入れが面倒なので短くしているが、前髪が目にかかるくらいになっている。

恭子は洗濯物をかごに入れ、居間を横切って庭に出た。昨日は春の陽気だったのに今日は冬に逆戻りだ。てのひらをこすりあわせて、下着から干した。

隣の家の庭からも主婦が洗濯物を干している物音が聞こえる。隣との間には肩の高さほどの垣根しかなく、当初はいやでも顔が合い挨拶を交わさねばならなかったが、隣が視界を遮《さえぎ》るように物置を作ってくれたので気がらくになった。仲がよくても、毎朝顔を合わせるのは気詰まりだ。

隣の主婦は、三十四歳の恭子と同世代だ。家族構成もほぼ同じで、サラリーマンの夫がいて、小学校に通う二人の子供がいる。郊外の建売り住宅を買う家族など、たぶんどこも同じなのだろう。

東京の西のはずれ、本城市に引っ越して二年がたつ。夫の茂則《しげのり》が勤める自動車用品メーカーがこの地に支社を作り、茂則がそこに転勤になったため家を買うことにした。なんでも品川区にある本社もやがては本城に移転するらしい。手放した土地で新社屋が建てられ、ついでに赤字補塡《ほてん》もできるのだそうだ。

夫の転勤は恭子には願ってもないことだった。郊外に移ることにより、念願のマイホームが現実のものになったからだ。勤務先が品川のままだったら、夫に長距離通勤を強いるか、都心の狭いマンションにしなければならなかっただろう。

居間に戻り、つけっ放しにしてあったテレビでもう一度天気予報を確認した。少なくともパートから帰る時間まで、雨が降る心配はなさそうだ。

恭子は階段下の収納から掃除機を取りだした。この家を買ったとき、恭子はうれしくて毎日隅々まで掃除をしていた。さすがに最近は手を抜くことを覚えたが、それでもこの日課は欠かさない。

テレビにときおり目をやりながら、ダイニングと居間に掃除機をかけた。ワイドショーでは芸能人同士の中傷合戦が話題になっている。もっとも掃除機がやかましくて、何を言っているのかはよくわからない。

カーペットに染みを見つけたので台所からクリーナーを持ちだし、吹きかけた。膝をついて濡れ雑巾でこする。油らしき汚れは茶色く浮きでて、雑巾に吸収されていった。跡が残らなかったことを確認し、恭子は小さく満足した。

電話が鳴る。朝から誰だろうと思って出ると妹だった。午後から遊びに行ってもいいかと聞いてきたので、三時過ぎならと答えた。

神奈川に住んでいる二つ下の妹は、近所にあまり話相手がいないのか、二歳の息子を連れて頻繁《ひんぱん》に恭子のところを訪れる。姉妹だと気がねなく話せるので、恭子にとってもいい気晴らしになる。

一階の掃除を片づけ、二階の子供部屋に上がった。二階には部屋が二つあるが、小さいうちから別々にすることもあるまいと同じ部屋を使わせている。小学三年生の香《か》織《おり》はしっかり者で整理整頓が行き届いているが、一年生の健太《けんた》はずぼらで散らかし放題だ。脱ぎっ放しの衣服をたたみ、ついでに自分も深呼吸した。

窓を開けて空気を入れかえ、ついでに自分も深呼吸した。

庭を見下ろすと、芝がそろそろ生え変わろうとしているのがわかった。間近で見ているぶんには気がつかないが、二階からだと全体の色の変化がわかる。四月になったら、今年こそ花壇を造ろうと思った。一戸建てを手に入れる前から、自分の家があったら庭を花で飾りたいと夢見ていた。去年の春は日常の忙しさにかまけて時期を逃したが、今年は、春休みになったら子供たちと一緒に花壇を造りたい。

窓を閉めてふと壁を見る。香織の絵が貼ってあった。図工の時間に描いたと思われる家の絵だった。庭では恭子らしき母親が洗濯物を干している。二階の窓からは男の子と女の子、二人が顔を出している。きっと香織自身と健太だ。先生から自分の家を描きなさいとでも言われたのだろう。恭子は、その絵に父親の茂則がいないことに一人苦笑した。今夜、夫が帰ってきたらからかってやるのもいい。日ごろ遊んであげないから、と。

茂則は競馬好きで、日曜になるとちょくちょく競馬場に出かける。小遣いの範囲なので咎《とが》めないが、少しは家族サービスもしてほしいと思っている。

子供たちの布団を整えたあと、二段ベッドの下に寝転がって息子の匂いをかいだ。天板にはプリクラのシールが貼ってある。いつか健太と二人で撮ったものだ。こんなとき、恭子は小さなしあわせを感じる。

しばらく子供部屋ですごしてから、恭子は身支度をはじめた。ロングスカートに生《き》成《な》りのシャツ。いつも着やすい服を選ぶ。

スーパーのパートに出かけるためだ。

十五分ほど自転車を漕ぎ、恭子は食品スーパー「スマイル」に着いた。自宅の近くにもスーパーはあるが、わざと遠くの店をパート先に選んだ。万が一仕事でトラブルがあったとき、行きにくくなるのがいやだったし、近所の主婦と毎日顔を合わせ、挨拶を交わすわずらわしさも避けたかったからだ。

スマイルでの時給は九百円。つい先日、勤続一年がたち、五十円上げてもらったばかりだ。恭子は午前十時から午後二時までのシフトで平日だけ働いている。

開店の二十分前に職員通用口から入り、二階の控室で支給されたブルーのベストを着た。この時点ではタイムカードを押してはいけない決まりになっている。朝礼の集合がかかったとき、はじめて押せるのだ。一円でもむだな人件費は払わないという経営者の姿勢に、当初は会社の冷たさを感じたが、いまは気にならない。どこも景気はよくないのだ。

自分でいれたお茶を飲んでいると、まだ二十代の岸本久美《きしもとくみ》が声をかけてきた。

「ねえ、及川さん。確定申告ってやり方わかります？」

「知らない。年末調整、しなかったの？」

「わたし、去年の十二月はあんまり出勤がなかったから。会社がそんなことしてくれるなんて知らなかったんですよ」

「まあ、こっちから頼まないとやってくれないけどね」

「面倒臭いわあ。旦那も知らないって言うし。締め切り過ぎちゃったから税務署に小言を言われそうだし」

久美が子供のように唇をすぼめる。五つ六つちがうだけなのに、久美にはまだ青春の残り香があった。細みのジーンズがいやみなくらい似合うし、キムタクのファンだなどと言う無邪気さにも違和感がない。

「でも、申告しないとお金、還ってこないでしょう」

「そうなんですよ。十万近くは還ってきそうだし……。パートなんだから源泉徴収なんかするなって言いたくなっちゃう、もう」

「岸本さん、まさか百三万、超えたんじゃないでしょうね」

話を聞いていた西尾《にしお》淑子《としこ》が口をはさんだ。手鏡を見ながら口紅をひいている。

「超えてませんよお。だから調節して休んだんじゃないですかあ」

年収百三万円というのが、パートをしている主婦にとっての重要なラインだ。百三万を超えると所得税がかかってくる。税金を払うくらいなら休んだほうが得なのだ。

「わたしなんか去年、百二万八千円だからね」

四十代半ばの淑子はかすれた声でそう言うと、アニメの犬のように低く笑った。

この主婦はなんでもあけすけにしゃべる。自分の夫がパチンコぐるいであることや、高校生の娘が飲酒で停学処分になったことまで教えてくれる。たるんだおなかを気にすることもなく、休憩時間に甘いものを頬ばるのだから、もう人生に過分な期待は抱いていないのだろう。

恭子はテーブルの隅に新聞折りこみ用のチラシを見つけ、手元に引き寄せた。

「それ、今日のですか」久美が聞く。

「みたい」

「ねえねえ、今日は何が安いのよ」淑子が身を乗りだした。

「まぐろの赤身が百グラム二百九十八円だって」

「それ、安いんですか」と久美。

「さあ。ものによるけど」

「実物見ないとねえ」淑子がチラシに顔を近づける。「それより味の素の『ほんだし』が本日限りで二百三十八円」

「あ、それ安い」

「いつもは四百十八円だから約半額。やっぱ元の値段がわかるもの買わなきゃ」

淑子の言葉を聞き、腐るものでもないので、恭子は帰りに買っていこうと思った。

その間にも多くのパート主婦たちが出勤してきた。恭子の勤務シフトには十五人ほどのパートがいるが、口を利いたことのない主婦もいる。なんとなくグループ分けされるのは、学校のクラスと同様だった。

「おはようございまーす」男の元気な声に振り向くと、事務の社員がドアから顔だけのぞかせていた。「パートのみなさん、白菜、余ってるんですが、一個三十円でいかがですか。それからネギは三本で七十円です。こっちは残り少ないけど」

「あ、じゃあ、いただきます」

何人かが弾んだ声をあげ、あとについていった。

どうせ捨てるのだからタダでくれればいいのに、と毎度のことながら恭子は思う。もっとも、十円二十円の積み重ねがスーパーの商売なのだろう。

「及川さん、買わないの」淑子が腰を浮かせて言う。

「うん、いい。野菜はいま足りてるから」

「わたし、肉なら欲しいけど」聞かれる前に久美が口を開いた。「うちは旦那も子供も野菜嫌いなんですよ」

「いいじゃない。献立が簡単で」

恭子が笑みを投げかける。久美は「そうそう。ハンバーグ作っておけば文句言わないんですよ」と屈託なく白い歯を見せた。

パートを始めるときいちばん気になったのは、友だちができるだろうかということだったが、その点では恭子は胸を撫でおろしている。互いの電話番号を教え合うほどの仲ではなくとも、久美と淑子は職場の気のおけない話し相手だ。

店内のチャイムが鳴ったのでタイムカードを押し、控室を出た。パートと社員がぞろぞろと階段を降りていく。レジ前のスペースが毎日の朝礼の場だ。

榊原《さかきばら》という四十代の店長がうしろ手を組んで前に立った。

「おはようございます」まずは全員で挨拶を交わす。「今日もミスのないよう、頑張って仕事に励みましょう。えー、最初はレジ係のみなさんへの連絡事項です。本日のお一人様一点商品は、味の素『ほんだし』、ＡＧＦ『マキシム』、にんべん『つゆの素』です。チラシはレジ横に貼ってありますので、各自確認してください。また、今朝のモーニングサービスは卵です。十個ワンパックが九十八円で……」

この小太りの男は異様に額がせまい。汗っかきなのかいつもハンカチを手にして、そのせまい額を拭いている。聞いた話ではまだ独身らしい。

「えー、それからバックヤードのみなさん。鮮魚パックについてですが、昨日、スポンジの敷き忘れがいくつかありましたので注意してください。袋の中で汁がこぼれて野菜を汚したという苦情がお客様よりありました」

バックヤードというのは裏の作業場のことだ。ここで肉や魚がパックされたり、総菜が作られたりする。ちなみにパートは、年齢、容貌、人あたりで、レジかバックヤードかが暗黙のうちに振り分けられている。恭子と久美はレジで、淑子はバックヤードだ。

「また、フロア係は棚の商品に常に注意を払うことをお願いします。さきほど点検しましたら、カップ麺のところで顔が表を向いていない商品がいくつかありました」

榊原店長のこまごまとした注意が続く。社員には名指しでの注意もあった。

スマイルの社員は若手が多く、十代も珍しくない。彼らの多くが東北から高卒で上京した若者だと知ったとき、恭子は少し驚いたものだ。スーパーは、都会の若者が働きたがる職場ではなさそうだ。

朝礼が済むとそれぞれが持ち場に散ってゆく。店内放送のBGMが流れ、正面の自動ドアのスイッチが入れられた。そのドアが開くと同時に、開店から一時間限りのモーニングサービス目当ての客が十数人、入ってきた。早足で卵売り場に歩いていく。

ただしスーパーは開店から混むわけではない。レジも稼働するのは三つだけだ。レシートのロール残量とビニール袋のストックを確認すると、恭子はしばらく手持ち無沙汰になる。

白いユニフォームを着た淑子が頭を低くして駆けてきた。「早くこれレジ通して」そう小声で言って小脇に抱えた特売品の「ほんだし」を三つ差しだした。

「これ、お一人様一点でしょう」

「いいの、いいの」

仕方がないので苦笑しながらバーコードを読みとり、千円からおつりを渡した。

「それから今日の紅鮭、インチキだからね。買っちゃだめよ」淑子が耳打ちする。

「ただのチリ産。切ってみたら赤かったから紅鮭にして売るんだって」

「そうなの？」

淑子は商品を手にすると、そそくさと去っていった。

スーパーで働いていると、いろいろな裏を知ることができる。二重価格やトレイ込みの計量は当たり前で、ときには商品を偽ることもある。程度のよいアメリカ牛が和牛として売られることも珍しくない。弁当の総菜は、たいてい前日の売れ残りだ。

最初はショックだったが今はすっかり慣れた。商売とはきっとこういうものだ。恭子はとっくに納得している。

開店して十分もたつと、レジに来る客が現れだした。商品の値段をセンサーで読みとり、かごからかごへ移してゆく。作業はいたって単純だ。

こんな仕事をしていると、恭子はふと、かつて自分がスーツを着てオフィスで働いていたことを思いだし、おかしくなることがある。短大を出てOLをしていたころなら、きっとスーパーでのパートなど小馬鹿にしたことだろう。いまも好きではないけれど、少なくとも蔑《さげす》む気持ちはない。生活をしていると、いろんなことに慣れる。そしていろんなことを諦められる。

「及川さん」客が途切れたとき、店長が声をかけてきた。「ちょっとお願いがあるんだけど」

「はい。何でしょう」

「来週なんだけどさ」榊原店長はいつも恭子の顔を見ないで話す。「二日か三日でいいから夜の七時までお願いできないかな。いつもの人が来られないって言うから」

「あ、そうですか……」

引き受けるわけにはいかない。前に一度だけ断れなくて夜も働いたが、それは夫が代休を取って子供を見ていてくれたからだ。

「すいません。うち、子供がまだ小さいので」

精一杯申し訳なさそうに告げた。

「みんなそう言うんだよなあ」

榊原は苦虫をかみつぶしたような顔をすると、ハンカチで額の汗を拭いながら去っていった。この男はいつも憂鬱そうにしている。どうしてこんな垢抜《あかぬ》けない男が店長を任されているのか不思議なくらいだ。スマイルは多摩地区に四店舗あり、本城店は売り場面積がいちばん小さいらしい。よくは知らないが、きっと店舗間で売り上げを競わされているのだろう。

「ちょっと、すいませーん」うしろから久美の声が聞こえた。「及川さん、これ、ほうれん草じゃなかったんですよね」

「小松菜。百四十八円」

久美のレジにいた年配の客が笑っている。恭子もつられて笑った。

久美は悪びれるでもなく値段のキーをたたいている。

午前十一時を過ぎたあたりからレジが混んできた。六台あるレジ・カウンターはすべて開かれ、それぞれに行列ができた。一人では対応しきれないので、ブザーを押して応援を呼んだ。

若い男子社員が商品値段を読みとり、恭子が会計を担当する。十二時になると弁当を買い求める客も加わり、行列はいっそう長くなった。

「あ、ポイントカード、お願いね」

一人の客が会計を済ませてから青いカードを出してきた。ポイントカードとは店が発行したカードで、得点が溜まると割り引きがある。

「あいすいません。会計の前に出していただかないと……」

恭子が断りを入れた。レジの入り口にも注意書きが貼りだしてある。レジを打つ前にカードの磁気を読みとらないと記録できないのだ。

「あら、そうなの」客は不満そうだ。恭子が同年代の同性ということで文句が言いにくかったのか、客はフロアにいた課長をつかまえて喰いさがっていた。課長はひたすら頭を下げ、客をなだめている。

スーパーに勤める男たちは女が嫌いだろうな、と恭子は思う。通路で立ち話をする。陳列棚の前で考えこむ。子供が指でへこませた果物を弁償しようとはしない。店側は黙って見ているほかないのだ。

午後一時を過ぎると、交替で二十分だけ休憩時間が与えられる。その二十分は給与計算が面倒なので、二時以降も働いて返すことになっている。

恭子はたいてい総菜売り場で三百八十円の海苔《のり》弁当を買い求め、控室で一人食べる。パートだからといって安くなることはない。

「だから毎週、野菜が箱で届くのよ」隣のテーブルでは磯田《いそだ》という女が、パート仲間にいつもの勧誘をしていた。「有機野菜と無農薬玄米を毎日食べてごらんなさい、化学調味料にまで舌が敏感になるんだから」

磯田は有機野菜の宅配システムを利用していて、その熱心な信奉者だ。四十過ぎで原色の服を好んで着ている。勧誘するとお金が入るんじゃないの、と淑子は陰口を言うが、どうやら個人的な親切心だけで説いて回っているらしい。恭子もさんざん誘われたが、値段にびっくりして断った。

「だめだって、スーパーの野菜なんか食べてちゃ」

そこだけ毎回声をひそめる。その当人がスーパーでパート勤めをしているのだから、恭子はおかしくなってしまう。

休憩を終えたらレジは暇な時間になるので、恭子は商品の補充を手伝う。その日は二階の日用品売り場を受けもった。

腕時計を見ながら、二時二十分きっかりに仕事を終える。

近所の児童館で時間を潰している子供たちが三時に帰ってくるため、どうしてもその前に家に着きたいからだ。

「お姉ちゃんは、公園付き合い、いやになったりしなかったの？」

圭子《けいこ》が自分で買ってきたシュークリームを食べながら言った。

「もう忘れた」恭子も同じようにシュークリームを口に入れる。

「忘れたって、お姉ちゃん、薄情なんだから」

香織と健太はアニメのビデオに見入っている。圭子が連れてきた二歳の優作《ゆうさく》は、うまい具合にソファで昼寝中だ。

午後三時になるのを待つように、妹の圭子が息子と一緒にやってきた。ちょうど子育てに追われる時期で、行く場所も限られているせいか、ひと月に二回は電車を乗り継ぎ、姉のところを訪れる。

「そんなの今のうちだけ。優ちゃんが学校へ行くようになったら、そこで新しい友だちができて、そのつながりで母親同士も仲よくなれるんだから。交際範囲だって広がるわよ」

「優作が学校へあがるのってまだ四年も先だよ」

「四年なんてすぐだって」

圭子がうんざりした顔でため息をついている。

妹の愚痴はたいてい社宅の近所付き合いのことだ。なんとか仲間に入れたのはよかったが、関係が濃密すぎるというのである。朝の十時に公園に顔を出さないと、すぐに携帯に電話がかかってきて「今日はどうしたの」と聞かれるのだそうだ。

「今度さあ、みんなでティッシュのカバー、作ることになったのよ」

「楽しそうじゃない」

「楽しくなんかないよ。やりたくないんだもん。そんな貧乏臭いこと」

「じゃあやらなきゃいいじゃない」

「お姉ちゃんは社宅に入ったことがないからわからないんだよ。やらないなんて言ったら、どんな目に遭わされるか。……上の階にさあ、テープライターのバイトを始めた人がいるんだけど、その人、それだけで仲間外れ。なんて言うか、抜けがけは許さないって、そんな感じなのよ」

恭子は黙って聞いている。妹の紅茶がなくなっていたので、注ぎ足してやった。

「こんなはずじゃなかったのにな」圭子が二つ目のシュークリームに手を伸ばす。

「独身のころは、絶対に『家庭画報』を読むような生活を送ろうと思ってたのに、今は『すてきな奥さん』の回し読みだもん。自分でもいやになるよ」

「そんな」つい吹きだしてしまった。

「笑いごとじゃないって。やることって『節約』と『収納』しかないんだもん」

「だから、それも今のうちだけ。優ちゃんから手が離れたら、圭子だって働けるようになるし、そうしたら趣味も見つけられるって」

「お姉ちゃんの趣味って何なのよ」

「そう言われると、別にないけど」

「でしょ。主婦なんて、この先ずっと、自由になる時間は限られてるんだよ」

「……じゃあ、圭子はどうしたいのよ」

「とりあえず社宅を出たい」圭子が鼻の穴を広げる。「多少、家賃がかさんでもかまわない」

「どこへ行っても同じだって」

「そうかなあ」

「そうよ。新しい町へ行っても、また公園で子供を遊ばせてるグループがあって、今度はそこで仲間に入れてもらわなきゃなんないんだから」

恭子がそう諭《さと》すと、圭子はしばらく黙り、子供みたいに頬をふくらませた。

「つまんないの。結婚なんかするんじゃなかった」

「なに言ってるの。博幸《ひろゆき》さん、いい人じゃない」妹の夫の名をあげて諫めた。

「そりゃそうだけど。……たぶん、結婚に幻想を抱いてたんだろうね、わたし」

「幻想って？」

「わたし、駆けこみ結婚だったじゃない」

「自分でそんなこと言わないの」小さく苦笑した。

「ううん、そうだった。二十九になって、むちゃくちゃブルーになって、毎日が憂鬱で、体調まで悪くなって。そのときは、結婚すればいまの悩みなんて全部解決するもんだと思ってた。でも、そうじゃないんだよね。人生ってもともと半分はブルーにできてるんだよ。お姉ちゃんだってきっと同じだと思う。お姉ちゃん、家を建てたらこれまでの悩みはほとんど解決すると思ってたでしょう」

「そんなこと」

「でも悩みが形を変えるだけなんだよね。ローンが終わるまでは病気もできないとか、夫がリストラされたらどうしようとか。人間って、足りなければ足りないことに悩んで、あればあるで、失ったらどうしようって悩むんだよ」

「いったい何の本、読んだのよ」

「本じゃないよ。自分で感じたこと」

優作が目を覚まし、圭子にまとわりついてきた。圭子が膝の上に抱くと満足そうに笑顔を見せる。アニメを見終えた香織がやってきて、「遊んだげる」と優作を庭へ連れだしていった。健太はいつの間にか表の道路で近所の子たちと遊んでいる。

「圭子、晩ご飯、食べていく？」

「いいの？」圭子はうれしそうな顔を隠さなかった。

「いいよ。どうせ旦那は遅いし」

「お義兄《にい》さん、忙しいの？」

「平日は週に一回、うちで晩ご飯食べればいいほうよ」

「うちなんか土日だけ」

「たいしたもの、作れないけど」

「なんでもいい。……あ、そうだ。話、変わるけどさあ、婚礼家具、売ったらおとうさん怒るかなあ」

「どうかしたの」

「ほら、婚礼家具って妙に圧迫感があるじゃない。部屋が暗くなっちゃってさあ。カラーボックスでコーディネイトしたいんだよね」

「まずいんじゃない。知ったら傷つくよ」

「だよね。やっぱりまずいよね」

両親は世田谷で二人暮らしをしている。父は繊維会社を退職後、別の再就職先で元気に働いている。両親の老後については、当人たちも含めてまだ誰も言いださない。きっとなんとかなるのだろう。

「婚礼家具って親の自己満足だよね」

「悪いじゃない、そんなこと言ったら」

「でも本当だもん」いたずらっぽく口をすぼめている。

姉を相手に愚痴をこぼしたせいか、圭子の表情はすっきりしていた。恭子も、話を聞くだけでも日々のストレスが薄まっていく気がした。姉妹がいてよかったなと思う瞬間だ。

庭では香織と優作がボール遊びをしている。圭子がそれに加わり、ドッジボールのまねごとになった。嬌声が響く。

健太はどこかへ出かけたらしい。自転車が車庫から消えていた。

ガラス越しに妹たちを眺めながら、恭子は両手を挙げて伸びをする。

人数が多いし、今夜はカレーにでもしようかと思った。

4

雨の密度が高いのだろうか、土砂降《どしゃぶ》りというほどでもないのに、フロントガラスは流れ落ちる雨水の恰好の滑り台になっていた。ときおりワイパーで拭ってやるものの、すぐさま風景は水の向こうに滲《にじ》み、夜の街のネオンは幾重にもぼやけている。湿気が車内にこもっていた。九野薫はデフのスイッチを押してガラスが曇るのだけは防いだ。ラジオからはよく知らない女性シンガーの和製ポップスが流れている。シートを少しだけリクライニングさせ、腕を組んだら、上着の内ポケットで封筒が折れる音がした。封筒には一万円札が十枚入っている。

「たばこ吸ってもいいですか」隣で井上が沈んだ声をだした。

「灰皿がねえんだ、おれの車は」

たばこは八年前にやめた。車を購入する際は灰皿をコイン入れに換えている。

「これ、持ってますから」井上が携帯用の灰入れを手でつまんで見せた。「窓も少しだけ開けます」

少し考えてからうなずく。井上はたばこに火を点けると、紫煙を窓の隙間に向けて器用に吐きだしていた。

車は覆面PCではなく、九野の自家用だ。何の変哲もない国産のセダンで、たぶんそれを選んだのは、目立つことは災いを招くという警察官の習性だろう。グレーのアコードは、新町の路地にエンジンをかけたまま停まっている。新町は、駅に張りつくように百軒程度の飲食店とパチンコ等の遊戯施設が密集した本城市唯一の繁華街だ。

映画館が一軒もないのだから、その規模と文化程度は知れている。

九野の視線の先には「マリー」という名のバーがあった。中に入ったことはないが、外観を見ただけでも、カウンターとせいぜいボックス席が二つほどの店だとわかる。ここに脇田《わきた》美穂というホステスが勤めていた。花村の愛人だ。

今夜ここに花村が現れ、連れ立って女のマンションに帰るようであれば、今度こそその事実を工藤に報告するつもりだった。これで終わりにしたかった。

警告はしたのだ。無視するのであれば、それは花村自身の問題だ。恨みは買うだろうが、どこか諦観めいたものもあった。組織にいれば、どっちつかずではいられない。

扉が開き、何人かのホステスが出てきた。客の見送りらしい。身体を起こし、ハンドルに顎をのせ、目を凝らした。

「あの赤いワンピースですかね」井上がつぶやく。

「そうだ」

横顔が見えた。濃い化粧が、もともと派手な目鼻だちをいっそう小悪魔的に仕上げていた。

女は変わるものだな、と九野は心の中で思う。いや、足枷《あしかせ》が取れて本来の姿になったというべきか。

「歳はぼくと同じ二十六でしょ。花村氏の何がよくて」

「本人に聞いてみろよ」

「ご冗談を」

女は見送りを済ませ、また店の中に入っていった。まだ十一時前だから、店が終わるまで一時間以上ある。

「腹、減りませんか」井上が欠伸をかみ殺して言った。

「さっき牛丼、喰っただろう」

「さっきって、もう四時間も前ですよ」

「あと少しだ。我慢しろ」

井上が靴を脱ぎ、ダッシュボードに足を乗せた。九野は文句を言わなかった。

「何か事件でも起こってくれた方がありがたいですね」

「ああ」

「殺しでも起きれば、いくらなんでも身内の素行調査どころじゃないでしょう」

「ああ、そうだな」

雨のせいで繁華街の人通りは少ない。することがないので、飴《あめ》をひとつ口に含み、頬の中で転がした。

「すいません。ぼくも」手を出す後輩に、包みごと投げて渡す。「……参考までに聞きたいんですが、不倫ぐらいで馘にできるんですか」

「充分だ。諭旨免職にならできる」

「ヒュー」刑事になって三年目の井上がへたな口笛を吹く。

「服務規程を持ちだせば、たいていの警官は馘にできるさ」

「いやだ、いやだ」皮肉っぽく笑った。「それから、この件は、どのあたりまで了解済みなんですか」

「……坂田《さかた》課長は副署長に言い含められている。宇田係長は薄々知ってるってところだな」

「何ですか、その薄々っていうのは」

「知ってても知らない振りをしてるってことさ。関わりたくねえんだよ」

「はは。そりゃそうですね」

井上は眼鏡を外し、ネクタイでレンズを拭いていた。

ある捜査会議で、花村の発した一言が工藤副署長を激怒させたことは、もはや署内で知らぬ者はいなかった。本庁の捜査員がいる前で「あんた、散髪もほどほどにしろよな」と、けっして低くない声を発したのだ。「散髪」とは、本庁から降りてくる捜査費用が署の幹部によって抜きとられることを言う。警察では常識だが、誰も触れない事案だ。

花村が怒りで口を滑らせたのか、覚悟のうえでの台詞だったのかはわからない。いずれにせよ、言った時点で花村の運命が決まったことは確かだった。

「そうだ」九野が背広の内ポケットに手を入れた。「忘れないうちに」そう言って封筒を取りだし、中から五万円を抜いて井上の膝に置いた。工藤から渡された金だった。

井上はしばらく黙っていた。出所を察したのだろう。

「なんか、複雑ですね。……でも、ぼくらにはどうすることもできないし」井上がため息をつき、金を財布にしまう。「春物の背広でも買いますかねえ」わざと下卑《げび》た口調で言った。

空調で車内が暑くなったので、ネクタイを緩め、上着を脱いだ。

ラジオの音楽が流行りのヒット曲になり、井上が鼻歌で合わせていた。

視界の端にすっと人影が現れる。運転席側のガラスがノックされた。

振り向くと、見るからに上等そうなダブルのスーツを着た見知らぬ男が傘を差して立っている。男は腰を曲げて会釈した。

警戒しながら窓を半分だけ降ろした。

「ああ、やっぱりそうだ。本城署の九野さんですよね」そう言って白い歯を見せる。

「ご苦労さまです」

「おたくは？」

九野が男の顔をのぞき込む。この自分と同年配の男に見覚えがなかったが、堅気でないことはすぐにわかった。射るような目は、裏の世界で鍛えられた独特のものだ。

「すぐそこでスナックをやってる者です。『キャビン』って店なんですがね」そう言って車の計器類に素速く視線を走らせた。「あれ、お仕事じゃないんですか。だったらちょっと飲んでってくださいよ」

答えないでいると、なおも男は人懐《ひとなつ》っこく笑みを浮かべる。

「……いや、遠慮しますよ」

「まあ、そう言わないで。若い娘いますよ」

「飲んだら飲酒運転になるでしょう」

「大丈夫ですよ。うちの若いのに送らせますから」

「あなた」向きを変え、男を正面から見据えた。「どうして、わたしのことを知ってるんですか」

「小さな町じゃないですか。刑事さんの顔はだいたい知ってますよ。九野さんも、以前この先のゲームセンターで強盗事件があったとき、うちの店に聞き込みにいらしたんですよ。わたしは奥にいてご挨拶はできなかったんですが」

そう言われて店の名を思いだした。天井に古臭いミラーボールがあったことも。

「清和会ですか？」そこの組員か、という意味で聞いた。清和会は本城市に昔からある博徒系の組だ。適正規模というものを心得ているのか、勢力を広げようとはせず、地元に根づいている。

「ええ、そうです。小林の弟筋にあたる者です。広瀬とはまわり兄弟です」

「こっちはマル暴じゃないから、そんな名前を出されてもわかりませんよ」

「おい」横で井上がとがった声を出した。「邪魔だから、あっちへ行ってろ」

「おや、そちらの若い方は元気がいいですね」

「なんだと」

「黙ってろ」いきりたつ井上を手で制した。

「ねえ、お二人でいらしてくださいよ。別に下心があるわけじゃあない。ただ、お近づきになりたいだけですよ。本城署の刑事さんは、いつも二丁目あたりで遊んでらっしゃるんでしょ。『フーガ』とか『あじさい』とか。『フーガ』のオーナーは不動産屋ですけど、鹿野組の企業舎弟じゃないですか。だったらうちらの店に来ていただいても」

「おたくは」車のラジオを消した。「ずいぶん町に詳しいようですね」

「いえいえ、そんなことは」男が大袈裟にかぶりを振る。はだけたシャツの下で金のネックレスが揺れた。

「じゃあ、ひとつ、聞きたいことがあるんですけど」

「ええ、なんなりと」

「その先に『マリー』って店があるんですけど。そこで働いてる脇田美穂ってホステス、知ってますか」

「それ、本名ですよね。源氏名だとわかるかもしれませんけど」

「源氏名はわからないんです。歳は二十六で、今日は赤いワンピースを着てますが」

「さあ、自分の歳をまともに申告する女なんかいやしませんからね。赤いワンピースか……ちょいと見てきましょうか」

「いや、いいです」

「その女、どうかしましたか」

「知らないのなら結構」

男はポケットを探ると名刺を取りだした。

「申し遅れました。大倉《おおくら》といいます。ほんと、一度遊びにきてくださいね」

黙って受けとる。ただの飲食店経営者としての名刺だった。

「ああ、そうだ」九野が顔をあげた。「花村は知ってますか」

「もちろん。ここいらで花村さんを知らなきゃモグリですよ」

「どこかで会っても、今夜、わたしがここにいたことは黙っていてください」

しばらく間をおいてから、男が真顔でうなずく。

「余計なことは言いませんよ。信用してください」

大倉というやくざは「じゃあ、失礼します」と言い残すと、雨の中、背中を丸め、小走りに去っていった。

「何なんですか、あの男は」井上が不愉快そうな声をだす。

「所轄の刑事とはできるだけ顔をつなぎたいんだろう。どこにでもいるさ」

「九野さん、なにもやくざ相手にあんな丁寧な言葉遣いしなくったって」

「やくざの相手をするときはな、できるだけ他人行儀に話すんだ。でないと付け入られるぞ」

「佐伯主任と逆ですね。あの人はやくざとでも『おれ』『おまえ』でやってますよ」

「人それぞれさ」

「おまけに酒も奢らせるし」

「おい、めったなことは言うな」

また「マリー」の扉が開いて客らしき男が出てきた。ホステスが見送り、ついでに看板の電気を消して中に入った。午前零時までまだ十五分ほどあるが、もう客はこないと踏んだのだろう。

しばらくして数人の女たちが通りに姿を現した。傘が一斉に開く。

「あ、やべえ」井上が声を発した。「全員、コートを着てやがる。おまけに傘で顔が見えないや」

「靴を見ろよ。赤いハイヒールだ」

観察のいたらなさをつかれ、きまりが悪かったのか井上が押し黙った。姿勢を直してシートベルトを着ける。女たちが歩きはじめ、少し距離があいてから車のギアをいれた。

「赤い服に、赤い靴に、赤い口紅か。いかにも新町のホステスらしいじゃないですか。ねえ、九野さん」

「いいから、ちゃんと見てろ」

女たちは揃って表通りに出て、それぞれがタクシーを拾おうとした。九野は車を手前の路肩に寄せた。「真っすぐ帰ってくれよ」井上が助手席でつぶやく。

一台のタクシーが暗闇にブレーキランプを灯して停車した。脇田美穂は連れのホステスと二人でタクシーに乗りこんだ。水しぶきをあげて発進し、九野の車があとに続く。すぐ先の角を曲がりガードをくぐった。

「しかしまあ、婦警からホステスに転職とは思いきったことを」隣で井上がつぶやく。

「珍しくはないさ。元々警務課なんてのはＯＬの仕事と変わらんしな」

「ぼくとは入れちがいですけど噂は聞いてますよ。ところかまわずフェロモンをまき散らしてたそうじゃないですか」

それには答えなかった。かつて自分と関係があったことも話してはいない。

タクシーはあっけなく駅の反対側の女のマンションに着いた。追い越してから車を停め、うしろを振りかえった。脇田美穂だけが降りて、同僚におやすみの笑みを投げかけ、エントランスに消えていった。

「部屋の電気だけ確認してくれ」

井上は返事をせず、頭を掻《か》いて車から出た。ドアを閉めないで、ビニール傘越しにマンションを見上げている。

「九野さん、三階の端っこでしたよね」

「馬鹿。でけえ声、出すな」

「電気点灯を確認。午前零時十八分」やけ気味にそう言うと、鼻をすすりながら助手席に戻った。

井上がたばこに火を点ける。今度は窓を降ろさなかった。

「いつまでやるんですかね」

「おれに聞くな」

ふと、先日この場所で少年たちを痛めつけたことを思いだした。

雨がボンネットの上で跳ねている。今夜はついぞ雨脚が衰えることはなかった。

ゆっくりとアクセルを踏んでマンションを離れる。背中に鈍い痛みを感じた。疲労が張りついていた。

大きな欠伸がでる。まぶたの奥に眠気があるのに気づき、この状態がベッドにたどり着くまでもってくれることを胸の中で祈った。


ぐずついた一週間分の天気をまとめて取り戻すかのように、日曜日は雲ひとつない晴天だった。八王子の空にはひばりが鳴いている。連なる民家の屋根は太陽の照りかえしで白く輝き、遠くに見える山々は緑が深かった。

窓を開け放っているせいで、風と一緒に乾いたエンジン音が車内に入りこんでくる。そのモーターのような唸りは耳に心地よく、ラジオのBGMを必要としなかった。フリースのジッパーを下げ、首元に風が通るようにした。シャツ一枚でも平気なくらいの、本格的な春の陽気だ。

助手席には草餅《くさもち》がある。九野が義母のために買ったものだ。六十五になる義母の好みを本当のところは知らないが、以前、大袈裟なほどよろこんでくれたので、草餅を持っていくのが習慣になった。スーパーで調達した食材もある。

義母のところへ行くのは一ヵ月ぶりだ。早苗の墓参りを月に二回と決めているので、一度飛ばした恰好になる。これでも回数は減ったほうだ。三回忌までは毎週墓参りしていて、そのつど早苗の実家に顔を出していた。

通ううちにすっかり遠慮がなくなった。九野はまるで我が家のようにくつろぐことができる。義母も義母で、亡くした一人娘の夫が訪ねてくるのを毎回愉《たの》しみにしているようだ。もっとも一人暮らしの義母は、訪問客なら誰でも歓迎するのかもしれない。

坂の下にさしかかったところで一旦車を停め、目薬をさした。この坂の上に早苗が育った家がある。古い家を、早苗の亡き父が結婚を機に購入したものだ。当時改築はしたようだが、二十数年もたてばその跡にも年期が入っている。建てかえの話はない。義母が自分の死後どうするつもりなのかも知らない。

「九野さん」声がして振り向くと、子供を連れた男が道端に立っていた。

「やあ、こんにちは」

いつも利用する花屋の若旦那だ。同い年とわかり、親しく口を利くようになった。

「またお墓参り？」

「そう。あとで買いに行くから」車の窓から顔を出して答えた。

「毎度どうも。今日は女房が店番してるけど」

「そりゃラッキーだな。奥さんきれいだから」そんな軽口をたたく。「その子、若旦那の息子さんだよね」

「そうだよ。なによ、いまさら」

「いや、ちょっと見ない間にずいぶん大きくなったから。そういえばもうすぐ二人目が生まれるって言ってたよね。だったらお兄ちゃんになるわけだ」

恥ずかしがって父親の陰に隠れようとする息子に花屋の若旦那は「ほら、挨拶は」と促し、男の子がはにかみながらぺこりと頭を下げた。

「おりこうだね」九野もつい口元がゆるんだ。

「子供ってさあ、すぐに大きくなるんだよね」

「そうだろうね。こっちなんか、まだ赤ちゃんのときの印象が強くって」

「春から小学校」

「本当に？」

驚きつつ、あらためて男の子を見た。もしも早苗が死ななかったら、おなかの中にいた自分たちの子供は小学校に上がる年齢なのだと運命の不思議を思った。

「九野さんは太らないね」

「苦労が多いからさ」

「ちがうよ。独身だからさ。こっちなんかもう生活に追われてさ。自分のことに構ってる暇がないから腹まで出たよ」若旦那はそう言って腹をさすり、屈託《くったく》なく笑う。

「あ、そうだ。あの家、とうとう売るの？」

「どうして」

「この前、不動産屋が来てたから」

「不動産屋が？」初耳だった。小さく目を剝いた。

「うん。数人で家の前にいたよ。バンの横っ腹に社名が出てたから不動産会社だってわかったんだけど。なんだ、そっちが査定を頼んだわけじゃないんだ」

「知らないな。するわけないじゃない」

「じゃあ勝手に持ち主でも調べようとしたのかな。見晴らしがいい広い屋敷だから。不動産屋は黙ってないよね」

まさか義母が手放そうとでも思ったのだろうか。一人で暮らすには広すぎると。

「それっていつの話なの」

「先週ぐらいかな。いや先々週かな」

義母が旅行に行っていた時期かもしれない。九野は詳しく聞きだそうとしたが、若旦那の記憶は曖昧《あいまい》で、自分が義母に確かめるしかなかった。

「どう、刑事の仕事は」

「うん？　ぼちぼちだよ」

生返事してギアを入れた。「じゃあまた」と告げ、スニーカーを履いた右足でアクセルを踏む。男の子が父に言われて手を振っていたが、応える余裕がなかった。もしかして義母はあの家を売り払い、老人ホームにでもはいるつもりなのではないかと胸が騒いだ。

だから家に着いて庭で花に水をやっている義母を見つけたとき、最初に出た言葉は「おかあさん、ここに不動産屋を呼んだの？」だった。

「薫君、いらっしゃい」

「ねえ、おかあさん。不動産屋、呼んだの？」

「どうしたのよ、いきなり」義母が相好をくずす。白いシャツのボタンを律義に上まで留め、ベージュのセーターを品よく着こんでいた。

「どうしたのはこっちですよ。さっき、花屋の若旦那に聞いたけど」

「ああ、信ちゃん。あの子、今度やっと二人目が生まれるんだって」

「それはこの前ぼくが教えてあげたことじゃないですか。そんな話じゃなくて、不動産屋、呼んだの？　おかあさん」

「ううん、別に呼んだわけじゃないのよ。向こうから来たの」

「それで？」

「売る気はないですか、いい条件出しますよって」

「で、どう返事したんですか」

「考えときますって答えたけど」

「そんな──」

「上がってよ、お茶でもいれるから」義母はそう言うと、蛇口を締め水を止めた。

「ああ、ホースはぼくがしまいます」

　義母がふわりとスカートを浮かせ、縁側から家に上がる。九野はホースを巻いたあと、草餅を車の中に置き忘れていることに気づき、もう一度車に戻ってから玄関をまたいだ。

　居間では義母がこたつのテーブルに茶碗を並べていた。

「草餅？　いつもありがとう」

「おかあさん」それより話の続きがしたかった。「そういう思わせぶりなこと言うから、向こうが期待しちゃうんですよ」

「だって」義母が台所へ歩いていく。

「だってじゃないですよ。ああいう連中は一回ビシッと断らないと何度でも来ますよ」

「でもね」背中を向けたまましゃべっていた。「おかあさんだって、いつまでもこの家に一人で住めるわけじゃないし。歩けなくなったときのことも考えなきゃならないし」

「そんな心細いことを。まだ六十五じゃないですか」

「すぐですよ、そんなの」

義母は急須《きゅうす》を手に居間に歩いてきた。向かい合ってこたつに腰をおろす。

「これからはちゃんと断ってくださいね」

「掃除とか、庭の手入れも大変なのよ」

「だからそれはぼくがやりますよ。何度も言ってるじゃありませんか」

「薫君にそんなことさせるの、悪いし」

「全然悪くありませんよ。気晴らしになっていいくらいですよ。木の枝なんか切り揃えてると、不思議と心がやすまるし」

「ふふ。そんな年寄りみたいなこと」

「それ以外でも、男手が必要なときはいつでも言ってください。駆けつけますよ。どうせ車で四、五十分なんだから」

「ありがとう。いろいろ気を遣ってくれて」

「そんな水臭いこと言わないでください。家族なんだから」

「……そうね」義母は湯呑みを手にやさしくほほ笑んだ。「家族って呼んでいいのか、わからないけど」

「家族ですよ。そうじゃなきゃ何だって言うんですか」

義母は下を向き、草餅を頬ばっている。少女のような可愛い仕草だった。

九野は、ふと義母が今月旅行に出かけていることを思いだした。

「そう言えば、おかあさん、山形へ行ったんですよね」

「そうそう、楽しかったわよ」

義母が顔をほころばせ、旅先での話をする。温泉につかって肩の凝りがすっかり取れたと陽気に腕をぐるぐる回す。

「それはそうと、仕事はどうなの」

「いまは暇ですよ。事件が起きないから」

「ふつうの人が暇だっていうと心配になるけど、薫君が暇だとほっとするわね」

「ふふ」目を伏せて笑った。

「お昼、薫君の好物のちらし寿司、作るから。茶碗蒸しも」

「すいませんね。面倒なものを作らせて」

「おかあさんも食べたいの」義母が立ちあがる。「一人だと簡単なものばっかりになっちゃうから」

義母は再び台所に向かった。「テレビでも見てて」と言われ、九野はこたつに足を入れたまま転がった。リモコンでスイッチを入れる。芸能人が甲高い声で騒いでいるブラウン管をぼんやり眺めていた。

テレビはBSチャンネルもついていない旧型だ。買ってあげようかと何度か提案したが、そのつど義母はもう新しいものはいらないと、少し淋しそうに笑っていた。それが遠慮なのか本心なのか、九野にはわからない。こういうのは強引に買って贈るものなのかなと思うこともある。

義母はあまりものを欲しがらない。家の中を眺めまわしてみても、九野が早苗に連れられて遊びにきた学生時代から見覚えのあるものばかりだ。台所にはいまだ蝿帳《はいちょう》が鎮座している。この家は、もう十年以上も時間が止まったままのようだ。

思いついて柱時計のねじを巻いた。古いせいかねじがすっかり固くなっていて、義母の力では一苦労だからだ。九野が八王子の家に来たときの小さな親孝行だ。

しばらくしてテーブルに料理が並んだ。義母の作ったちらしには貝柱がのっていた。すし飯を覆わんばかりに金糸《きんし》たまごが敷かれている。

「味、薄くない？」義母はいつも娘の亭主にそう聞く。

「いいえ。ちょうどいいです」

「夜も食べていくんでしょ」

「うん」

「じゃあ夜はお肉にする。薫君がせっかく買ってきてくれたから」

「なんでもいいですよ」

「お墓参り、何時に行く？」

「そうですね、食べて一休みしたら行きますか」

テレビではタレントが芸能界の暴露話をしていた。二人でなんとなく目をやっているが、熱心に見ているわけではない。

「ああ、そうだ」たったいま思いついたように義母が言った。「薫君の写真、あとで撮らせて。庭でいいから」

「写真？　どうしてまた」思わず箸が止まる。

「山形へ行ったときのフィルム、まだ余ってるの。もったいないし」

苦笑いした。「どうしたんですか、ぼくの写真なんて」

「この前写真の整理をしてたら、早苗と一緒のはたくさんあるけど、薫君一人の写真はほとんどないし。ほら、早苗の三回忌のときにお寺で撮ったのが最後でしょう」

「そう言われればそうですけど」

「いいじゃない。若いうちに」

「もう若くはないですよ」

義母が皿に二杯目のちらしをよそってくれ、九野はそれを胃袋に押しこんだ。以前、少食になったんじゃないと言われ、無理をしても食べるようになった。

実際、九野は少食だった。井上にも言われたことがある。不思議なもので、一人のときはたくさん食べられても、誰かと一緒だとすぐに腹がふくれてしまうのだ。

三杯も食べて昼食を終えた。

義母は手早くテーブルを片づけると、りんごを剝いて九野の前に置いた。義母は九野が来たときは必ず果物を出す。残すのが悪くて、これも無理に食べた。

義母が奥の部屋からカメラを持ってきた。肩にスカーフを羽織っている。

「じゃあ、外に出ましょうか」

「うん。撮ったらそのままお墓参りに連れてって」

義母が縁側の戸締りをはじめる。九野はフリースに袖を通して玄関から出た。

庭には矢車菊《やぐるまぎく》の花が咲いていた。この花の名は、去年、義母に聞いて知った。

「薫君、そこの植木の前で」

義母が慣れない手つきでカメラを構える。玉砂利を踏みしめながら、なんだか照れた。三回、シャッターが押された。

「まだ残ってるんですか」

義母がカメラの枚数表示をのぞく。「あと二枚残ってる」

「だったら、今度はおかあさん、撮ってあげましょう」

「ううん。いい。おかあさんはいい」

「どうして」

「どうしても」

「そんな」九野が歩み寄る。義母からカメラを取りあげた。「じゃあ、二人で撮りましょう」

「だって、三脚がないし」今度は義母が照れていた。

「大丈夫ですよ。車に積んであるんです」

「車に？　変なの。いつも積んでるの？」

九野が玄関前に停めてある車のトランクから三脚を取りだす。セットしてファインダーをのぞいた。

「おかあさん、そこに立っててくださいね」

自動シャッターにすると急いで義母の隣に駆けた。

義母の肩を抱く。つい目が隣にゆき、義母が思いのほか小さくなっていることに驚いた。

義母が頬を赤くしてよろこぶ。それを見て、自分も笑いながら、少しせつなくなった。

墓参りは義母と二人で行った。墓石に水をかけ、花を添え、線香を立て、手を合わせる。いつもの慣れた手順だ。このあと義母は、「ちょっとお寺さんに」と言って先にその場を離れる。これも毎回のことだ。早苗と二人きりにしてくれているのだろう。九野は腰をおろし、半月の出来事などを静かに報告する。井上っていう生意気な部下がいてね——そんな夫婦の会話だ。

早苗の墓は寺の裏山を削った傾斜にある。下の方が値段が高いのだが、見晴らしのよい方がよかろうといちばん上を選んだ。

早苗と並んで町を見下ろす。伸びをして深呼吸する。九野の墓参りは、半月に一度、胸の中の空気を入れ換える儀式だ。

墓参りから帰るとすることがなくなり、昼寝をすると告げて九野は二階のかつての早苗の部屋に上がった。いつもそうしていた。

義母も心得たもので、部屋には布団が敷いてある。

たぶん午前中に干してあったのだろう、布団はやわらかく、日なたの匂いがした。仰向けになり、手持ち無沙汰《ぶさた》になるのを恐れて持ってきた文庫本を開いた。活字を目で追うが、あまり頭に入ってこない。これも毎度のことだ。

本を開いたまま胸に乗せ、目を閉じた。階下からはテレビの音がかすかに聞こえてきた。義母は毎日何をしているのだろうと思うことはあるが、詮ない想像だと、いつも途中でやめている。

それ以外は、たいてい早苗のことを考えている。この部屋で妻は勉強をしたり考え事をしたりしたんだな。そんな空想をすると、不思議と温かい気持ちになってくる——。

早苗とは学生時代に知り合った。ゼミの二年後輩だった。よくあるキャンパス内の恋愛で、ドラマチックなストーリーなどなかった。もっともそれは男側の味気ないものの見方で、女の早苗にとっては別のストーリーがあったのかもしれない。

「先輩、長男ですか」最初のデートで早苗はこう聞いた。「わたし、母一人子一人なんですよね。だから……」

九野は何事かと思った。戸惑いながら次男だと答えると、早苗は笑みを顔中に広げ「第一関門突破」とおどけた。ショートヘアが額でさらりと揺れた。

「将来、母の面倒はわたしが見るから、長男の人とは最初から付き合わないことにしてるんです。だって本気で好きになったら困るでしょう」

早苗の言動は驚くほどストレートだった。思わせ振りな仕草をするとか、わざと冷たくするとか、若い女が試したがる恋のかけひきのようなことを一切しなかった。

「でも、別に養子にきてくれってわけじゃないんです。九野って名字、素敵だなあ。わたし、その名字になってもいいかなって」

早苗は、そこで初めて自分の言っていることに気づき、激しく赤面した。

「わたし、なに言っちゃってんだろう」

女子高出身だから男の人に慣れてないのだと、しどろもどろになりながらも懸命に言い訳していた。

そんな早苗を九野は可愛いと思った。たぶん自分はあのとき早苗を本気で好きになった。濃い眉、長い睫《まつげ》、柔らかそうな唇。顔のすべてに若さと愛敬があった。十八歳の早苗は、孵《かえ》ったばかりの雛《ひな》のように無邪気で無防備だった。ただ、ストレートなだけにイニシアティブは早々に握られた。二度目のデートでは早くも八王子の家に連れていかれ、母親を紹介されたのだ。

手料理をごちそうになり、家族のアルバムを見せられた。父親が中学生のころ病死したことも、母親が教師で鍵っ子だったことも、あけすけに話していた。

「薫君」もう早苗は九野をこう呼んだ。「一緒に写真撮ろ。プリントして我が家のアルバムに貼るから」

早苗と二人で、そして義母を入れて三人でも撮った。なんだか一方的に首輪をはめられたような気分だったが、不愉快ではなかった。むしろ東京に新しい家族ができたようで、九野はうれしかった。

早苗と義母は姉妹のような仲のよさだった。それは甘え束縛しあうというのではなく、互いに助けあって生きていくのだという友情に似た関係だった。早苗に浮かれたところはなく、義母も娘のすることに細かく干渉はしなかった。

その後も何度か団欒《だんらん》に加わりながら、自分は早苗と結婚するのだろうなと、まだ二十歳だったくせに、ぼんやり想像した。

それは自然な流れで、身を任せていれば無理なくたどり着くゴールに思えた。

早苗は結婚願望の強い女だったが、男のあとを黙ってついてくるようなタイプではなかった。学生時代の九野は剣道部のエースで、試合ともなれば女子学生がたくさん応援に駆けつけたが、早苗は自分の用事があるときは迷うことなくそちらを優先した。ボランティアに熱心で、日曜になると養護施設の子供たちを引率してはハイキングに出かけていた。べたべたと甘えることなく、ともすれば素っ気ないと感じることもある早苗だったが、九野には尊敬できる好ましい恋人だった。ただし、これも男側のロマンスに欠ける断じ方かもしれない。

一足先に卒業した九野は東京で警官になった。生まれ故郷の九州に帰ることは考えなかった。そのころには早苗と将来を話しあっていたからだ。

「わたし、おかあさんを一人にはできないからね」早苗は珍しく九野の顔色をうかがうように言っていた。「おかあさんは、わたしが結婚したら一緒には住まないって言ってるけど、少なくとも近くにはいてあげたいの」

もちろん九野はそのつもりでいた。田舎に帰る気はないと告げると、早苗は安心したのか目に涙を浮かべていた。

このときが事実上のプロポーズだった。

初任給でたいして高くもない婚約指輪を買った。精神的に安定したのか、それからの早苗はますます人生に積極的になり、資格取得に励んだり、新たなスポーツに挑んだりした。

九野がスキーを覚えたのは早苗に尻をたたかれたからだ。もしも一人だったら、ものぐさな自分は何もしない青春時代をおくったことだろう。

二人が結婚したのは、九野が二十七で早苗が二十五のときだった。義母と同じく教師になった早苗には過疎地への赴任が一年だけ義務づけられていて、それが済むのを待っての入籍だった。

「二人とも公務員だから喰いっぱぐれはないね」義母は結婚式で明るく笑っていた。

早苗もそう思っていたのか、結婚した時点で将来設計をすでに立てていた。

「二十八で一人目の子供を産んで、三十で二人目の子を産んで、三十三で八王子にマンションを買うの。そのためにはね、月々……」そんな話をするときの早苗は、有能な銀行マンに見えた。「それでわたしが四十になったら、おかあさん七十一だから、そうなったら実家を改築してみんなで一緒に住も」

九野はもっぱら聞き役だったが、その計画に異論はなかった。そして自分が殉職でもしない限り、計画は実行に移されるものと疑わなかった。だいいち、妻の交通事故死を予想する男など、この世のどこにいるというのだろう。最初の子供を、予定どおり二十七で身籠《みごも》ったとき、早苗はあっけなくあの世へ行った。

最愛の人間が、まるでテレビのスイッチを消すように、ふっと命をなくした。買い物に行く途中、早苗の運転する軽自動車にダンプがうしろから突っ込み、苦しむことなく、即死したのだ。義母も同乗していたが、義母だけは奇跡的に助かった。早苗は自分に何が起きたのかも、わかっていなかっただろう。

実のところ、九野はそれからの数日間を覚えていない。葬式で喪主をつとめたことすら、きれいさっぱり記憶から抜け落ちている。

気がついたらアパートの暗い部屋で、遺影を前にしてしゃがみこんでいた。電話が鳴ったのだ。受話器の向こうで上司が一週間の休暇を勧めてくれ、その間ずっと泣き続けていた。胃袋は何も受けつけず、涙のための水分を補給するだけの毎日だった。

復帰には数ヵ月を要した。

いや、正直に言えば今も完全に復帰できたとは言いがたい。この七年間、心から笑ったことは一度としてなく、薬なしで安眠を得られたこともない。酒には酔えず、本を読んでも物語の世界に入っていくことができない。おそらく自分の傷は一生癒《い》えないのだろう。

世の中に対する興味も失った。テレビは見なくなった。週刊誌の見出しを飾るスクープも、辛口コラムも、芸能界のゴシップも、すべてに関心がない。

だが、最近はそれでもいいかと思えるようになった。人間はどんな境遇にも慣れることができる。早苗の無念に比べたら、自分の人生に晴天の日が永久に訪れないとしても、取るに足らない問題なのだ。

それに、自分には義母という支えもある。

早苗の死後は自分の悲しみで手一杯だったが、しばらくして義母の存在を思いだし、浅からず反省した。夫に続いて娘を失った義母は、きっと九野よりも大きな悲しみに打ちひしがれ、神を呪ったはずなのだ。自分だけ助かったことにやり切れない思いを抱いていたかもしれない。

どうして義母をいたわることができなかったのか、自責の念にかられた。

そして親孝行の機会を奪われた早苗のために、自分がその代わりを果たそうと思った。

もしかすると、それは早苗との関係を断ち切りたくないという、依存の感情なのかもしれない。

義母は当初、自分のことを「わたし」と言っていたが、九野が何度も通ううちに

「おかあさん」と称するようになった。おかあさんはね、と今では自然に語りかけてくる。

その変化を九野はうれしく思っている。

九州の実家と疎遠になった今では、たった一人の肉親の気さえする――。

寝返りをうった。

柱時計の音が二階まで聞こえる。まだ午後の三時だった。

義母と家にいる時間は、なぜかゆっくり過ぎるような気がする。

長く目を閉じていたおかげだろうか、脳にしみるように睡魔がやってきた。少しは眠れるのかなと思ったら、自然と笑みがこぼれた。

5

日曜の夜は家族で外食をするのが、この町に移り住んでからの習慣だ。

子供へのサービスもあるし、及川恭子が一週間に一度だけ夕食の支度から解放されるという意味合いもある。

たいていは国道沿いのファミリーレストランで、子供たちにはハンバーグを食べさせ、自分たちもたまにはと脂っこいものを口に入れるのだが、この日は夫の茂則が鮨を食べたいと言いだし、家族は従うことにした。

ただ、それが回転寿司ではなく板前が握る寿司屋だったのには驚いた。自家用車で着いた先は、出前もとったことがない繁華街近くの真新しい寿司屋だったのだ。

「うそ。ここで食べるの？」

車から降りる前に、恭子は夫のブルゾンの袖を引っぱった。

「ああ。いいじゃないか、たまには。競馬も勝ったしさ」夫がシートベルトを外しながら答える。

「そりゃそうだけど」

茂則が今日の競馬で小遣いを増やしたことは知っていたが、その金額までは聞いていなかった。以前、少ない戦果に「なんだ」とつぶやいたら、いきなり怒りだしたことがあったからだ。

「ねえ、いくら勝ったの。教えてよ」腕を揺すると、思わせぶりに夫がにやつく。

「なんだよ、子供の前で」

「早く行こうよ」

うしろから健太が身を乗りだす。香織も同じように首を伸ばした。

「ちょっと待ってなさい」子供をシートに追いやった。

「揉めるなよ。こんなところで」

「だって高いじゃない、こういうところ。四人で食べたら」

「そうでもないさ。前に会社の連中と来たことがあるし」

「でもおとうさん、お酒飲むし、二万円ぐらいいっちゃうんじゃないの」

「まあ、それくらいは」

「だったらもったいない。回転寿司でいいじゃない。ほら、市民会館のそばにできたナントカっていう大きなお店。結構おいしかったし、一万円以下で済むし」

恭子が訴える。そんなお金があるのなら、もっとほかのことに使いたかった。洋服とか、食器とか。

そんな妻の心を見透かしたのか、茂則は「回転寿司にして、代わりに服でも買えって言うんだろう」と言って恭子の腕を押した。

「そうだけど」

「いいから、行くぞ」夫がかまわずドアを開けた。「服だって買ってやるさ」

「ちょっと待ってよ」

「なんだよ、うるさいなあ」

「……じゃあ、高いのはやめようね」

「もう、おまえは貧乏性なんだから」茂則は呆れ顔で笑っている。

ほんとうにいくら勝ったのだろう。賭け事で得たお金は、うれしいけれど怖くもある。

店に入ると、奥の座敷に通された。木の香りがする部屋を眺めまわし、この手の寿司屋に来るのは何年ぶりだろうと、大袈裟な感慨にふけった。家を建ててからは初めてのことだ。

「玉子」健太がおしぼりを運んできた仲居にいきなり告げる。

茂則が吹きだし、恭子も肩の力が抜けた。仲居も笑っている。

「わたし、海老」負けじと香織も大きな声で言った。

のり巻き。トロ。二人で知っているネタの名前をあげている。

「お子様向けの握りセットがありますけど」と仲居。

「わさび、抜いてあるんですよね」

「ええ、そうです。デザートにアイスクリームもつきます」

「アイス、食べる」健太が手を挙げた。「わたしも」と香織。

「静かにしなさい」恭子が諫めると、やっと子供たちは黙った。

「お飲み物のほうは」

「ビール、大瓶で一本」茂則が答える。「子供にはジュースをもらおうかな。それからツマミは鮑《あわび》と白身の魚を適当に」

何か言いたかったけれど、子供の前なのでやめておいた。茂則は涼しい顔で品書きを眺めている。休日は整髪料をつけないので、前髪が額に垂れていた。その部分だけアンバランスに幼い。結局、子供たちにはセットを注文し、自分たちは上握りコースを頼んだ。

ビールが運ばれ、茂則に勧められるままグラスに一杯だけ飲んだ。

恭子が鮑に箸を伸ばす。こりこりとした感触を味わったら思わず顔がほころんだ。たまの贅沢もいいか、そう思うことにした。

「ぼくも」健太が言う。もちろん香織もあとに続く。

「だめ。これはお酒を飲める人だけ」

真顔をつくってはねつけた。子供たちは黙ってジュースを口に運ぶ。我が家の子供たちは聞き分けがいい方だ。

テーブルに並んだ上握りは、恭子が忘れかけていた上等な鮨だった。トロはスーパーで売っている、少しだけ脂っぽいものではなく、美しいサシが入っている。穴子《あなご》は舌の上でとろけ、ツメの甘さにも品があった。

「おいしいね」ますます笑顔が隠せない。

「だから言っただろう。たまには贅沢もいいって」

家を買ってからというもの、恭子の最大の関心は節約だった。かつかつの生活というわけではないが、収入が決まっている以上、お金を捻《ひね》りだす方法といえば節約しかなかった。だから極力贅沢は避けた。避けたというより、罪悪感を覚えるようになった。タクシーを使った日など、しまったなとしばらくくよくよするほどだ。

「ねえ、おとうさん」夫にビールをついだ。「お金持ちの人に頼みがあるんだけど」

「なによ」

「庭に花壇、造りたいの。カンパして」

「いいよ」茂則があっさりうなずくので、恭子はうれしくなった。「前から言ってたもんな。花壇、造りたいって。で、何を買うわけ」

「腐葉土《ふようど》とか、肥料とか。あとレンガも」

「レンガ？」

「そう。ちゃんと囲いたいから」

「本格的じゃない。素人《しろうと》が大丈夫かよ。業者に頼んだら」

「自分でできるって。香織と健太も手伝ってくれるし。そうだよね」

二人に聞く。子供たちは口々に「いいよ」と言ってくれた。

「わたし、チューリップがいい」香織が箸を振りあげる。

「チューリップはもう遅いかな。冬の間に植えておかないと、春には咲かないの」

「じゃあメロン」

笑わせようとしてなのか、健太が声を発する。夫婦で笑い声をあげた。

「ばーか。メロンは花じゃないの。果物」と香織。

「でもメロンだって花ぐらいあるんじゃないの。カボチャにあるくらいだし」と茂則。

「おかあさんは知らない」恭子がかぶりを振る。

しばらくメロンの花談義になった。

その間、仲居が顔をのぞかせ、追加の注文はないかと聞いてきた。茂則が穴子を注文し、子供たちも食べたいというので同じものを四人で追加した。

子供たちは穴子がすっかり気にいったようで、これはどんな魚なのかと聞いてきた。蛇に似ていると夫がからかうと、顔をしかめながらもよろこんでいた。

健太が言ったからというわけではないだろうが、デザートにはメロンが出てきた。ただし大人だけで、子供はアイスクリームだ。自分たちもメロンが欲しいと口々に言う。

「じゃあ頼んであげる」と茂則。

「だめよ」ひとつぐらいは節約しようと思った。子供は癖になる。「おかあさんのを二人で食べなさい。おかあさんは、おとうさんと半分っこするから」

茂則もこのときは従ってくれた。一切れ頰ばりながら、なんておいしいメロンだろうと思った。

レジで会計を済ませるとき、夫のうしろでそれとはなしに聞き耳をたてた。やはり二万円を超えていた。それに見合う味だったので満足も納得もしたが、自分のパート代の六日分なのかとつい考えてしまった。

家に帰り、子供たちが二階に上がってから、夫に聞いてみた。

「ねえ、本当にいくら勝ったの。今日の競馬」

「うん？　今までの負けを少し取りかえしただけのことだって」茂則がはぐらかす。

「いいじゃない、教えてよ」

「……約二十万」

「うそぉ」驚いた。

「正確に言えば、十九万三千円」

「なんで、なんで」

「なんでって、予想した馬が来たからだよ」

「凄いじゃない」

「だから、勝つ日もあれば負ける日もあるんだって、競馬は」

「洋服、買ってね」

「はいはい」茂則は笑っていた。

「美容院も行きたい」

「どうぞ。美容院でも、エステでも、どこへでも行ってください」

茂則は財布から五万円を抜きとり、恭子に手渡した。恭子が芝居がかったシナをつくると、さらに一万円、追加してくれた。中肉中背の茂則に抱きついて、頬にキスをする。

茂則は柄にもなく照れている。

二人で床につく。「あるかな」と思ったけれど、茂則は先に寝てしまった。

その夜、恭子はうまく寝つけなかった。

臨時収入によろこびつつも、無邪気にはなれない。

こんな日はたいていそうだ。心にかすかな薄雲が広がる。一度、茂則の競馬につきあって、勝つところを目撃できたらどれほど気がらくなことだろう。

五年前にちょっとした金銭にまつわる事件があった。そのとき以来、恭子の心の中には開けたくないドアがある。

週が明けて、子供たちが春休みに入った。

恭子は子供たちに、自分の携帯の番号と、何かあったら隣のおばさんを頼るようにと教え、家を出た。もちろん隣人にはその旨《むね》の挨拶をしておいた。

香織と健太を家に置いてパートに出るのは不安があるが、冬休みのとき、思いきって留守を任せたら、親が考えているよりずっと香織がしっかりしていたので、今回も仕事を継続することにした。職場に対する気兼ねもある。家の都合ばかり優先されたら、店側だって困ってしまうだろう。

出勤したら事務室から出てきた岸本久美と鉢合わせした。

「おはよう。何?」と恭子。事務室に何か用があったの、という意味で聞いた。

「勤務時間、変えてもらおうと思って、店長に」

「あ、保育園も春休みなんだ」久美には四歳の息子がいる。歩きながら話した。

「そうじゃなくって、フルタイム勤務にしようと思って」

「うそ」

「ほんと」明るい久美が浮かない顔をしている。「うちの旦那、ここんところ給料が減ってるんですよ。だから」

「……ふうん。不景気だもんね、どこも」

久美の夫が印刷会社の営業マンだということは以前聞いていた。言葉が見つからないので、黙ったまま歩く。控室に入り、久美のぶんまでお茶をいれてやった。あまり立ち入らないほうがいいかなと思った。自分なら、家のことを根掘り葉掘り聞かれたくない。

けれど、先に来ていた西尾淑子が黙っていなかった。久美がフルタイムに変えたがっていると聞くや、質問攻めにしたのだ。

「残業代ががた減りなんですよ」久美が湯呑みに口をつけながら話す。「残業代あてにして、マンションのローンを組んでるし」

「その若さでマンションなんか買うからよ」

公団住まいの淑子が非難めいた口調で言った。

「そうですかねえ」

「だって旦那、まだ三十なんでしょ」

「ええ」久美が元気なくうなずく。

「ううん。財産になるんだもん。買ったのは正解だって」かわいそうなので恭子が助け船をだした。「大丈夫。いま我慢すれば、そのうち上向きになるって」

久美は「そうですよねえ」と遠慮がちにほほ笑む。

「及川さんの旦那さんは、残業代、減ってないんですか」

「どうだろう。給与明細、見てないし」

「うそお。見せてもらえないんですか」

「見せてくれないわけじゃないけど、うちはなんとなくそういうことになってるの。でも、二十五日に銀行で記帳すれば金額はわかるから」

「そこから旦那さんに小遣い渡すんですか」

「それがね、うちの旦那の会社は変わってて、激奨金っていう名目の手当が別の日に直接出るのよ。五万円ぐらいなんだけど。夫はそれを小遣いにしてるの」

「ふうん……」久美は不思議そうに恭子を見ていた。

恭子が夫の給与明細を見なくなってもう二年がたつ。一度「なくした」とつっけんどんに言われ、それ以来催促しづらくなった。どこか怖がっているのも事実だ。

「子供はどうするの」

「実家の母に頼もうと思ってるんです。歩いて行ける距離じゃないけど、自転車なら二十分くらいで着くから」

「毎日、預けにいくんだ。そりゃ大変だ」と淑子。

「いい運動になるわよ」恭子は少しでも慰めてやることにした。

「本当は、正社員にしてほしいんですよねえ。同じ仕事をしても、パートと社員じゃ給料が全然ちがうじゃないですか。ボーナスもパートはないし。保険だってないし」

「店長に頼んでみた？」

「うん」久美が口をすぼめる。「社員の募集はしてないって。それに、社員になったらそう簡単には辞められませんよって。そう言われればそうだし……」

「あ、そうだ」淑子が声をあげた。「ゆうべ、変な電話があったんだ。あんたたちの家、なかった？」

「変な電話って？」

「ここの店の人から。ない？」

「ないけど」恭子と久美が口々に答える。

「多摩店のパートの人らしいんだけど、本城店では、パート従業員はナントカってい
う契約書にサインしているんですかって聞くの」

「ナントカって」

「わかんない。忘れた」

「多摩店ってスマイルの本店だっけ」恭子はお茶のおかわりをついだ。

「そう。電話は女の人だった」

「それで？」

「及川さん、ここに入るとき、何かの契約書にサインした？」

「ううん」久美を見ると彼女も首を横に振った。

「わたしもしてないんだけど、覚えがないって答えたら、その人が……ええと、確か
小室《こむろ》とかいう名前だったと思うけど、いろいろ聞くのよ」淑子がここで声をひそめ
た。「入るときに労働条件の説明は受けたのかとか、雇用保険は入ってるのかとか」

「何、それ」

「わかんない。それでわたし、気味が悪くて、どうしてうちの番号を知ってるんです

かって聞いたら、会社の名簿を見たって。それでパート歴の長い人を選んでかけてみたって言うの」

「何かのセールスか勧誘なんじゃないの」

「わたしも最初はそう思ったの。でも礼儀正しかったし、パートだから会社のことはよく知らないって言うと、じゃあ結構ですってあっさり引きさがったから」

「その人もパートなんでしょ」

「そう言ってたけど」

店内チャイムが鳴る。時間がきたので話はそこで打ちきりになった。

「よっこらしょ」淑子が長靴を履きながら、いちいち声を発する。順にタイムカードを押し、一階へ降りていった。

いつもどおりの朝礼があり、榊原店長はつまらなさそうな顔で業務連絡を告げていく。朝なんだからもう少し元気よくすればいいのにと思うのだが、性格は直らないのだろう。若い女子社員に商品補充のことで注意を与えていたが、目を見ようとしなかった。

その後、池田という課長が、勤続五年になるパート従業員が今日を最後に辞めるということを知らせた。さらなる郊外に一戸建てを購入したらしい。池田課長がねぎらいと祝いの言葉を述べ、みんなで拍手した。部下にやらせたところから見ても、榊原店長はこの手のコミュニケーションを避けている節《ふし》がある。

この日は、トラブルがふたつあった。

表の自転車置き場で将棋倒しがあり、客が怪我をしたのだ。それがひとつ目。運悪く恭子がその場にいた。レジが暇だったので、乱雑に停めてある自転車を並べ替えていたら、一人の主婦が自転車にぶつかり、次々と倒れていった。その先に男の老人がいた。老人は尻餅をつき、しばらく立てなかった。総菜や卵が散乱している。主婦は逃げた。老人に言わせると、それを見過ごした恭子に非があるらしい。捜しだして謝罪させろと、高齢者にありがちな癇癪を起こしていた。

店長が金を包んで収めた。スーパーの客は主婦か老人かだ。共通するのは、怒りに火がつくと、収めどころがないということだ。愚痴をこぼす相手や、発散する場所が少ないからなのかもしれない。

ふたつ目はパート同士のいさかいだった。

恭子が控室で昼食をとっているときに起きた。有機野菜の宅配システムを周囲に勧める磯田に、それに従い契約した若い主婦が異を唱えたからだ。二人を含めた何人かは、控室で特売品の袋詰めをしていた。

「それはあなたの舌のせいよ。薬浸けにされた野菜ばかり食べてきたから、本当の野菜の味がわからないのよ」赤いブラウスを着た磯田がよく透る声で言う。

「そうですかねえ」最初は若い主婦も遠慮がちだった。

「そうよ。本当の野菜は滋味ってものがあるの」

「でも、磯田さんは甘みがあるって、最初、言ってたじゃないですか」

「甘みだってあるじゃない。感じなかったの。言っとくけどケーキみたいな甘さじゃないのよ。ほのかな糖味なのよ」

「わたしはわからなかったなあ」

「だから舌がまだ大人になってないの。それか料理の仕方が悪いんじゃないの」

「そんなこと」このあたりから若い主婦の顔がこわばりはじめた。「ちゃんと普通に作ってます」

「化学調味料、使ってるでしょう」

「使ってますけど」

「だからだ。だめよ、あんなもの使っちゃ。後味が全部一緒になっちゃうんだから。そもそも素材に味があるのに、どうしてそんなもの使うの」磯田がまくしたてる。作業の手はとっくに止まっていた。「いい？　オーガニックっていうのは、生活に『安全』を求めようってするスタイルなのよ。農薬を取り続けてガンになっちゃったりしないように、人間本来の生き方に戻ろうっていう運動なの。そのためには、まず自分が変わらなきゃ。環境ホルモンって、あなた知ってる？　勉強だって必要なのよ。あなた、買い物が面倒だからとか、そういう理由で入ったんじゃないの」

「いいえ。買い物ぐらい、いつだってしてます」

「ここで売ってる野菜、見てごらんなさいよ。トマトなんか気味が悪いくらい色も形も揃っちゃってて。まずは身の回りに疑問を感じることが大切なのよ」

「それはもういいですけど」

「よくないわ」

「いいです」若い主婦が思いきったように言う。「わたしの舌が悪くても、料理がへたでも、そんなことはもういいんです。それより、どうして磯田さんの勧めてくれたところは解約させてくれないんですか」

恭子は下を向いたまま聞き耳を立てていたが、そこで顔をあげた。もはや部屋中に響く声になっていた。

「それは誤解よ。もっとあなたに続けてほしいから、気が変わるかもしれない期間を置いているだけのことなの」

「ちがいます。いまやめるなら違約金を払えとか、そういうこと言ってるんですよ」

「嘘です」

磯田のその言葉は、若い主婦に対してというより、周りで聞いている女たちに発しているように思えた。

「それに、変な会報誌を一方的に送りつけてきて、代金まで請求されるし」

「あれはためになる雑誌なのよ」

「どうしてオーガニックの会報誌で、学校教育が危ないとか予知能力がどうしたとか、そういう記事が出てくるんですか。変じゃないですか」

「だからオーガニックっていうのは、単に有機野菜のことだけじゃなく、運動なんだって言ってるじゃない。人間が人間らしく生きるためのポリシーなの」磯田は強い口調で若い主婦をなじった。「これって名誉毀損《めいよきそん》よ。あなた、オーガニックを理解するにはちょっと教育水準が低いのかもしれない。あーあ、勧めたわたしが馬鹿だったのかしら」

「ちょっと、教育水準が低いって何ですか」若い主婦が気色《けしき》ばんだ。

「ねえ、もうやめない、あなたたち」そばで聞いていた年配の女が、たまらず止めに入った。「ほら、食事をしてる人だっているし」

みなが恭子の方を見たので笑みをかえしたが、頰が軽くひきつった。

若い主婦は顔を赤くして部屋を出ていく。その目は涙ぐんでいた。

「みなさん、誤解しないでね」磯田が猫撫で声で言う。「オーガニックって体にも心にもいいのよ」

関わりあいになるまいと思い、目を合わせないようにした。

恭子はすぐに退席したが、騒ぎはその後も続いたらしい。戻ってきた若い主婦と磯田が商品をぶつけ合う喧嘩になったのだ。

話を聞き、どちらかが辞めるのだろうなと思った。磯田だとありがたいのだが、たぶん辞めるのは若い主婦の方だろう。

その日の夕食は子供たちと三人ですき焼きを食べた。スマイルが牛肉の特売日だったので、ついでに買って帰ったのだ。夫は宿直なので四百グラムしか買わなかった。茂則の勤める会社は、倉庫があるせいか社員が順番で宿直することになっている。今夜は本来なら当番日ではないのだが、部下に頼まれて代わったらしい。夫の会社ではよくあることだ。

「今日ね」香織がご飯を頬ばったまま言う。「健太、公園で泣いたんだよ」

「ほんとに？」健太を見たら不服そうに口をとがらせていた。

「ブランコから落ちて、べそかいてんの」

「ちがうよ」

「じゃあ何よ」

食卓で小さな姉弟喧嘩が始まる。いつものことだった。

諌めながらも、恭子は心のどこかで苦笑している。

賑やかでいい。二人子供を産んだのは正解だ。姉弟はいざとなったら助けあうのだから。二人にとって、喧嘩は成長するための儀式のようなものだ。

食事が終わると、子供たちはテレビゲームをはじめた。一日三十分と決めているが、当人たちは「昼間はやっていない」と言うので信じるしかない。

恭子はあと片づけをすると、風呂に火を点け、テーブルで新聞を読んだ。いつもはざっと眺めるだけだが、夕刊には肩の凝らない記事が多いので、暇なときに開く。デパートの催し物の情報ページを見ていた。

そのとき電話が鳴った。出ると、知らない女の声だった。「あのう。スマイルにパートでお勤めの及川恭子さんでいらっしゃいますか」と先方が言ったとき、すぐさま淑子の話を思いだした。ゆうべ淑子の家にかかってきた電話が、今夜はうちにきたのだ。

「わたくし、多摩店にパート勤務してます小室和代《かずよ》と申します。夜分に恐れいります。あのう、今、電話はよろしいですか」丁寧な口調だった。恐縮している様子が受話器の向こうからも伝わった。

「ええ。かまいませんけど」訝《いぶか》りながら、恭子が答える。

「実は名簿を見て、電話させていただいているんですが。及川さんはスマイルにお勤めになって一年ですよね」

「はい、そうです」

「お勤めを始める際にですね、本城店は榊原さんって方が店長だと思うんですが、その店長とどういう契約をなさいましたか」

「契約……ですか」

返答に詰まった。何かにサインをした覚えはあるのだが、それは簡単な誓約書のようなものだった気がする。辞めるときは一ヵ月前に通告するとか、三回遅刻したら一時間分の時給を引かれるとか。

それを告げると女は「じゃあ、雇入《こにゅう》通知書は見てないわけですね」と、こちらの様子を探るように言った。

「雇入通知書、ですか」はじめて聞く言葉だった。

「勤務日とか休暇とか、あとは賃金などが書かれた書類なんですが」

「いえ、それは知りません」

「すると口約束だけだと……」

「ええと、そうだと思います」思いだした。個人面談で榊原は口頭で了解を求めたのだ。

「ちなみに有給休暇はとったことがありますか」

「いいえ」受話器を耳にあてたままかぶりを振った。「だって、パートですから」

「パートでも有給休暇はあるんですよ。六ヵ月、勤めれば」

「そうなんですか」

「そうです。給料がもらえて休めるんです。それに一年以上働いて年収九十万円以上の見込みがあれば、雇用保険にだって入れます」

「……わたし、そういうのに疎《うと》いものですから」

「会社は隠してるんです。パートは無知だからってたかをくくってるんです」

「はあ……」

相槌は打つものの、警戒心がふくらむ。面倒なことに巻きこまれなければいいがと思った。

「一度、お目にかかれませんか」女が言う。「及川さんとお会いして、ぜひお話ししたいことがあるんです」

恭子は戸惑った。だいいち、どうして自分に。

「あのう……小室さん、でしたよね」

「ええ」

「どうしてわたしなんでしょうか。小室さんはゆうべ、西尾淑子さんという方にもお電話なさってると思うんですが」

「西尾さんがおっしゃったんですか」

「今朝、聞きました」

「そうですか」受話器を伝って先方が苦笑しているのがわかった。「西尾さんには一応、ご内密にお願いしますとは申しあげたんですが。やっぱり、あの方では……」

「はい？」

「すいません。こう言っては失礼なんですが、西尾さんにはお話がなかなかご理解いただけないようなので、あきらめたんです。そこで、今度はどなたにしようかと思いまして、履歴書のコピーを拝見しましたら、及川さんが女子大を出てらっしゃるものですから、この方ならわかっていただけるだろうと思ったんです」

「はあ……」女子大といっても短大のほうだ。

恭子が黙っていると、女は「怪しい電話だと思ってらっしゃるんでしょうねえ」とかすかに笑った。

「いえ、そんな」こちらも苦笑する。

「いいんです。普通の人なら警戒すると思います。何かを売りつけられるんじゃないかとか。でも、そんなんじゃないんですよ。パート従業員の待遇を少しでもよくしようと活動してるだけのことなんです。及川さん、会っていただけません？　三十分でいいんです。お聞きしたいこともあるし、聞いてほしいこともあるし。もし会って、わたくしどもの話に賛同できないというのなら、そのときは二度と連絡は取りませんから」

「でも、わたしなんかと会っても……ほんと、ただのパートなんですよ」

「いいんです。実を言うと、北多摩店とか町田店とか、各支店のパートさんとはすでにお会いしてるんです。本城店だけ適当な方が見つからなくて。ほんとうにお願いします。それに、絶対にご迷惑はかけません」

「はあ……そういうことでしたら」

断りたかったけれど、その言葉が出てこなかった。

「まあ、うれしい」女は電話の向こうで声を弾ませている。

小室という女は、てきぱきと日取りと場所を決め、うなずいていたらいつの間にか三日後の午後、パートが引けてから会うことになっていた。

三日後というのも、明日とあさっては児童館の世話役の当番だと恭子が言ったからで、向こうは一刻も早く会いたがっている様子だった。

恭子は念のために連絡先を聞こうと思ったが、それより先に自分から電話番号を明かした。常識はあるのだな、と少しだけ安堵した。

女は最後に、「店側にだけはご内密にお願いします」と言った。たぶん、パート仲間に話してしまうのは仕方がないと思ったのだろう。

受話器を置いて吐息をついた。

勧誘ならばきっぱり断る自信がある。しかし今回は、そうではなさそうなので、押しきられた形となってしまった。

まあいいか。少なくとも感じの悪い人ではなさそうだから。

時計を見たらとっくに三十分が過ぎていたので、慌てて子供たちをテレビの前から移動させた。風呂を焚《た》いていることも思いだし、風呂場に走ると、手を入れられないほど沸きすぎていた。

6

朝、工藤副署長の部屋に呼ばれた。花村の一件はどうなっているのかという、調査報告の催促だった。九野薫は窓の外の三月の空を見ながら、「進展がありません」と簡潔に答えた。雲は空全体に薄く広がり、その奥の青が透けて見えていた。

実際、花村は用心しているのか女の店やマンションへは出入りしていなかった。前から噂のあったサイ場にも足を踏みいれていない。女は女で、店と住居を行き来するばかりで、いたって平凡な毎日を送っている。

花村は手順を踏もうとしているように思えた。先に現在の妻と別れ、女は一旦水商売から足を洗わせ、そのあとで籍を入れるのだ。そうなれば服務規程を持ちだすのは容易ではなくなる。

「一度の外泊もないのか」工藤のよく透る声だった。

「わたしが見た限りでは」九野は静かに首を振る。

「暴力団がらみでは何かないのか」

「ですから、花村氏はここのところ真っすぐ家に帰っています。昼間のことまではわかりませんが」

工藤は黙ったまま九野を見つめ、たばこに火を点けた。彫りの深い工藤が眉を寄せると、そこだけ外国映画のワンシーンのように映る。「ま、一週間や二週間では何も出てはこんか」椅子の背もたれを軋《きし》ませ、煙を深く吸った。

いつまで続くのか。九野はうんざりした。

「安心しろ。何か事案が起きたら解放してやる」嫌気が顔に出たのだろうか、工藤は見透かしたようなことを言った。「実は本庁のほうからも問いあわせがきてるんだ」

「監察ですか」

「ああ、噂は早いんだ。できるならこっちで済ませたいんだがな」

警視庁の警務部人事一課には「監察」というセクションがある。組織内の不穏分子や、不祥事を起こした警官を取り調べ、処分する係だ。それはそうだろう。花村は本庁の人間がいる前で工藤をなじったのだ。

「言っとくがな、花村の言っていることは妄想の類いだ。おれは自分の腹を肥やすために金を使っているわけじゃない」

工藤が自分から金の話をしたので、九野は驚いた。幹部が警部以下にこの手の話をすることはまずない。

「商工会の連中と酒なんか飲んで何が楽しい。おまえならわかるだろう。おれは読書でもしていたいタイプなんだ。地元商工会なんて代議士にタカる有権者と同じだ。おれが防波堤にならなきゃ署長が引っぱり回されるんだ。交通違反を見逃せとか、あの道を一通にしろとか」しばらく間があった。言い過ぎたと思ったのか、工藤はむずかしい顔で鷲鼻を掻いた。「おまえも上に立てばわかるさ。組織にはいろんなしがらみがあるんだ。これから一人だけ抜けることはできないんだ」

たばこを灰皿に押しつけると、大きく伸びをした。

糊のきいたワイシャツのこすれる音がする。工藤が少しでもくたびれたシャツを着ているのを、九野は見たことがない。

椅子を回転させて窓の外に目をやった。

「ところで、おまえはいつまで警部補でいる気なんだ」

「ええ、まあ、ちょっと」九野が言い澱む。

「せっかく時間のとれる署に移ったんだから、ちゃんと試験勉強しろ。三十代で警部になればあとあとらくだぞ」

「はい」

「警部になって本庁に戻れ。おれが推薦してやる」

「わかりました」

「帰ってよし」

言われて九野は部屋を出た。首を左右に捻ったら骨の鳴る音がした。

ともに本庁にいるとき、工藤は九野の上司にあたった。新米だったころは指導官でもあった。部下から慕われる上司とは言いがたいが、指示は的確だった。

工藤からしつこく教えられたことは、聞きこみの方法でも勘の働かせどころでもなく、調書の取り方だった。刑事は作文能力だと工藤は言いきった。被疑者がいかにして犯罪に至ったかを、簡潔かつ明瞭に文章化し、いかに検事を納得させるかが刑事の評価を分けるのだと、工藤は静かな目で言った。被疑者は往々にして口べたで、自分の気持ちをうまく伝えられないため、刑事がそれを補わなければならないからだ。工藤の書いた供述調書は常に課内の手本であり、ときには若手の検事がこっそりコツを聞きにくることもあった。彼は理論家だった。

そのぶん、部下を連れて飲み歩いたり、ハメを外すことはなかった。さしたる武勇伝もない。事案が解決すれば一人で家に帰っていった。他人と一定の距離を置く工藤の態度は、周囲の目にはややもすると冷たく映った。そのあたりが部下たちの誤解を招くのかもしれない。

刑事部屋に戻ると、佐伯主任から声がかかった。

「おい、コーヒーでも飲みに行かんか」

佐伯が上目づかいに睨む。怒っていなくてもそうやって凄むのがこの男の癖だ。

「いれましょうか」

「馬鹿。ここのコーヒーは自白剤が混入されてるって噂だ」そう言って口の端だけで笑う。「外に行こうぜ。裏の『シャッフル』だ。今ならまだモーニングサービスに間に合う」

「朝飯、喰ってないんですか」

「ああ」佐伯が立ちあがり、上着に袖を通した。

デスクワークがあったが、急ぎでもないので付きあうことにした。佐伯が先に歩き、九野はあとについていく。佐伯は署内で顔が広く、途中で何人もの署員と挨拶を交わしていた。

裏の通用口から外に出ると、敷地内の桜が八分咲きだった。その花弁が春の風に撫でられ、小刻みに揺れている。軽く深呼吸をすると樹木の香りが鼻をくすぐった。

二人で門をくぐる。佐伯がネクタイを緩め、短い首を精一杯伸ばした。

「奥さん、ストライキですか」

「うん？」

「朝飯。食べてないっていうから」

「ちがうよ。上の息子だ」

「……貴明君、でしたっけ」

「ああ。朝方、ひきつけ起こしてな。病院へ連れていったんだ。下の坊主にはコンビニのサンドイッチを食べさせたが、おれは時間がなかった」

筋ジストロフィーと聞いたことがあった。障害をもつ子を抱えながら明るく振る舞うのだから、その点に関しては尊敬している。

佐伯は転勤を望んでいない。本庁の人事にも家庭の事情を話し、本城署に留まることを願いでている。佐伯は一刑事としてこの町に骨を埋めるのだろう。

喫茶店に入ると、生活安全課の署員たちが奥のテーブルで談笑していた。

「よお。クスリのネタやるぞ。コーヒー代払え」佐伯が冗談とも本気ともつかない軽口を彼らに飛ばす。九野に向けて顎をしゃくり、窓際のテーブルに腰かけた。

「モーニングね」聞かれる前に佐伯が年増のウエイトレスに告げる。九野はコーヒーだけを注文した。おしぼりで顔から首筋まで拭いて、佐伯が身を乗りだす。

「おぬし、花村を怒らせたのか」

思いもよらない問いかけに、九野は返答に詰まった。

「どうなんだ。花村の野郎、九野だけは許さねえって息巻いてるそうだぞ」

「……誰から、聞いたんですか」

「マル暴の若いのだ。もっともそいつも又聞きだがな」

「そうですか」

「だいたいの察しはついている。口が軽けりゃ刑事なんかやってられねえからな、詳しいことはおぬしにも聞かねえよ。花村はもう終《しま》いだ。誰だって知ってるさ」

九野は黙ったままコップの水で唇を湿らせた。

「かわいそうなもんさ。同僚も避けてやがる。災難が飛び火するのが怖いんだろう」

「主任は花村氏とは仲がよかったんでしたっけ」

「そんなわけねえだろう、あんなワル。度胸と気前がいいのは認めるが、慕っているのは態度の悪い奴らばかりだ。ベンツなんか乗りまわしやがって。おおかたやくざに金でもたかってんだろう」

コーヒーが運ばれてきたので砂糖を二杯入れた。ミルクを注ぎ、カップの中で渦を巻いて溶けていくのを見ている。

「おぬし、スナックの前でやっこさんの女を張ってるのか。ほら、去年の春までうちにいた脇田とかいう元婦警」

思わず顔をあげた。

「悪かった。返事はしなくていい。でもな、どうやらその件が知れて花村はブチ切れたそうだぞ」

「あの野郎……」あの晩のやくざの顔が浮かんだ。確か大倉とかいう名前だ。

「どうした」

「佐伯さん、清和会の大倉ってやくざ、知ってますか」

「おお、名前だけはな。清和会じゃ若手のホープらしいな。自動車金融とか興信所とか、いろいろ手広くやってるって話だ。それがどうかしたか」

「そいつが花村氏にチクッたんですよ。見られてますからね」

「とにかく気をつけろ。ヤケをおこした熊みたいなもんだからな、いまの花村は」

「いきなり背後から襲ってくるってこともないでしょう」

「自分でやるとは限らんさ」

「脅かさないでくださいよ」

「まあ、用心するに越したことはないさ」

佐伯がトーストをかじる。音をたてて食べながら「よくもまあこんなに薄くバターを塗れたもんだ」と、ひとりごとのように言った。

「ところで、おぬしの嫁さん探しの件だが……」

「またですか」

「新町の呉服屋の娘。今度の日曜、一緒に映画を観ることになったからな」

「誰がですか」

「おぬしがだよ」

「そんな勝手な」顔をしかめて抗議した。

「先方は気にいってるんだ」

「そんなこと言ったって」

「何か不都合でもあるのか」

「別に不都合ってことは……」

「じゃあいいじゃねえか。バツイチだけど、今日び珍しいことじゃねえ。亭主の浮気が原因だから被害者みたいなもんだ。すらっと背の高い美人じゃねえか。おぬしにはもったいないくらいだ」

「もったいないんだったら辞退しますよ」

「何がいやなんだ。一生独身でいくつもりか。亡くなったカミさんのことを思うのはわかるが、もう七年だろう」

「まだ七年です」

「じゃあ何年経てばいいんだ。十三回忌が済むまでか」

「それは……」九野が口ごもる。

「亡くなったカミさんだって、そんなことは望んでないだろう」佐伯は砂糖を三杯も入れてコーヒーを啜《すす》った。「余計なお世話だってことは知ってるよ。でもな、こういうのは周りが急《せ》きたてないと、当人はいつまで経っても動こうとしないんだよ」

「その人は……」

「何だ」

「早苗の、いや義理の母と、一緒に暮らしてもらえますか」なぜ自分がそんなことを言いだしたのかわからなかった。

「何言ってんだ、おぬし」佐伯が目を剝いた。

「もしかしたら、義理の母と養子縁組するかもしれないし」

佐伯が眉間に皺を寄せて九野を眺めている。咄嗟の嘘なのか、それとも心の底にあった本心なのか、自分でも判断がつかなかった。だいいち義母にそんな話を持ちかけたことはない。

「……おぬし、九州の親ってのはどうなってるんだっけ」

「母は死んで父は健在です。兄貴夫婦と住んでます」

「ふうん」佐伯は腕を組むと、背もたれに身体を預け、あらためて九野の顔をまじまじと見つめた。「……一応、聞いておいてやるよ」

目の前の男からそんな言葉が出てくるとは思わなかったのだろう。佐伯は黙りこみ、トーストを食べる行為に戻った。

喫茶店を出ると、九野は佐伯と別れ、図書館に向かった。調べたいことがあると適当な理由をつけた。

本当は窓際の席にいたせいで、日差しをたっぷりと浴び、眠たくなったからだ。雑誌の閲覧コーナーには革張りのソファがあった。

昨夜は薬を控え、眠りが浅かった。昼間三十分でも眠れれば儲《もう》けものだと思った。


日が替わると本城署は朝からあわただしかった。

今日の未明、管内で放火事件が発生したからだった。

最初は単なる火災として消防署が出動しただけだが、火元と見られる箇所からガソリン臭がしたことから、本城署の鑑識と当直の警官が駆けつけた。さらには病院に運ばれた負傷者が不審な人影を見たと証言し、放火事件である可能性が高くなった。

午前七時に呼びだされ、出勤した時点で九野が知ったのはここまでだった。

通常、放火は刑事課の強行犯係が担当する。すぐさま四階の会議室で捜査会議が開かれることになった。

ところが部屋に足を踏みいれて九野は驚いた。

本庁の刑事がいるばかりか、暴力犯係の刑事まで顔を揃えていたからだ。その総数は約四十名にものぼった。

雑談をする者もなく、会議室は張りつめた空気に支配されている。

先に来ていた井上と目が合い、九野は奥まで進み隣に座った。

「えらく大袈裟だな」声を低くして聞いた。

「九野さん、『ハイテックス』って会社、知ってますか。自動車用品メーカー。そこです、火災があったのは」

「その会社だとどうかしたのか」

「去年、清和会系の政治団体が賛助金を強要し、恐喝容疑でパクッてます。その報復の可能性あり」

「ふん、そういうことか」

担当がちがうので全容は知らないが、話だけは聞いていた。品川から本城へ本社を移転する計画を進めているメーカーが、地元の政治団体から賛助金を求められた。それを嗅ぎつけた警視庁がメーカーに被害届を出させ、本城署との連携により、恐喝容疑で何人か逮捕したのだ。

雛壇《ひなだん》に幹部が揃ったところで「起立」の号令がかかった。

椅子が床をこする音が響く。礼をして着席する。

雛壇の中央には署長が座ったが、隣には本庁の管理官が陣取った。その顔には見覚えがある。捜査四課の警視だ。ほかには機捜と鑑識の係長もいた。署の刑事課長はいちばん端で眠そうな目をこすっている。

署長と管理官がマイクを譲りあい、管理官の方がそれを握った。

「諸君、おはよう」

ハウリングが起き、慌てて課長がボリュームのつまみをいじる。管理官は手元のメモ書きに目を落としていた。

「本日、三月二十六日、午前二時三十分ごろ、管内の中町一丁目二十三番地一号のハイテックス本城支社において火災が発生した。詳しくは鑑識より報告があると思うが、ガソリン臭がすることと、不審者の目撃があることより、放火の疑いがある。また、火を消そうとして負傷者も出ている。株式会社ハイテックスは、品川区港南にある自動車用品メーカーで、今回火災が発生したのは、二年前に開設した支社にあたる。また、ハイテックスは二年後をめどに本城市に本社を移転する計画が進行中で、中町五丁目で現在、土地の取得、地上げを行っている。さて——」

ここで顔をあげた。ゆっくりと捜査員を見渡す。

「中にはこれから述べる事案に関わった者もいると思うが、重要な事案なので今一度、確認の意味で聞いてほしい。……では続ける。ハイテックスの地上げに関して昨年九月、『日章旗塾』を名乗る団体から政治献金名目で二億円の要求があった。日章旗塾は本城市に拠点を置く暴力団清和会系の政治団体。会社側が返答を先送りしていたところ、本社に対して恐喝行為におよび……具体的には清和会の名を挙げての威しと街宣車での威力業務妨害だが、それにより本城署は被害届を受理し、幹部三名を逮捕している。つまり、今回の放火は報復行為の可能性が高いと考えられる」

管理官がお茶を口に含み、険しい顔で咳ばらいした。この先は予想がついた。恐らく被害届は会社側が進んで出したものではなく、警察側が説得して出させたものなのだ。

「もちろん、捜査に予断が許されるわけはなく、諸君はあらゆる可能性を鑑《かんが》みて捜査しなければならないが、第一に諸君は、本件が市民生活を脅かす重大な事案であるという認識をもっていただきたい。当面の捜査は、三つの方針で推し進める。一、清和会及び日章旗塾への捜査。二、地取りによる付近の聞きこみ。三、ハイテックス内部の関係者への事情聴取。なお、報告等は連絡担当を通すこと。わたしからは以上」

言うのかなと思ったが、管理官は言葉を呑みこんだようだった。中には「警察のメンツがかかっている」と焚きつける幹部もいるのだが、人によるのだろう。

後難《こうなん》を恐れ、渋る被害者を説得して被害届を出させるケースは珍しいものではない。ときには警察が恫喝《どうかつ》めいたカードを切ることもある。暴力団につくか警察につくか、企業は選択を迫られることになるのだ。だから説得に応じた被害者は何としても「お礼参り」から守らなければならない。先の事案に関わった捜査員たちは、はらわたが煮えくりかえっているにちがいない。

次は鑑識課の係長がマイクを持った。「火災の程度は半焼」だと言っている。支社と言っても倉庫に事務棟がついただけで、中古物件を買いとったものらしい。本社がいずれ移転するのだから仮住まいでよかったのだろうが、古くて耐火建材でないのが仇《あだ》となったようだ。

火元は事務棟の外壁で、ガソリンを撒《ま》いたのちに火を放ったものと思われる。一・五リットルのペットボトル容器数本が燃えかすとして現場に残っている。

一一九番通報は隣の民家の主婦。鎮火したのは午前三時五分。

「また、本事案では負傷者が出ている」係長が立ちあがってホワイトボードに名前を書いた。「及川茂則、三十八歳。ハイテックスの社員で、昨夜は宿直の当番。第一発見者にあたる」続いて社屋の見取り図を貼る。「ここが宿直室。第一発見者はここで睡眠中に火災を知るのだが、当人が火傷《やけど》を負い、また気が動転している様子で、まだ詳しい事情聴取はできていない。毛布で火を消そうとして両腕にやけどを負った模様。現在は市民病院にて治療中。怪我の程度もわかっておらず」

九野はメモを取りながら、花村の行確《コウカク》から解放されたことを密かによろこんだ。それとなく見渡したが、この会議室に花村の姿はない。もはや花村は仕事を与えられない立場なのだ。たぶん自分は地取りか敷鑑《シキカン》に回されるのだろうが、捜査の本線から外れているとしても身内の尾行よりはましだ。

鑑識係長の説明は続いた。門扉の上辺にズック靴の足跡を採取。第一発見者は前の道路から人影が走り去るのを目撃しており、若い男との印象を持っている。街灯が正門前にあるものの、数ヵ月前から電球が切れたままだった。その後、スクーターらしきエンジン音を聞いているが、タイヤ痕は特定できていない。

幹部からの説明が終わると、管理官が配置表を読みあげた。

管理官が言う三つの捜査方針とは、清和会か愉快犯か内部犯行かということだ。

予想していた通り、九野の割りあてはハイテックス本城支社関係者からの聴取だった。本庁からやってきた服部《はっとり》という捜査員と組むことになった。

名前を読みあげたとき、互いに目が合った。向こうから軽く会釈してきた。

会議終了の声があり、それぞれが席を立つ。服部が皆より頭ひとつ大きいのに驚いた。そこには自分より背が高い同年輩の男が、薄い笑みを浮かべて立っていた。

「清和会も思いきったことしますね」

服部が車の助手席で仁丹《じんたん》を口に放りこみ、言った。「九野さんも」と促すので、手を出す。数粒がてのひらに分け与えられた。

「地元のやくざとしては格好がつかないんでしょうね、あのままでは。もっとも、そうと決まったわけじゃないですが」

口に含んで九野が答える。仁丹の苦味が鼻の奥にツンと滲《し》みた。

「いやあ、決まりでしょう。若い衆が出頭して、来週には逮捕でしょう」服部が長い足を窮屈《きゆうくつ》そうに組む。「九野さんは、本庁にいたんですか」

「ええ。三年前まで」

「じゃあすれちがいだ。わたしは三年前まで丸の内にいましたから」

服部警部補は配置表でコンビが決まると、自分から近づいてきて慇懃《いんぎん》に腰を折った。何期ですかと警察学校の卒業年度を聞き、自分がひとつ年上だとわかってからも丁寧な態度を崩さなかった。もっとも礼儀正しいというよりは、自分が野卑な刑事ではないことをアピールしたくてそうしているように思えた。服部の着ている背広は三つ釦《ぼたん》で、本庁の指定業者から購入したようなものではなかった。百九十近い長身となれば、オーダーするしかないのだろうか。

「九野さん、どこかで朝飯、喰いますか。ファミリーレストランでも探して」

九野が顔を向ける。服部は、四課の誰かが先に行ってますよと言って軽く笑んだ。

「病院にも先客がいるだろうし」

清和会の線で捜査を進める班が、支社長と、目撃者で第一発見者である人物の事情聴取を真っ先に行うのは当然のことだった。九野は了承し、知っているファミリーレストランに車を乗りいれた。入り口でウエイトレスに喫煙席か禁煙席かを聞かれ、服部は「ぼくは吸わないけれど」と振りかえる。「わたしも」九野が答えると、服部は満足そうにうなずき、大股でフロアを歩いた。

席につくなり、服部はメニューをめくりながらひとりごちた。

「朝は五百キロカロリーぐらいにしておきたいんだがな……。一日二千キロカロリー以内に収めないとね」と小さく白い歯をのぞかせる。

「成人病でも患《わずら》ってるんですか」冗談のつもりで聞いた。

「古いな。今は生活習慣病っていうんですよ」

「ああ、そうでしたね」

「十二パーセント」

「はい？」

「体脂肪率。十二パーセントを保ちたいんですよ」

服部は充分すぎるほど、引き締まった身体をしていた。

「九野さんは？」

「さあ、測ったことがないから」

「たぶん」身体をひいて九野を眺める。切れ長の目が動いた。「十八パーセントぐらいかな」

「まずいですか」

「いや。適正です」

こんなことを言いだす刑事ははじめてなので、少しあっけにとられていた。たいていの刑事は健康に無頓着で、不規則な生活もあって、中年になれば腹が出る。

服部はクラブハウスサンドとカフェオレを注文し、九野もそれに倣《なら》った。

「トンカツソースをね」服部が水に口をつける。「ウスターソースに代えるだけで十パーセント、カロリーダウンするんですよ。マヨネーズをノンオイルのドレッシングにすれば、百キロカロリーは抑えられる」

「お詳しいですね」

「女房ですよ。太ると怒るから」

聞いてもいないのに、服部は自分の妻が短大で栄養学を教えていると言った。子供はいなくて、夫婦で美術館を巡るのが趣味なのだそうだ。

「九野さん、お子さんは？」

「いいえ。独り者ですから」

普段とは勝手がちがう雑談に、九野は小さく苦笑した。おそらく捜査の本線から外れているという緊張感のなさのせいだろう。

「ところで、ハイテックス本城支社は——」服部が手帳を開き、急に真顔になる。「従業員が約四十名います。平《ヒラ》から順に話を聞きたいと思うのですが」

「いいですよ」九野はうなずいた。

「内部犯行を想定した場合、退職者を含めた会社への怨恨《えんこん》を持つ者を洗いだす必要がありますが、その手の噂は管理職より平社員のほうが詳しいでしょう。それも女が」

「ええ。そう思います」

「不祥事等、知られたくないことがあって、口裏あわせをされる可能性もあるし、その意味でも下《した》っ端《ぱ》からいきます。記録をお願いしていいですか」

「もちろん」

有能なビジネスマンを思わせる口調だった。てっきり形だけの聴取をするものだと思っていた。

「まずは、会社側に、パートも含めた従業員名簿と過去二年間の退職者リストを提供するよう要請。他の班と重複しても、我々で手に入れましょう」

服部がてきぱきと指示をだす。この捜査のイニシアティヴは、どうやら本庁の刑事が取ることになりそうだった。

「内部犯行だと面白いんだけどな」サンドイッチを頬ばりながら妙なことを言う。

九野はそれには答えなかった。

ハイテックス本城支社に着くと、やはり別の班が宿直室を使って幹部たちから事情聴取していた。それ以外にも、鑑識係が敷地内や表の道路で遺留品の有無を調べている。捜査会議では半焼ということだったが、それは二階建の事務棟の一階に限っての話で、二階は無事らしい。のぞいたら、従業員たちはその二階に待機していた。その顔に沈んだ様子はない。経営者でもないかぎり、どこか他人事の感じがするのだろう。

まずは名簿を手に入れ、出欠をとった。本社から駆けつけた人間もいたが、彼らは省くことにした。この日の欠勤者はいなかった。丁寧な口調で協力を要請し、出入りは自由だが今日中に全員からひとおり話が聞きたいと告げた。支社が設立されて二年間で五人という退職者のリストも手に入れた。もっともそれは総務担当者の手書きによるものだ。

服部がかけあい、倉庫の一角を仕切って椅子とテーブルを置き、その場所を借りることになった。

最初に呼んだのは二十三歳の女子事務員だった。髪を茶色に染めた今風の若い女だ。正社員ではなく、地元採用の契約社員だと言っていた。服部が話を切りだす。

「昨夜の午前二時三十分ごろは何をしてましたか」

聞くなり女子事務員は「うっそお」と手で口を押えた。

「全員に聞くことです。あなただけじゃありませんから」

「ああ、びっくりした。わたし、疑われているのかと思って」

「これも仕事なんです」緊張を解こうと九野は笑顔をつくった。

「寝てました」

「それは証明できますか」服部も柔らかな物腰だ。

「そんなこと言われても、父も母も、弟だって寝てたし」

「じゃあ結構です。次に、会社に恨みをもってる人とかは心あたりがありませんか」

「さあ……。あの、これって恨みによる犯行ってやつなんですか」

「いいえ、わかりません。すべて念のためにお聞きしているだけです。たとえば、最近、トラブルがあって退職した人がいるとか……。本城支社ができてから、男子が二名、女子が三名退職してますが」

「はあ……」女子事務員が口ごもる。その表情に少しだけ反応が見えた。

だが、時間をかけて聞きだした内容はといえば、そのうちの男女一組が不倫を理由に退社したというよくある話だった。

「揉めたんですか」

「揉めたっていうか、社内にばれていられなくなったんじゃないですか。自分から辞めたんです。去年の暮れに」

「その後は？」

「知りません。別れたと思いますけど」

女子事務員の話を聞きながら、清和会から早く誰か出頭しないかと九野は思った。あちらの捜査が続くかぎり、こっちもやめるわけにはいかない。もしも清和会の線でホシがあがりかけていたら、自分たちはとんだピエロだ。「どこにでもある話だから驚きませんよ。すべて念のために聞いているだけですから」服部は笑みを絶やさなかった。女子事務員は途中からリラックスしたようで、もうひとつの不倫話も披露してくれた。帰り際には、「絶対に言わないでくださいね」と何度も念を押していた。服部と目が合い、どちらからともなく苦笑いする。お茶が飲みたかったが、出してくれる者はいなかった。非常時で、そこまで気が回らないのだろう。

二人目も若い女子事務員を呼んだ。

同じ質問をすると、今度は「心あたりがない」の一点張りで、余計なことは言いたくない様子だった。服部は話を変え、第一発見者について聞いていた。

「及川茂則さんってどんな人ですか」

「いい人ですけど」

「どんなふうに？」

「どんなって、普通の人ですから」

「この会社の宿直は当番制なの」

「ええ、男子社員だけですけど。月に一回程度の割合でまわってくるみたいです」

「及川さんは運が悪かったんだ」

「そうですね。なんか、部下と代わって宿直についた日にたまたまああいう目に遭ったわけだから」

「そうなんですか」

「そうみたいですよ。さっき、二階で聞いたんです。経理の佐藤さんが言ってました。ほんとならおれが宿直だったんだよなって」

「どっちが代わってもらったんですか」

「さあ。でもよくあることなんですよ。家の都合とか、風邪をひいてるからとか」

「どうもありがとう」

名前が出たときは早めに聞いたほうがいいので、次は佐藤という男を呼んだ。聞くと、直属の上司である及川の側からの申し出らしかった。なんでも及川の次の宿直日は、夜に家族とJリーグ観戦をする予定が入っているのだそうだ。

ついでに及川のひととなりを尋ねる。佐藤という小柄で痩せた男は、責任感が強い人だから火を消そうとして怪我を負ったのだろうと述べた。勤続十六年で役職は経理課長。出世コースに乗っているわけでもなく、冷飯を喰わされているわけでもなさそうだ。毎日顔を突きあわせる上司のことなので、男は慎重に言葉を選んで話している。ただ、最近の会社の景気について聞くと、佐藤は皮肉っぽく「どこも不景気ですよ」と笑った。

「残業がそれほどないから手当がつかないんですよ。会社も早く帰れって言いますし。これでまた経費削減の命令が本社からくるんじゃないかなあ。いい迷惑ですよ」

その後の聞き取りでは、清和会の名を出す従業員が何人かいた。心あたりがあるのではなく、向こうが知りたがったのだ。別班が清和会の線で幹部から話を聞いているので、不安が広がるのは当然のことだった。現場検証が終わり、新聞記者も現れた。彼らからも聞かされたのだろう。

結局、夕方までかけても全員の聞き取りは無理だった。三分の一ほどは翌日に持ち越され、第一発見者への聴取も翌日となった。

「ふう」服部が大きく息をつく。椅子の背もたれに身体をあずけ、伸びをした。「ねえ九野さん、あの管理官のことどう思います」

「はい？」

「本庁四課からきた男ですよ」

「さあ、仕事のできる人だとは聞いてますけど」

「わたしは好かないんですけどね。この前も、一課が泳がせていたホシをチンケな傷害でパクッちゃいましてね。うちの課長と大喧嘩ですよ」

返事に困り、苦笑いした。本庁の縦割り体質と縄張り意識は、九野自身、充分過ぎるほど知っていた。

「まったく融通の利かない堅物ですよ」

服部はそう言って仁丹を口に含み、音をたててかじる。両手で顔半分を覆い、自分の吐いた息の臭いをかいでいた。

7

マーガレットに似たオレンジ色の花を陽のあたる窓際に置いたら、心なしか花弁が開き、茎《くき》も背筋をのばした気がした。花は会社の総務から届いたもので、花瓶は看護婦が気をきかせて持ってきてくれた。ナースステーションには退院時に寄贈された花瓶がたくさん余っているのだそうだ。

及川恭子は窓から差しこむ日差しを背中に浴びながら、りんごの皮を剝いている。夫の茂則に食べさせようと、わざわざ病院の向かいの金物屋でナイフを買ってきたのに、当の茂則はその間に寝入ってしまった。だからこれは自分のぶんだ。夫の穏やかな寝顔を見ていたら、安堵感がわいてきて急に空腹をおぼえた。考えてみれば、昨日から満足な食事をとっていなかった。きっと無意識の緊張が食を細くしていたのだ。

昨日は六人部屋だったが、今日は個室に移った。会社が手配してくれたからだ。六畳ほどの部屋は、壁が薄い合板で隣の笑い声が届いてしまうほどだけれど、人目を浴びないで済むのは気が安らいだ。昨日は刑事の事情聴取というものまで、カーテンを仕切っただけの空間で夫は受けさせられていた。

子供たちは病院の中庭で遊んでいる。五階の病室まで、ときおり声が届くくらいだから、窓から見下ろせば、どこかにその姿を見つけられるはずだ。

児童館で遊ばせようかとも思ったが、目の届くところに置いておきたかった。今はわずかの心配事も抱えたくない。もちろんパートは休んだ。

剝いたりんごをかじったら、酸味がほっぺたに染みた。

昨日の未明、家の電話が鳴った。恭子が夢の中にいるときだった。

夢の中で恭子は庭に花壇を造っている。香織と健太も一緒だ。土を掘り起こし、肥料を混ぜ、周囲にレンガを積みあげていった。あとは種を蒔《ま》くだけだ。ところが肝腎《かんじん》の花の種を買うことを忘れていた。それを子供たちに告げると、健太が「ぼくが買いに行く」と言いだした。健太は最近、自転車に乗れるようになったばかりで、それを駆って行くと言う。園芸センターは国道沿いにあり、始終大型ダンプが行き来している。心配ではあったが、健太の意気込みに圧《お》される形で頼むことにした。息子に冒険心が芽生えたのは、よろこばしいことなのだ。恭子はお金を渡し、送りだした。ダンプカーに気をつけてねとしつこいくらいに言い聞かせて。なのに健太はなかなか帰ってこない。胸騒ぎがした。香織も不安げな顔を見せる。

そんなとき電話が鳴った。はっとして庭から居間に上がるのだが、なぜか電話機が見つからなかった。親機が電話台ごとなくなっていたのだ。慌ててキッチンにある子機を探したが、それも消えていた。音だけが居間で渦巻いている。焦る気持ちが頂点に達したとき、目が覚めた。そして実際に、暗闇の奥で電話がかすかに鳴っていたのだ。

廊下を小走りに歩みながら、不思議な確信があった。夫の茂則は会社の宿直で家にいない。茂則の身に何かが起こったのだと心臓が高鳴った。不吉な電話のベルに合わせて夢までがお膳立てするのだから、人間には予知能力があるのかもしれない。果たして受話器をあげれば「本城消防署の者ですが」という低い男の声が聞こえた。夫の会社が火事で、茂則が火傷を負って病院に運びこまれたと知らされた。

恭子はその件に関して今でも腹を立てている。どうして消防隊員は事務的な口調で知らせてくれなかったのか。そしてひとこと、「怪我の程度はたいしたことがない」

と被害者の家族の不安を取りのぞく配慮をしてくれなかったのか。消防隊員は「とにかく来てください」とだけ怒鳴るように言って電話を切ったのだ。

恭子が真っ先にしたのは妹の圭子に電話をすることだった。ほかに頼る人間など思いつかなかった。実家の母にかけなかったのは、距離が妹より遠いせいか、年老いた母にショックを与えたくなかったせいか、未だに判断がつかない。とにかく圭子のことしか頭に浮かばなかった。恭子は事情を話し、今すぐ来てちょうだいと告げた。自分はこれから病院へ行く、鍵はポストに入れておくから子供たちの面倒を見てほしいと頼んだ。あとで圭子は、てっきり茂則が死んだものと思い、血の気が失せたと言っていた。それほど自分はパニックに陥っていたのだろう。そもそも時刻を確認する余裕さえなかった。あの夜、午前三時を過ぎていることを知ったのは、電話で呼んだタクシーに乗りこみ、運転席の計器盤に光る緑色の数字が目に飛びこんだときなのだ。

タクシーの窓から小さくなる自分の家を見て、恭子は言葉に言いあらわせないほどの不安を味わった。それはことによると、夫の安否よりも深い恐怖だったかもしれない。この家はどうなるのだろう……。これまで疑いすらしなかったことが、いきなり現実として突きつけられ、恭子の身体はがたがたと震えた。

だから病院に駆けつけ、夫の無事を確認したときは、生まれてはじめて腰が抜けた。両腕を包帯で巻かれていても、青い顔をしていても、茂則は廊下の椅子に腰かけちゃんと目を見開いていた。恭子を見つけるなり「よお」とかすかにほほ笑んだのだ。恭子はその場にへたりこむ。助かった――それが茂則のことなのか、自分のことなのかはわからない。とにかく最悪の事態は避けられたと思った。床の冷たさを感じたのはずっとあとだ。感じながら、ストッキングなしでスカートを穿くなんて何年振りだろうと、妙なことを考えた。

看護婦たちに脇を抱えられ、恭子が立ちあがる。そうしてやっと周りが見え、茂則を取り囲むように二人の男がいるのにも気がついた。そのうちの一人に「奥さんですね」と言われ、自己紹介される前に、雰囲気から刑事だとわかった。「なんとか服装を思いだしてもらえませんかねえ」別の男が茂則に話しかけている。「バイクのエンジン音は低かったですか、それとも甲高かったですか」そんな質問もしていた。ただの火事ではないのかと、恭子はうまく回らない頭で考えた。

茂則が刑事たちから解放されたのは、医師が間に入ってくれたからだ。「安定剤を飲んでますから寝かせてあげてください」そう言って、茂則を病室へと連れていったのだ。夫婦の会話はほとんどできなかった。茂則は、薬のせいなのか足どりもおぼつかなく、ベッドに横になるなり瞼《まぶた》を閉じた。弱々しい夫の姿を見て、あらためてショックを受けた。

その後、恭子は診察室に呼ばれ、当直医から説明を受けた。両腕の肘より先に中程度の火傷。ただし左手甲の部分は重度。障害が残る心配はなく、指はすべて無事だが、ケロイド状の痕《あと》が一部に残ることは避けられない。加療のため十日は入院が必要。全治は四週間の見込み。若い医師は明るい声で「会社にお勤めだそうですが、パソコンのキーを打つのに不都合が生じるようなことはありません」と言っていた。患者の家族をリラックスさせようとしてか、「髪が少々焦げてますが、これはそのうち生えてくるでしょう」と白い歯も見せてくれた。

ハンドバッグに突っこんであった携帯電話が鳴った。実のところ、鳴ってはじめて出がけにバッグに入れたことを思いだしたのだが。

通話ボタンを押す。妹の圭子だった。いま家に着いたと心配そうな声を出していた。おそらく、恭子が心から安堵の息をもらしたのはこのときだろう。肉親が駆けつけてきてくれた。緊張と孤独から解放された気がした。

恭子は、確かに火傷は負ったが深刻な事態ではないと、状況を話した。何度も礼を言い、朝になったら子供たちを起こして、不安がらせないようにこのことを伝えてほしいと頼んだ。圭子は、大丈夫、朝食も冷蔵庫の中の物で作ってあげると、迷惑そうな様子を少しも感じさせなかった。

圭子は夫の博幸に車を運転させてやってきたようだ。息子の優作も連れてきたらしい。申し訳なく思い、義弟を電話に出してもらって謝った。博幸は「こんなときのための親戚じゃないですか」と、涙の出そうなことを言ってくれた。

医師は恭子にも精神安定剤を服用させた。夫の眠るベッドの脇に、担架《たんか》のような簡易ベッドを用意してもらい、そこで横になった。ふだん薬に慣れていないせいか、安定剤は体の隅々に染みわたり、瞼が重くなるのに五分とかからなかった。それは大人になってから味わったことのない深い睡眠だった。気がついたら目の前には圭子と義弟と優作、そして子供たちが立っていた。時間経過の感覚がまるでなく、時計を見ると午前九時だった。

身内以外にも人はいた。医師と刑事と会社の人間だ。慌てて跳ね起き、髪を手でおさえた。少し待ってほしいと、刑事と会社の人には廊下に出てもらった。

圭子がやさしく目を細め、いたわりの言葉を口にした。簡易ベッドは義弟の博幸が片づけてくれた。

医師が夫を起こした。「気分はどうですか」と聞いている。「大丈夫です」茂則は痰がからんだような声で答え、続いて周りの人間を見渡し、「お、勢揃いだな」と弱々しく笑みを浮かべた。

香織と健太は拍子抜けするくらい動揺していなかった。包帯を巻いた父親を見て「えへへ」と照れ笑いしていた。薄情なのではなく、たぶん子供とは呑気な生き物なのだ。香織と健太は静かにしていることにたちまち退屈し、カーテンに隠れて遊びはじめた。迷惑をかけてはいけないと思い、芝と池のある中庭で遊ばせることにした。

茂則と二人で話をしたかったが、刑事が来ている以上、譲らざるをえなかった。昨夜とはちがう二人組だった。その場にいてはまずいような空気があったので、恭子は圭子たちと廊下に出た。義弟は会社があるので帰っていった。

圭子はいろいろ知りたがったが、恭子も詳しい状況は把握していないので、わからないと答えるほかなかった。放火事件らしいことだけは、なんとなく想像がついた。佐藤という夫の部下が来ていて、会社は朝から警察が現場検証をしていると教えてくれたからだ。社員も全員が事情聴取を受けなければならないと言っていた。会社はかなりものものしい雰囲気らしい。

茂則と二人きりになれたのは午後になってからだった。昼食後、圭子にあらためて礼を言って見送り、やっと一息ついた。

茂則は顔の血色もよくなっていた。

「心臓に悪い」

あまりいい言葉が浮かんでこなかったので、恭子はそんなことを言った。

「ごめん、ごめん」茂則が苦笑して謝る。

茂則の話では、火事を発見したらパニックになって、気がついたときは宿直室から毛布を持ちだし、火を消そうとしていたらしい。「逃げればよかったね」茂則はそう付け加えて、もう一度ほほ笑んだ。

「放火なの？」恭子が聞くと、茂則は首を捻った。

「それが、わかんないんだよな。おれは人影を見た気がするし、バイクが去っていく音を聞いた気もするんだけど、刑事さんにあれこれ聞かれたら自信がなくなってさ。ほら、人間って慌ててるときは記憶もあやふやじゃない」

それには納得がいった。夫が救急車で病院に運びこまれたという電話だけで、自分は我を失ったのだ。目の前に炎が上がったら、さぞや強いパニックに陥ったにちがいない。

「でも、放火なら、暴力団がらみかもしれないよ」夫が大部屋であることを気兼ねして、声をひそめた。「さっき来た会社の連中が言ってたんだけど、ほら、去年の秋、ナントカっていう右翼が街宣車を本社と支社に横づけして騒いだことがあったじゃない。金を要求されたとかで幹部が逮捕された事件。警察はその線で捜査してるみたいだよ」

恭子は以前、夫がそんな話をしていたことを思いだした。

「なんか、怖いね」

暴力団と聞いて身の毛がよだった。助かったのは幸運だったのかもしれない。

茂則はその後、子供たちを呼んで、「おとうさんはしばらく帰れないから、その間、おかあさんの言うことを聞くように」と、二人の頭を撫でて言った。そして、食後の薬に安定剤でも入っていたのか、また寝入ってしまった。

恭子は一旦家に帰り、着替えやパジャマを手にして病院に戻った。そのころには面会時間が終わりに近づき、市民病院は完全看護なので、少し言葉をかわしただけで病室をあとにした。「普段どおりにしてればいいから」夫はそう言い、感謝の言葉で恭子の労をねぎらってくれた。

家に帰ると夕刊が届いていて、その社会面には「本城市で未明に不審火」の記事が載っていた。記事によると、株式会社ハイテックスはある政治団体から脅迫を受けた過去があり、そのことに警察は「重大な関心を寄せている」のだそうだ。

新聞の記事を見て、恭子はあらためて事件を現実のものとして受けとめた。世間が注目することで、なんだか味方を得たような気にもなった。

健太が夕食のとき、「うちはお金がなくなるの？」と不安そうに聞いてきた。

急にいたずら心が湧いたので、「オモチャは買えなくなるかもしれない」と恭子は唇をすぼめて見せた。

「ぼく、お小遣い、いらないよ。お年玉が残ってるから」健太が真顔で訴える。

「わたしも。郵便貯金が一万円くらいあるから平気。なんなら、それ、おかあさんが使ってもいいよ」香織も励ますように言う。

ありがとうと答えながら、いきなり鼻の奥がツンときた。

「お風呂、見てこなきゃ」そうごまかし、食事の最中なのに風呂場に走った。感情がいっきに溢《あふ》れでて、恭子は泣いた。

まさか、子供たちからあんな答えが返ってくるとは想像もできなかったのだ。家族のありがたさをあらためて思った。

そして夫が無事でよかったと、いまさらのように神に感謝した。夫と二人の子供が元気でいてこそ、自分の心は安らぐのだ。

夫が怪我をしたというのに、その晩は不思議と温かい気持ちだった。多少の心細さはあるけれど、夫のいない十日間、自分一人で頑張れそうな気がした。

恭子にとって、とても長い一日だった。


午後になって、病室に来客があった。私服の刑事で、またちがう顔ぶれだった。今度はやけに背の高い二人組だ。

「しつこいと思われるでしょうが、我々も仕事ですから」

整髪料で髪を撫でつけた、長身痩軀《ちようしんそうく》の男が口元に笑みを浮かべ、丁寧に腰を折った。「警視庁の服部と申します」と自分から名乗る。もう一人の、肩幅が広くて太い眉の男も「本城署のクノです」と、どんな字かはわからないが言った。

昨日来た刑事たちは誰も名前を名乗らなかったから、この二人は紳士的な部類なのだろう。とくに痩せた方は、ぱっと見は洒落《しゃれ》た商社マンといった風情だ。

「お怪我の具合はいかがですか」

「ええ。両手が少し不便ですが」茂則が答える。

「奥さんも大変でしょう。お見舞い申しあげます」

本当に昨日の刑事たちとは大ちがいだ。恭子は礼を言って椅子を勧め、魔法瓶のお湯を急須《きゅうす》に注いだ。

「しかし、とんだ災難でしたねえ」服部という刑事が親しげな口調で言う。「あの晩は、たまたま及川さんが宿直の当番だったんですよねえ」

「ええ、まあ」茂則が苦笑まじりにうなずいた。

聞きながら、おやっと思った。確か、部下の佐藤に頼まれて代わったはずなのに。もっとも内輪のどうでもいいことだから省いたのかもしれない。

「会社の宿直っていうのはお一人でやるものなんですか。警察にも宿直はあるんですが、我々は複数で泊まりこむものですから」

「倉庫がありますから、一応誰か見張りを立てておくかっていう程度のものなんですよ。本社は警備会社に任せてますし、支社だけの習慣です」

茂則は刑事とそんな会話を交わしていた。

お茶がはいったので、会社が差しいれてくれた茶菓子と一緒に出す。昨日もそうしたように、恭子は退室することにした。夫は、昨日と同様、目撃した不審な人影について聞かれるのだろう。会釈すると、刑事たちはにこやかに笑みを返す。彼らの感じは悪くなかった。

階段のところで子供たちと出くわした。よく見ると、知らない子がうしろにいる。

「病院の中で遊んじゃだめって言ったでしょう」

「ねえ、おかあさん、屋上へ行ってもいい？」健太が言った。

「さあ……。屋上ってどうなってるの」

「わかんない。この子たちがね、屋上へ行くって言うから」

健太がうしろにいた子供たちを指差した。入院患者らしい五歳から七歳ぐらいまでの子が数人いる。みんなパジャマを着ていた。

「上がってもいいの？」健太と同い年ぐらいの男の子に聞くと、はにかみながら小さくうなずいた。

「小児病棟は屋上に上がれないんだって」香織が代わりに答える。「だからこっちに来たんだって」

「じゃあ、おかあさんも行ってみようかな」

子供たちが顔をほころばせ、競うようにして階段を駆けあがっていった。

「走っちゃだめ」そう声をかけ、恭子も急ぎ足であとに続いた。

屋上に出ると、温かい風が南から吹いていた。白いシーツが隊列を組むように干されていて、眩《まぶ》しくはためいている。恭子は思わず両手を広げて深呼吸した。

屋上は思ったより広い。出入りは自由なようで、あちこちでガウンをまとった患者同士がおしゃべりしていた。

子供たちが干されたシーツの間を駆けまわり、鬼ごっこをはじめた。嬌声があがる。「シーツに触らないでね」と注意した。

景色が見たくて金網まで歩いた。屋上からの眺めはなかなかのものだった。自分の家の方角に目を向ける。さすがに我が家の屋根が見えることはなかったが、近くに高圧線の鉄塔があるので、だいたいの位置は確認できた。

自分の住む町をこんな高さから見るのは初めてだな。恭子は妙な感慨を覚えた。引っ越してきた当初は、映画館ひとつない繁華街と国道沿いに並ぶラブホテルに、なんて文化度の低いところなのかと侮《あなど》る気持ちがあったが、暮らしてみれば、緑は多く、福祉施設も充実していて、家族四人が生活するには申しぶんのない町だった。なにより人が穏やかなのがいい。たぶん似たような家族が集まっているからだろう。小さな見栄の張りあいはあっても、大きな競争がないのだ。

恭子の生活にはもう都会のネオンもブランド品も必要ない。若いころ、むきになって高価なバッグを買ったことがおかしく思えるくらいだ。

一人のパジャマ姿の男の子が駆け寄ってきた。うしろからは健太が追いかけてくる。目の前で男の子がつかまり、勢いあまってコンクリートに尻餅をついた。

相手は病人なので「もっと静かに遊びなさい」とたしなめて、恭子は男の子を起こしてやった。そのとき額の生え際に手術の痕が見えた。健太と同年代の男の子の頭部に、一周するように縫い痕があるのに小さなショックを受けた。

「ぼく、走りまわってもいいの？」

「うん、平気」

無邪気に答えて、また走っていく。そのうしろ姿を見ながら、あの子の母親はきっと自分と同じくらいの歳なのだろうなと思った。そして、同情というのは安易すぎて傲慢だけれど、深い哀しみの一端を想像し、自分はしあわせな部類なのだと現実に感謝した。

健康な夫と二人の子供が自分の財産なのだ。恭子はそんなことを考え、小さく息をつく。もっとも何かが起こらないと、それはわからないのだろう。

三十分ほど屋上にいて病室に戻ることにした。昨日の刑事たちもそれくらいの時間で引きあげていったし、もし居座っているのなら牽制《けんせい》してやろうという意味もあった。夫は唯一の目撃者なのかもしれないが、連日時間をさかれるのはあまりいい気がしない。暴力団が犯人なら、あまり関わりあいになりたくない思いもある。

香織と健太も遊び疲れたのか一緒に行くと言った。入院している子供たちも小児病棟へと帰っていった。

親子三人で廊下を歩いていると、向こうから刑事たちがやってきた。背が高いのですぐにわかった。ちょうど終わったところらしい。目が合ったので会釈して「御苦労さまです」と言った。向こうも頭を下げる。

「あ、奥さん」痩せている方がすれちがいざまに声を発した。「ご家族でサッカーを観に行ったりなんかなさいますか」

何のことかわからず、恭子は立ち止まって首を捻《ひね》った。

「息子さんがJリーグのファンだとか」そう言って健太に視線を送る。

「……いいえ、とくにそういうことは」

「じゃあJリーグは観に行ったことがないんだ」

「ええ、そうですけど……」

もう一人の刑事が恭子を見ている。顔色でもうかがっているかのような視線だ。

「今度、チケットでもプレゼントしますよ。捜査にご協力いただいてますし」

警察はそんなことまでするのだろうか。戸惑いながら「はあ」とだけ返した。

「ぼく」刑事が息子に声をかけた。「サッカー、観たいよね」

健太は恭子の腕をつかみ、照れながら笑顔でうなずいていた。

「では、またお邪魔させていただきますので」

二人の男は踵をかえすと大股で歩いていく。それぞれの大きな背中で、背広の布地がゆらゆらと揺れていた。

病室に入ると、一瞬だけ茂則の硬い表情が目に飛びこんだ。恭子を見るなり笑顔を作ったが、それでもどこか取り繕った感じがする。刑事に何か言われたのだろうか。

「どうかしたの」

「いや、別に」茂則が布団にもぐりこもうとする。

「気分でも悪いの」

「ちょっと寝るわ。帰っていい」

「ねえ、どうかしたの。顔色悪い」

枕元にまわって茂則の顔をのぞき込む。血の気のなさに胸がざわついた。

「疲れただけさ」恭子を拒絶するように目を閉じた。

「いやなこと、思いだしたの？　ほら、ストレスなんとかって症状があるって言うじゃない。阪神大震災のときも地下鉄サリン事件のときも、被害に遭った人が、そのときのことを思いだして、あとから苦しくなるって」

「ああ、たぶんそれだ」夫が目を開けた。ため息をついている。「刑事からあの夜のことを根掘り葉掘り聞かれてさ、そうこうしているうちに火の手があがった光景が頭にありありと浮かんだもんだから」

「先生、呼ぶ？」

「いい。寝れば治るさ」

「精神安定剤、もらう？」

「だからいいって」

「警察も、そういうところ、もっと気を遣ってくれてもいいのに」

紳士的な刑事だと思ったのはとんだ勘ちがいだった。

「パート、いつまで休むわけ？」茂則が咳ばらいして言った。

「一応、三、四日は休ませてほしいって、お店には言ってあるけど」

「明日からもう行っていいよ。おれはトイレも行けるし、着替えもできるし」

「……邪魔？」

「そんなことはないさ。なに言ってんだよ」

「なんか、邪魔そうに聞こえた」

「そんなことないって」茂則が力なく笑った。「もう普段どおり生活していいよ。パートの帰りにでも寄ってくれればいいから」

「……うん。だったらそうするけど」

茂則がまた目を閉じたので、恭子はカーテンを閉めることにした。今日はこれで帰ろう。実のところ、病室にいてもすることがない。

窓に立って下を見ると、さっきの刑事が中庭にいた。さっと視線をそらし、足早に去っていく。なにやら険しい目で、この病室を睨んでいた気がした。

8

その夜の捜査会議も四課と暴力犯係が中心となって話は進み、九野は黙って聞いているだけだった。服部は腕を組み、下を向いている。ことによると居眠りをしているのかもしれなかった。たった二人のハイテックス内部調査班への新たな指示はない。四課は、明朝からの清和会の家宅捜索を決めていた。その気になれば道交法違反でも家宅捜索はできる。通常、地検はあからさまな別件を渋るものだが、管理官が説き伏せたようだ。

清和会の幹部はすでに任意で呼んだということだった。ところが何も出てこないので、上層部は態度を硬化させている。今後は強引なやり方も辞さないという構えだ。

服部は、今日の捜査で知り得たことを会議では報告しないと言った。「もう少し裏を取ってから」というのが服部の意見だが、本音は有力な情報を他人に教えたくないという気持ちからきているのだろう。九野もそれは理解した。有力情報を出した途端に別の班が組まれ、情報を得た人間が蚊帳《かや》の外におかれるのは、警察組織では珍しいことではない。警部以下はただの駒として扱われる。

そっと欠伸をかみ殺し、管理官の話に耳を傾けた。

「目撃者がほかにいないとはどういうことだ。だいいち通報者は隣の民家の主婦だろう」

それに対し地取り班の捜査員は、主婦は飼い犬の鳴き声によって起きたものであり、火災後数分を過ぎてからであると口頭で伝えている。

バイクらしき音も近所の人間は聞いていないようだ。ちょうど受験が終わった時期で、徹夜で机に向かっている学生もいない、と冗談のようなことを真面目に討議していた。

門扉の上部縁にあった足跡は子供のものらしい。おおかた下校途中の小学生が登って遊んだのだろう。

地取り班の井上に会議の前に聞いたが、本当に何も出ていないらしい。「出し惜しみじゃないッスからね」と不機嫌そうに鼻の穴を広げた。

九野は机の下で手帳を開いた。番号が記されている。第一発見者の入院先の部屋番号で、その病室は会社が手配したという六畳ほどの個室だ。同じく「会計監査」「宿直の交替」というメモがある。

九野は殴り書きした文字を眺めながら、昼間のことを思いだしている。午前中にハイテックスの社員から新たな証言を得た。腕カバーをつけた年配の女事務員が、「昨日は本社の監査がある日だったんですよね」と、何気なく言ったのだ。九野の「年度末で忙しいでしょうね」と振った世間話に対する答えだった。経理課に所属するその事務員は、前日までの書類整理が無駄になったと憂鬱そうにため息をついた。

服部があらためて支社長を呼びだし、確認をとる。確かに三月二十六日は、本社の総務部経理課より数名が本城支社を訪れ、会計監査にあたる予定だった。

このとき支社長は、かなりむきになった。服部の「経理に不審な点でもあったのですか」という問いかけに、顔を赤くして、不自然なほど繰りかえし否定したのだ。

「暴力団の仕業じゃなかったんですか」

「いったいうちの何を疑っているのですか」

支社長の応対には余裕がなかった。

もっともこの時点では、湖面に垂れた浮きがかすかにふれた程度の手応えでしかなかった。九野も服部も、会計監査の件にさしたる期待はしていなかった。

しかし午後に、第一発見者である及川茂則を病院に訪ね、いきなり浮きは動いた。及川は、監査の話を切りだされると、苦笑混じりに「参りましたよ」と頭を掻きながら、みるみる頬をひきつらせたのだ。丸い輪郭の顔全体が赤くなる。

九野はその表情の変化を見逃さなかった。と言うより、男の動揺は誰の目にも明らかだった。しばらく言葉が出なかった。服部を見ると、この相方も驚きの表情をしていた。

「及川さんは本城支社の経理責任者にあたるわけですよね」はやる心を抑え、慎重に探りを入れた。

「ええ、まあ、責任者というと語弊がありますが」

尋問は九野が行った。服部はじっと及川の顔色をうかがっている。三十八ということだが、自分たちより若く見えた。年相応の貫禄に欠ける男だった。

「でも、四十人ほどの支社で、あなたの上司にあたるのは副支社長と支社長しかいません。経理はあなたが見ていると考えていいわけですよね」

「はあ。ただ、泊まりの出張になると支社長決裁ですから、わたしにさして権限があるわけでは……」

笑おうとして、また男の頬が小さく痙攣《けいれん》した。

「過去に経理で本社の監査を受けたことは」

「……ありません。なにせできて二年の支社ですし」

「じゃあ経理面で問題が生じたことは」

「それもありません」

及川の額に汗が浮かぶのが、離れていてもわかった。

「窓でも開けましょうか」服部が口をはさむ。「汗をかいてらっしゃる」

「いえ、結構です」

「どうかなさいましたか」

「いえ、何も」

「何もということはないでしょう」九野がたたみかける。「最初とはずいぶん顔色がちがって見えますが」

「そんなことは」

典型的な素人の反応だった。心の準備はしていても、予期せぬ箇所を突かれると、たちまち崩れてしまう。

「あの」及川が布団を剝《は》いで身体を起こした。「トイレに行ってもいいですか。さっきから、こらえてまして」

「一人で用を足せるんですか」

「ええ、個室を使えば。ズボンを降ろすだけですから」

「ぼくも行こうかな」服部が挑発するような目で言った。「連れションといきますか」

及川はそれには答えないで、逃げるようにして病室を出る。服部は強い視線を九野に送ると、ゆっくりとあとをついていった。

主がいなくなった病室で、九野は自分を落ち着かせようとした。まるで予想もしていない展開に自分自身も面喰らっていた。

及川は何かを隠している。会計監査という言葉を投げかけただけで、あそこまで過敏に反応したのだ。また、それだけでないことも容易に想像がついた。たかが会社内部のことで、刑事を前にあそこまでうろたえる理由はない。となると放火につながることなのか。

連鎖するように「狂言」という言葉が不意に浮かび、九野の身体に震えが走った。あの放火は狂言なのだろうか。てのひらにじんわりと汗が滲んできた。

及川は戻ってくると枕元にあったタオルを顔に当て、しばらくそのままの姿勢でいた。呼吸を整えているようにも思えた。

そしてタオルが取り払われたとき、赤みがかっていた顔は能面のようになっていた。

「話を続けてよろしいですか」九野はできるだけ感情を抑えて言った。

「はい、どうぞ」

「さきほど、この部屋に入ってきたとき、我々があの夜、たまたま宿直当番だったのは及川さんにとって災難だったと言いました」九野が手帳をめくる。「それに対して、及川さんは否定なさいませんでしたね」

「ええ」

「それは嘘ですよね」

「といいますと」

「あなたは、自分から佐藤さんという直属の部下に、宿直を代わってくれるように申しでている」

「ああ、そうですね」トイレでどのようなまじないをかけたのか、及川の目は体温を感じさせないものになっていた。「しかしそれを嘘と言われるのは……。単に説明を省いただけですよ。社員同士が宿直を代わるのはべつに珍しいことじゃありません」

「ご自身の宿直日には家族とのサッカー観戦の予定が入ったとか」

「それもありますが、どうせ監査の準備で遅くまで残業しなきゃならないものですから、いっそのこと代わってもらおうとしただけのことです。ほかの社員だってよくやることですよ。徹夜をしないと片づかないような仕事をかかえた人間が、ついでに宿直も引き受けてしまうようなことは」

及川が澱みなく答える。先程とは打って変わった無表情ぶりだが、それも不自然に見えた。メーターが逆に振れただけなのだ。

「ところで、バイクの走り去る音を聞いたそうですが。タイヤ痕が見つからないんですよ。本当に聞いたんですか」

「実は、午前中にいらした刑事さんにも言いましたが、あんまり自信がなくなってきたんですよね。わたしはパニック状態だったものですから」

「しかし昨日の段階では、二サイクル・エンジン特有の甲高い音だから五〇ccのスクーターではないかと、具体的なことをおっしゃってる」

「ええ、確かにそんな音を聞いたんです。でも、タイヤ痕がないとか言われると、自信がなくなってくるんですよね」

服部が椅子から立ちあがり、窓辺に歩く。レースのカーテンを少し開けて外を見ながら、「及川さん、本社の監査って、結局中止になったんですか」と聞いた。

「さあ、どうなんでしょう。今、それどころじゃないのは事実でしょうけど」

「三月三十一日になれば会社の決算は終了ってことになるんですか」

「それはわたしに聞かれても」

「じゃあ」服部が向き直る。「本社に問い合わせてみますか」

「……もしかして、私も疑われてるんですかねえ」

及川が少しだけ表情を緩めた。場を和らげたかったのかもしれないが、再び頬がひきつった。すかさず服部の鋭い視線が飛ぶ。

「いえ、決してそういうわけでは」九野が答えた。「我々はどんな小さな手がかりでも欲しいもので」

「第一発見者ですから、重要参考人にはちがいありませんが」

服部がカマをかけるようなことを言う。及川はそれには答えなかった。

「面倒でしょうが、またお邪魔させていただきます」

謝辞を述べ、腰を上げた。去り際、打ち合わせでもしたかのように、二人で黙って及川を見おろした。体格のいい自分たちがそうするとどのような効果があるのか、目を合わせられないでいる及川の顔から、静かに血の気が失せていくのを見ればわかった。

廊下では及川夫人と二人の子供とすれちがった。病室を訪ねたときに顔は覚えていた。首の細い、華奢な女だ。まだ三十そこその印象だった。

九野は女の目を見なかった。無意識に胸元のあたりへとわずかに視線をそらしていた。会釈すると艶のある黒髪が揺れた。

服部がサッカー観戦の予定を聞くと、夫人は訝しげに否定した。二人の子供は照れているのか母親の背中に回りこんでいた。男の子は父親に似ている。あどけない笑顔が瞼に焼きついた。

知らず知らずのうちに二人の足が速まる。ロビーに降りたところで、服部が九野の腕をつかんだ。

「クサイな。ぷんぷん臭うな。そうでしょう」興奮した面持ちで言った。

「狂言ですか」

「可能性ありだ。あの野郎、絶対に何か隠してやがるぞ」

思わぬ収穫に九野も心がはやったが、同時に、服部の子供のようなはしゃぎ方を意外に思った。

鼻から息を吐きながら「四課の連中、恥かくな」と、ひとりごとのようにつぶやく。

九野はその横顔を見て、手がかりをつかんだ興奮を味わいながら、かすかな困惑も覚えていた。

実りのない夜の捜査会議を終えて、九野と服部は一件だけ聞き込みに向かった。及川の直属の部下で経理課係長にあたる佐藤という男の家だ。二十代後半でマンションにひとり暮らしをしている。社員名簿を頼りに訪ねた。夜分の突然の来訪であることを詫び、表に駐車してある車で話を聞きたい旨を申し込んだ。家に上がられるよりましだと思ったのか、男は素直に従った。リヤシートの奥に乗せ、服部が横に陣取る。

九野が運転席から身体をよじって話を聞く恰好になった。

「三月二十六日は本社からの会計監査が予定されていたはずですが、佐藤さんはそれに関してどのような指示を受けてましたか」

威圧的にならないよう、穏やかな口調で聞いた。

「いや、指示と言われても、とくには」

男は明らかに戸惑っている。まさか社の内部事情に警察が関心を示すとは思ってもみなかったのだろう。

「あの晩、残業はしなかったのですか」

「九時には帰りましたけど。課長があとは自分がやると言ったものですから」

「佐藤さんの知る限り、本城支社の経理に不明瞭な点はありましたか」

男は少し考え込んでから首を横に振った。

「我々は一般の会社組織に疎いものですから、基本的なことをお伺いしますが」服部が話を引き継いだ。「監査はどのようにして行われるのですか」

「わたしも経験がないもので。たぶん、倉庫の商品在庫数と帳簿が合っているかとか、経費の使途に問題はないかとか、そんなことだと思いますが」

「本社とオンラインでつながっていないんですか」

「つながってはいますが、数字だけではわからない部分もあると思います」

「監査が入るということは、疑わしい点があるということですよね」

　ここで男が返答に詰まった。午前中、支社長に問いただしたときはこわばった顔で否定された。

「さあ、わたしの立場では」

「立場とは？」

「いえ、本社への申し送りや報告は課長がすべて仕切るものですから、わたしのポジションではわからないという意味です」

「つまり及川さんが本城支社の経理をコントロールしていたと考えていいわけですね」

「ええ」男が小さく目を伏せて答える。

「及川さんについて何か噂はありますか。どんなことでもいいのですが」

「噂なんて、何も」

「じゃあ、監査が入ると本社から通告があったのはいつですか」

「たぶん、火事のあった日の三日ほど前だったと思います」

「そのとき、及川さんに何か変わった様子はありましたか」

「あのう」

「何でしょう」

「警察は、課長を疑ってらっしゃるんですか」

「いいえ」なにくわぬ顔で服部が答えた。「念には念をいれるのが我々の仕事ですから」

「何も変わったところはありません」

「火事で焼けたものは」

「はい？」

「帳簿等の書類は焼けてしまったんですか」

「ええ。机の上に出してあったようで」

「ほう。大事な書類を机の上に出してあったんですか」

「たぶん、残業してそのままにしたのだと思います。でもフロッピーは残ってますから」

「じゃあ、不明瞭な点があったとしたら、今後の監査でわかるわけだ」

「伝票が焼失したので、完全につき合わせることはできないでしょうけど」

佐藤はひとつ咳ばらいすると、二人の刑事の顔を不安げに眺めた。

「犯人は暴力団じゃなかったんですか」

「今のところわかりません。もちろんそっちの線でも捜査を進めていますが。……社内ではどういう噂がたっているんですか」

男が黙る。何かを逡巡《しゅんじゅん》しているように見えた。

「何でも言ってくださいよ」九野が猫撫で声をだす。

「いえ、何でもないです」

「そうおっしゃらないで」笑顔も見せた。「秘密は守りますよ」

「本当に何もないです」

「いやあ、何かありそうだなあ」服部がシートに背を押しつけた。「今、言いたくないのなら、明日、署に出向いていただいてもいいんですが」

「そんな」男が顔をあげる。

「もちろん任意ですがね」

「佐藤さん、頼みますよ。どんなに些細《ささい》なことでもいいんです」と九野。

男が落ち着かない様子で顎を撫でる。「でも、これは内輪のことだから」と窓の外に目をやった。

「お願いします」九野は真顔で頭を下げた。

しばらく沈黙があって、諦めたように男が口を開く。

「まさかこんなことで警察は目くじらを立てないと思うんで言いますけど、社員旅行の費用を伝票操作で捻出したんですよね、わたしら」

「それは、どういうことですか」

「毎年、本社から社員旅行の費用は下りるんですが、たいした金額じゃないんで、それで……」

「カラ出張の伝票を切ったり、架空の請求書を起こしたりするわけだ」

「いや、そういうのは本社とオンラインだからすぐにばれるんで」

「じゃあどういう方法で」

「こういう商いって販売店からよく欠損品が突きかえされるんですよね。搬送中によく壊れたりするから。で、欠損品が余計に出たことにして、その商品をディスカウントストアに卸《おろ》して」

「ほう、なるほど」

「でも、どこもやってることなんですよね、こういうのって。うちだけじゃないと思うんです。ほら、役所だって」

男がまくしたてるので「わかります、わかります」と九野がなだめる。

「運搬は別の会社に委託してるんで誰も責任は問われないし、保険が掛けてあるから会社としても被害はないし……。ほんと、どこの会社だって搬送中の商品は何割かが壊れるとか紛失するとか、そういうのを前提にやってるんですよね」

「ちなみにその取引をしたディスカウントストアっていうのはどこですか」

「嘘でしょう」佐藤が顔を歪めた。「調べるんですか。勘弁してくださいよ。これが問題にされたら、ぼく、裏切り者になっちゃうでしょう」

「大丈夫ですよ。業務上横領だとか、そんな野暮は言いませんよ」

「じゃあどうして」

「念のためですよ。警察は何でも念には念をいれるわけです。ほら、そのディスカウントストアが取引上のことで一方的な逆恨みをしたとか」

「ありえませんよ」

「じゃあいいや。明日、支社長に聞くから」服部が口をはさんだ。

佐藤が顔色を変える。そののち盛大にため息をつくと、渋々といった体で店の名を明かした。

「心配しないで。我々は協力者には絶対に迷惑をかけないから」服部が佐藤の肩に手を置いた。

「それで話の続きなんですが」九野が再び質問する。「本社の監査が入るとわかったとき、支社長はどうしたわけですか」

「だから、もしかしたらその件が問題にされるのかと支社長が慌てて、及川課長に指示を出して、その……」

「隠蔽《いんぺい》工作をしろと」服部があとを継ぐ。

「隠蔽って言われると……せいぜい五十万の話だし」男が心外そうな顔をする。

「ああ失礼。多少の操作をしたわけですね」

「はい。……だから、本社の監査が今度の放火に何か関係していると疑ってらっしゃるとしたら、それはお門《かど》ちがいですよ。小さな、どこにでもある話ですから」

「わかりました。話していただいてありがとうございます」

「そのことを知ってる社員は、冗談で『これでバレねえな』なんて笑ってるんですが。まあ、噂ってそんなつまらないことなんですよ」

男が自嘲気味に鼻息をもらす。

会社が燃えても、案外現実はそんなものだろうなと九野は思った。自分の家でも燃えない限り、どこか他人事めいているのだ。

「ところで、及川さんの金遣いはどうですか。最近、やけに羽振りがいいとか、そういうことはありませんか」わざと軽い調子で聞いた。

男が目を丸くする。慌てて「これも念のためですから」と付け加えた。

「車は買い替えたみたいですけど、別に高級車でもないし、とくには……。奥さんの実家に頭金を借りて残りはローンだってみんなには言ってましたし」

「それ以外では？」

「麻雀のときに一人だけ寿司の出前をとるぐらいですかね」佐藤が苦笑する。

「麻雀、やるんだ」

「好きなんですよ、あの課長。麻雀とか、競馬とか」

「そうですか。ありがとうございました」丁重に礼を言って男を帰した。

今夜のことは内密に、と言ってはおいたが、一般人には無理な相談だろう。もっとも、直属の上司である及川に知れるのも悪い策ではなかった。外堀を埋めるように少し揺さぶってみるのもいい。

署に戻る車の中で、服部が「つじつまは合ってるわな」とつぶやいた。

「つじつま、とは」

「支社長がむきになって否定したわけですよ。あの男は社員旅行の費用を不正に捻出したことが発覚するのを恐れていたわけだ」

「ええ、そうですね」

「でも、それが及川がうろたえた理由にはならない」

「ええ」

「あの青ざめ方は、社員旅行の費用くらいじゃ説明がつかんでしょう」

「わたしもそう思います」

「とにかく、及川は裏金を作るノウハウを持っていたし、その立場にもあったわけだ」

九野もその意見には同意した。

服部が肩を震わせている。何かと思って見ると、服部は助手席で笑いをかみ殺していた。

「四課の連中、明朝にも清和会にガサを入れるって言ってましたよね。会議のあとで小耳にはさんだんだけど、容疑は組長の『車庫飛ばし』らしいですよ」

何と答えていいのかわからないので黙っていた。

「馬鹿な奴らだ」

服部はなおもにやついている。

フロントガラスから夜空が見えた。この町はネオンが少ないせいか、濃い闇の中で星がきれいに瞬いている。

もう春だというのに、冬空のような透明度だった。


服部と別れ、九野は清和会の大倉を探しに新町のスナック「キャビン」へ行った。花村の一件でひとこと言っておきたかったし、情報収集の意味もあった。

大倉は自分の女にやらせているという店にいて、カウンターの隅で気障《きざ》にブランデーグラスを傾けていた。九野を見つけると人懐っこい笑みを見せ、「どうも。来てくださったんですね」と会釈する。ゴルフ焼けでもしたのか、前回見たときより顔は浅黒く、色艶がよかった。

「大倉さん、約束は守っていただかないと」九野はポケットに両手を突っこみ、立ったまま言った。

「何のことですか」

「この前の夜のことですよ。どうして花村氏に伝わったのか、ぜひ知りたいね」

「言っちゃあいませんよ」大倉は途端に気色ばんだ。「見損なわないでください。わたしはそんな口の軽い男じゃありませんよ」

「じゃあどうして花村氏が知っているんですか」

「花村さんがどうかしたんですか」

「おれを許さないと息巻いている。女を張っていたことが理由だそうです」

「ほんとですか」

「ああ」

「とにかく、わたしじゃありませんよ」大倉はグラスを置くと、ストライプ地の上着の襟を直した。金バッジがきらりと光る。「心外ですね、疑われるなんてのは」

「あなたしかいないんですよ。署の人間にも話してないことなのに」

「だからわたしだって言うんですか。いくらなんでも短絡的すぎやしませんか。刑事さんがそんなことでどうするんですか」大倉が皮肉っぽく口を歪める。

「最近、花村氏と会ったのは」

「しつこいなあ、九野さんも」白い歯を見せた。「とにかく座ってくださいよ。刑事さんに見下ろされると、取調室を思いだしていけないや」

スツールを勧められ、腰をおろした。大倉はカウンターの中の女に命じ、グラスを用意させた。自分の手でブランデーを注ぐ。「まあ一杯どうぞ」そう言って酒を勧めてきた。

「九野さん、わざわざそれを言いたくていらっしゃったんですか。ほんとは別のことでしょう」

大倉が外国製のたばこを箱からひょいと一本出す。九野はそれを辞退してブランデーに口をつけた。

「おたくの署からはもう二、三人、いらっしゃいましたよ。ハイテックスの放火について知ってることを全部話せって」たばこをくわえ、火を点けた。「脅されましたよ。この店の看板、出せなくしてやるぞって」

「それで?」

「知らないって答えましたよ。実際、そうなんですから。考えればわかりそうなものでしょう。どうしてそんな無茶をしなきゃなんないんですか」

「去年の一件では幹部を三人もいかれてる。このままでは収まりがつかないんじゃないんですか」

「そんなことはありませんよ。うちは穏健派なんですから」

「穏健派のやくざですか」思わず苦笑した。

「そうですよ。損になる喧嘩はしませんよ、いまどきのやくざは。それに放火はリスクが大き過ぎるでしょう。誰が五年もくらいますか。やるとしても拳銃の弾を撃ちこむぐらいですよ」

大倉は自分が吐いた紫煙をじっと見ている。

「脅しじゃなくて報復だとしたら？」

「勘弁してくださいよ。こんなことで戦争してどうなるって言うんですか。だいいち――」少し間をおき、声をひそめた。「九野さんだから言いますが、うちの幹部連中がいちばん慌ててるんですよ」

「そうなんですか」

「今日なんか朝から携帯が鳴りっぱなしですよ。『誰か勝手なことをした奴がいやがんのか』って。うちはインディーズ系のやくざですよ。どうしてそんな割に合わないことを」

インディーズ系、という言い方がおかしくて九野は肩を小さく揺すった。

「共存共栄ですよ。やくざと町は」

黙ってグラスを傾ける。大倉の言うことはもっともだった。

「あ、そうだ。この前乗ってらしたアコード。九野さんの自家用ですか」

「ええ、そうですけど」

「そろそろ外車なんてのはどうですか。BMWの出物、ありますよ」

大倉が自動車金融を営んでいることを思いだした。佐伯が言っていた。

「5シリーズが三年落ちで百万。九野さんなら八十、いや七十でもいいや」

「今日はもう帰ります」

「そんな。せっかくいらしたのに」

九野が立ちあがり、財布から五千円札を抜いてカウンターに置いた。

「結構ですよ」

「そうはいきません」

「わたしが勧めたんですから」

小さな押し問答をする。大倉が紙幣を強引に九野の胸ポケットに押しこんだ。

「九野さん、ところで明日のガサ入れ、わたしの会社もリストに入ってるんですか」

「ガサ入れ？　なんで知ってる」

「蛇《じゃ》の道は蛇《へび》ってやつですよ」

大倉がにやりと笑う。言葉に詰まっている九野の腕を、親しげにポンとたたいた。

結局、支払いはしないで店を出た。

通りに立ち、首の骨を鳴らす。

やはり清和会の線は薄いのか――。大倉の言葉を真に受けるわけではなかったが、清和会が手を下したとしたら、彼らに相当な覚悟がいったことは容易に想像がつく。狭い町で警察に恥をかかせるのは、暴力団にとって死活問題だ。

となると第一発見者がいよいよ怪しくなる。

ゆっくりと繁華街を歩いた。タクシーを拾うために大通りに向かった。

「あれ、九野さんじゃない」

前方からいきなり声をかけられ、顔を上げた。脇田美穂だった。

咄嗟に周囲を見渡す。花村の姿はなかった。

「もしかして、わたしのこと、つけてるわけ？」

「ちがうよ。偶然さ」笑顔を取り繕ったが、頬が小さくひきつった。

「そうかなあ」甘えた声を出し、いたずらっぽく笑っている。「花村さんに言いつけちゃおうかなあ」

「勘弁してくれよ。こっちは忙しいんだ」

美穂は以前と同じ赤いワンピースを着ていた。手にはハンドバッグを持っていて、どうやら店の帰りらしかった。少し酔っている様子だ。頬がピンク色に染まっている。

「九野さんもいっぺんうちの店に来てよ」

「ご冗談を」

「そうよねえ。わたしみたいな軽い女、嫌いだもんね」

「そんなこと」目を伏せて苦笑した。「あ、そうだ。どうせ花村氏には知れるんだろうから言っとくけど、もうおれは関係なくなったから」

「何を？」

「そう言えばわかる」

「ふうん」髪を掻《か》きあげる。離れていても香水の匂いが伝わってきた。

「花村氏と結婚するんだって」

「うそ。誰がそんなこと言ったの」目を丸くした。

「あれ、そうじゃなかったっけ」

「知らないよ、そんな話。花村さんと付き合いがあるのは事実だけど、結婚なんて……。だいいち花村さん、奥さんも子供もいるじゃない」

「ああ、そう。じゃあ勘違いだ、ごめん」

「やだー。もしかして署で噂になってるわけ？」

「いや、そんなことは……」

「わたし、誰とも結婚する気ないよ。九野さんがしてくれるっていうなら別だけど」

返答に困って苦笑した。

「またいい男ぶって。わたしまだ九野さんの死んだ奥さんの名前覚えてるよ。早苗さんって言うんでしょ。腕枕してそんな話するんだもん。信じられないよ」

やはり酔っているのか、美穂は足で蹴る真似をした。裾のスリットから白い太腿がのぞく。

「意地悪言うなよ」

「言ってやるね。わたしが婦人警官になったのも間違いなら、九野さんが刑事になったのも大間違いだよ。刑事っていうのはもっとすれっからしじゃないと――」

「おい」背中から声がかかった。

九野が振りかえる。目を吊り上がらせた花村が立っていた。署では見ない派手なブルゾンを身にまとっている。

「貴様、まだおれをおちょくる気か」

「あ、いや……」思わず後ずさりした。

「放火事件の帳場に回されたはずだろう」

「これは偶然で……」

「とぼけんじゃねえ」花村が声を荒らげた。「それともなにか。美穂にちょっかい出しに来たのか」

「誤解ですよ」

「ちょっとお」美穂が横から口をはさむ。「いちいち迎えに来なくていいって言ったじゃない」

「おまえは黙ってろ」

「大きな声出さないでよ、恥ずかしい」

「黙ってろって言ってんだろう」

「なによ、えらそうに。奥さんとうまくいってないからって、そうそう毎晩泊めてやんないよ」

花村が真っ赤になった。目が合う。憎しみのこもった目だった。

「おい、九野。貴様、嗤《わら》ってやがんだろう」

「そんな」

「おれみたいなのが若い女とくっつくわけがないと思ってんだろう」

「花村さん、酔ってるんですか」

「いいや、酔っちゃいねえ。貴様はおれを嗤いに来たんだ」

九野は軽く目を閉じ、かぶりを振った。「もうよしましょうよ。ほんとに偶然通りがかっただけなんですよ。ぼくはもう失礼しますから」

踵をかえそうとすると、腰のあたりに衝撃が走った。何が起こったのかすぐにはわからなかった。

「ちょっと、やめてよ」

美穂の悲鳴が耳に飛びこむ。九野はアスファルトにたたきつけられた。

「九野、立てっ」

険しい形相で見下ろしている。九野はゆっくりと立ちあがり、背広の汚れを払った。なぜかそれほど怒りはなかった。

「かかって来い。今日こそけりをつけてやる」

「もうやめましょう。失礼します」軽く頭を下げた。

「おい、気取ってんじゃねえぞ」

「やめてよ、みっともない」美穂が声をあげる。「いい歳して何を興奮してんのよ。子供みたい。九野さんの方がずっと大人だよ」

「美穂。おまえまだ九野に気があるのか」花村の矛先《ほこさき》が美穂に移った。

「へんなこと言わないでよ。九野さんに迷惑でしょう。ほんとに格好悪いんだから、もう。当分うちにも店にも来ないでよね」

「おまえ、ほんとは九野に言い寄られてたんじゃねえのか」

見ていられなかった。九野は「じゃあ」とだけ告げると、逃げるようにしてその場を離れた。

花村がなにやらわめいている。耳に入ってこなかった。

今夜は安定剤を飲もうと思った。目覚ましをたくさんセットすればいい。

前方から突風が吹いてきて、九野の前髪をひょいとはねあげた。

9

二日間休んだだけで、及川恭子はパート勤めを再開した。

前日、榊原店長に明日から出ることを告げると、店長は「助かったー」とあてつけがましいひとりごとを受話器の向こうで言い、突然休まれることがいかにスケジュールを狂わせるかを一方的に説いていた。なんでもほかにもレジ係に欠勤者がいたらしい。自分までがレジのボックスに立ったと、謝罪を求めるような口ぶりだった。そして驚いたことに、店長が見舞いの台詞を発することは最後までなかった。

さすがに恭子も腹が立ち、辞めることも頭をよぎったが、どうせパートはどこも同じだろうとあきらめ、ため息をつくだけにとどめた。さえない中年男の愚痴と思えばいい。相手にするだけ馬鹿らしい。

夫の勤める会社が放火された事件の方は、どうやら片づきそうな気配だ。

昨夜、テレビのニュースが、清和会という暴力団に家宅捜索が入ったと伝えていた。背広姿のいかつい男たちが、段ボールを抱えて事務所のあるビルに入っていくのをカメラが映していた。今朝の新聞でも読んだ。容疑は公文書不実記載で、通称「車庫飛ばし」と言われる不正行為だと書いてあった。本来なら多摩ナンバーであるはずの組長の自家用車が、品川ナンバーで登録してあったのだ。組長が代表取締役を務める自動車販売会社も家宅捜索を受けていた。社会的なことに疎い恭子でも、それが別件逮捕だということはなんとなくわかった。なぜならテレビも新聞も、放火事件の関連として伝えていたからだ。とりあえず身柄を拘束して、放火について自供させるのだろう。

夫の会社が暴力団に攻撃されたというのはショックだが、夫が経営陣というわけでもなし、これ以上累《るい》が及ぶ心配はなさそうだ。労災も下りるようだし、恭子はいつもの平静な気持ちを取り戻しつつある。まだ事故の一報を聞いたときの衝撃は生々しいが、夫が無事だったことや、妹が駆けつけてくれたことが、自分を勇気づけている。

いまさらながら、自分は一人じゃないんだと思った。

今朝、スーパー「スマイル」に出勤したときも、真っ先に淑子と久美が駆け寄ってきてくれた。一通り同情され、慰められたあと、淑子は互いの電話番号を知らないことがいちばん辛かったと訴えた。

「わたしたちって友だち同士よねえ。なのに電話番号も知らないんだもん。それに気づいたとき、なんだか悲しくなっちゃって」

淑子はこの場で住所と電話番号を交換しようと言ってきた。もちろん応じ、久美も含めた三人でメモ用紙を回しあった。

「なんかあったら助けあおうね」

淑子の言葉に心が温かくなった。

小さな町だから、放火事件はすっかり知れ渡っていて、ほかのパート仲間からも見舞いの言葉をもらった。有機野菜の磯田まで「ご主人、いつまで入院なの」と心配そうに聞いてきた。ただし、磯田に言わせると、病院の給食はダイオキシンだらけなので気をつける必要があるのだそうだ。野菜の試供品を送ってあげると言ってきたが丁重に辞退した。

いつぞや磯田と言い争いになった若い主婦は、やはり辞めてしまった。人間関係を我慢してまで続ける仕事ではないので当然のことだろう。

その日の朝礼では、たまたま本店から来ていた専務が挨拶に立ち、恭子の身に降りかかった災難をほかの従業員に説明してくれた。「うちは家族的経営がモットーですから」と述べたのはいいが、欠勤はみんなでカバーしあいましょうという話になったのには内心苦笑した。隣の淑子が「だったら見舞い金を出せ」と小声で言う。聞こえやしないかと恭子ははらはらした。

十時がきて、ドアが開く。レジの仕事についたら意外に集中できた。この日は開店から一時間限りの「朝市セール」があったので、考えごとをする暇もなかったのが幸いした。

商品の値段をセンサーで読みとり、かごからかごへと移していく。レジで金額を打ちこみ、預かった金額からお釣りを手渡す。機械的に作業をこなしていると、時間の経過が希薄に感じられるから不思議だ。案外、家でじっとしているより外で働いた方が、精神衛生上いいのかもしれない。

店内放送では、刺身の盛り合わせが買い得だと営業主任のダミ声を流している。

二時過ぎに仕事を終え、恭子は店を出た。本当ならば児童館へ子供を迎えに行き、その足で夫の入院先へ向かいたいところだが、面倒なことに小室和代という女との約束があった。事件のせいですっかり忘れていたが、今朝、カレンダーの「二時半、ジャスミン」というメモを見て思いだした。延期してもらうことも考えたが、面倒なことは早めに済ませた方がいいかと思い直し、会うことにした。

ジャスミンは住宅街にひっそりと構える感じのいい喫茶店だった。香が焚かれているようで、扉を開けて一歩踏み入れただけで甘い香りが鼻をくすぐった。

テーブルの上に置かれた茶封筒が目印だったが、ほかに客がいなかったのですぐにわかった。壁際のテーブルの通路側に自分と同年代の女が座っている。小室が下座で待っているのに小さく感心した。恭子はOL時代の新人研修で、喫茶店にも上座と下座があることを習っていた。電話の印象と同じく、やはり礼儀は知っているようだ。

小室は一人ではなく同伴者がいた。四十歳くらいの男が並んで座っている。向こうも恭子がわかったらしく、立ちあがって腰を折った。

「及川さんですね。お忙しいところ本当に申し訳ありません」

ショートカットの髪に薄い化粧をしただけの、飾り気のない女だった。瓜実顔《うりざねがお》に小さな目鼻がついている。男の方は地味な背広を着ていた。髪はぼさぼさで田舎町の教師といった風情だ。

恭子も頭を下げて椅子に座った。

「わざわざ来ていただいてありがとうございます。あの、こちらは弁護士の荻原《おぎわら》さん。町田で事務所を開いていらっしゃるんです」

そう紹介されて男が名刺を出した。

「荻原です。突然すいません」警戒させまいとしてか笑顔を見せた。「小室さんとは市民オンブズマンのときからの知り合いでして。……と言っても及川さんにはわからないと思いますが、以前、地元市議会が視察旅行をしたとき、内実はほとんど観光だったことがありまして、その際に明細を公開させ、費用を返還させる訴訟を起こしたことがあるんです。ま、戦友みたいなものです」

「荻原さん、戦友だなんて、物騒《ぶっそう》な」小室が親しげに腕をつつく。

「ああ失礼。そうだよね。あの、ええと。じゃあ、友だちということで」

どう反応していいのかわからなかったので、恭子は作り笑いだけを返した。

ウエイトレスが水を運んでくる。三人で紅茶を注文した。

「先日の電話でも少しお話しさせていただいたんですが」小室があらたまった口調になった。「わたくしは二ヵ月ほど前からスマイルの多摩店でパート勤務をしておりまして。子供が学校にあがったものですから、少しぐらいは家計を助けようかなって。それで、これが初めてのパートなんですけど。働いてみたら、意外といいかげんと言うか、おおざっぱと言うか。学生のバイトと変わらないような扱いなので、正直なところ驚いてしまって」

「はい……」恭子が相槌をうつ。

「だって履歴書出して、面接して、時給はいくらいくらで、勤務は週に何日でって、それを店長との口約束で決めるだけでしょう。いまどきファーストフードの店だってそんなにずさんじゃないと思うんです。一応、昇給があるっていうけど、それだって怪しいし。及川さんは昇給ってありました？」

「わたしは、今年になって五十円、上げてもらいましたけど……」

「じゃあ、店によってちがうのかしら。多摩店は一年勤めても変わらない人がいるみたいなんですよ。サービス残業めいたこともやらされるし。……とにかく、契約書もないっていうのは変だと思って、荻原さんに相談したら、それは絶対におかしいって」

「もう五年以上前になるんですがね」荻原がコップの水に口をつけ、あとを引き継いだ。「『パートタイム労働法っていうのができてるんですよ。正式には『短時間労働者の雇用管理の改善等に関する法律』っていう長ったらしい名前なんですがね。それによって国から雇い主に対して、雇入通知書を交付しなさい、就業規則を作成しなさい、有給休暇を与えなさいっていう指導がなされてるわけなんですよ。つまり、パートタイマーは法的に応援されていると言っていいわけです。及川さんは有給休暇、欲しいとは思いませんか」

「それは……欲しいですけど」

ふと昨日おととい の欠勤を思った。有給ならば七千円はもらえる。でも遠慮がちに言った。簡単に話に乗りたくはない。

「六ヵ月間継続して勤務し、出勤率が八割以上なら有給休暇は認められているわけです。それから雇用保険に入りたくはありませんか。もしものときのために」

「そう……ですね」

　恭子は結婚退職したとき、三ヵ月間、失業保険をもらったことがある。システムは知っていた。

「さらには退職金だってもらえるわけです。三年以上勤務していれば、一ヵ月の基本給掛ける年数分を要求できます。最近、及川さんの店で退職なさった方はいますか」

　そういえば先日、いちばんの古株が辞めたばかりだ。たしか五年間勤めたはずだ。そのことを告げると、小室が「たぶん退職金をもらってないでしょうね」と口をはさんだ。

「そうだと思います」

「もったいないわあ。その人、週に何時間働いてたんですか」

「さあ……二十時間は超えていたと思いますけど」

「じゃあ月に八十時間で、九百円としても七万二千円でしょう。だから五年で……」

小室がてのひらに指で計算する仕草をした。「三十六万円だ」

　その金額を聞いて恭子は驚いた。荻原の言っていることが正しければ、自分はあと一年で退職金をもらう権利を得ることになる。

　紅茶が運ばれてきたので、それぞれが砂糖を入れた。スプーンがカップに触れる音が響く。

「どうです、及川さん」一口飲んでから、荻原が身を乗りだす。「今の話を聞いてどう思われましたか」

「どうって言われても……」

「主婦が何も言わないのをいいことに、スーパー側はパートタイマーの権利を蔑《ないがし》ろにしています」

「はあ……」何気なく腕時計を見た。そろそろ午後三時だ。

「あ、もしかしてお急ぎでしたか」

「いえ、ちょっと。子供を児童館で遊ばせてるもので」

「じゃあ、単刀直入に申しあげましょう。長々とお引き止めするわけにもいきませんし」荻原がそう言って鞄から紙切れを取りだした。「これは厚生労働省が普及を進めている雇入通知書の見本です。このままでも通用するちゃんとした書類です。これをですね、及川さんの方から本城店の店長に見せて、正式な契約書を交わしたい、と申し入れていただけませんか」

「わたしが、ですか」

労働者の待遇改善といった話だろうと想像はつけていたが、自分は雇用の実情を聞かれるだけだと思っていたので、恭子は戸惑った。

「電話でもお話ししたと思うんですが」小室が言った。「町田店と北多摩店からはすでに協力してくださる方を得てるんです。あとは本城店の及川さんがこの話に乗っていただけると……」

「我々のプランとしては、日にちを決めて、各店で一斉に店長につきつけたいと思ってるんですよね。その方が効果があるんです。どうかひとつ」荻原は頭を下げてきた。

「でも、わたしなんかが……。もっとほかに適任者がいると思うんですが」

「いえ、及川さんが適任だと思います」

「わたしも、お顔を拝見しただけで、この方ならって」二人が口々に言う。

「そんな」

断らなくてはと思った。パートの待遇がよくなるのはありがたいが、それは誰かがやってくれればの話だ。自分が矢面《やおもて》に立つ気はない。

「ご安心ください。この勝負は見えてます。向こうに勝ち目はありません」

「でも」

「我々がひとこと声を発するだけで、有給休暇も雇用保険も退職金も手にすることができるわけです」

「わたし、困ります」

「どうしてですか」

「……そんなことしたら職場に居づらくなるし」

「いや、逆だと思うなあ、わたしは。パート仲間からは尊敬を集めると思うなあ」

「パート仲間はそうかもしれませんけど、店側にとってはやっかいな人物として扱われるわけですし、解雇なんかされたりしたら」

「いえ、それは絶対にありません。日本の法律はそんなに甘くないんです」

「とにかく……」恭子はバッグを胸に抱いた。押しきられないためにも、この場を逃げだすのがいちばんだと思った。「ごめんなさい。わたし、こういうのに向いてないと思うので」

「及川さん、お気持ちはわかります。誰だって波風を立てずに生きていたいものですよ。でも、誰かが行動を起こさないと世の中は変わらないんです」

「本当にごめんなさい。そろそろ子供を迎えに行かないと」バッグから財布を取りだし、紅茶代の五百円をテーブルに置いた。

「いけません」小室がすかさず硬貨を手に取り恭子に返そうとした。「わたくしどもが御足労願ったわけですから」

「いえ、でも」すでに恭子は腰を浮かせている。

「お願いですから払わせてください」

しばらく小さな押し問答があり、恭子が紅茶代を財布に戻した。

「及川さん」荻原が口を開く。「心配というのなら、この雇入通知書を一度ご主人に見せていただけますか。それで一度考えていただけると幸いです。ご主人は会社員ですよね。たぶん、ご主人の会社でもパートなり契約社員を雇っていると思うんですよ。だからこの通知書がまったく正当なものであることがおわかりいただけるはずです」

「……じゃあ、夫に相談するということで」

その意見には従うことにした。早くこの場を去りたい。

書類をバッグに入れながら、ひとつだけ気がかりなことがあったことを思いだし、この際だから聞いておくことにした。

「ところで」立ちあがり、小室を見下ろす。「どうしてわたしの履歴書を見ることができたのでしょうか」

小室は少しばつのわるそうな顔をすると、人事課のファイルを勝手に閲覧《えつらん》したのだと言った。多摩店は本部なので、全従業員の履歴書コピーが集まっているのだそうだ。

「ごめんなさい。勝手に見たりして」小室は恐縮して頭を下げた。「でも、夜中に忍びこんで見たとか、そんな凄い話じゃないんですよ。あの会社、ずさんだから、事務室の棚に差してあるだけなんですよ。『パート履歴書』って背書きまでしてあって。それを拝借してトイレで見させてもらったんです。気に障《さわ》ったらお許しください」

厳密に言えばプライバシー侵害だが、小室が終始低姿勢なので不愉快な思いはなかった。

荻原という弁護士が「どうかご一考を」とテーブルに手をつく。

「それじゃあ、失礼します」

また電話がかかってくるかもしれない。でもこの二人ならなんとか断れそうだ。そんなことを考えながら、恭子は丁寧に会釈《えしやく》して喫茶店を出た。

自転車を駆って児童館へと向かう。

風はすっかり春の暖気を含んでいて、来るときに羽織っていたカーディガンを必要としなかった。

前屈みになって坂をのぼった。少し息が荒くなる。

お顔を拝見してこの方なら、か。ふと小室の口にした言葉が浮かんだ。

思わず苦笑する。

人に頼りにされるなど久しく途絶えていたことなので、悪い気はしなかった。

でも断ろう。面倒なことに巻きこまれたくはないのだから。

「そりゃあ共産党系の弁護士だろうな。女は市民運動家だよ」

ついさっきの出来事を話すと、夫の茂則は薄い不精髭《ぶしようひげ》が生えた顎を撫でながら小さくしわぶいて言った。子供たちは病院に着くなり屋上へ行った。眺めのいい屋上がよほど気にいったようだ。

「かかわらない方がいいんじゃない。面倒なことになるよ、きっと」

恭子がりんごの皮を剝き、爪楊枝を刺して手渡す。茂則は両手に包帯を巻いているが、物をつかむぐらいのことはできるようだ。

「その弁護士からこんなのもらったんだけど」

恭子は喫茶店で預かった雇入通知書を茂則に見せた。労働省が見本として推し進めているものだと説明した。

茂則がりんごを頰ばったまま見入る。「そりゃあ契約書があった方が、トラブルが起きたときに便利だろうけど。でもなあ……」

「おとうさんの会社、パートタイマーと契約書、結んでないの」

「さあ、どうだろう。おれの管轄じゃないから」

「有給休暇ってあるの」

「まさか」

「ないの？」

「そりゃそうだろう。どうしてパートに有給休暇があるのさ」

自分に言われたような気がして、少しむっとした。

「じゃあ退職金は払ってるの」

「退職金？　そんなものは払えないよ」

「どうして」

「どうしてって」

「パートタイム労働法では三年以上継続して勤務した者には払わなきゃなんないことになってるのよ。雇用保険だって一年以上勤務していれば入れるんだから」

「なによ。洗脳されたんじゃないの、連中に」

茂則が冗談めかして顔をしかめる。返事をしないでもうひとつりんごを差しだした。

「もういい。すぐに晩飯だから」

時計を見ると午後四時に近かった。しかたないので自分で食べる。

「もし、おとうさんの会社でパートの誰かがこういう要求を突きつけてきたら、どうなるわけ」

「どうだろう」茂則が天井を見て考えていた。「たぶん、会社は慌てると思うけど」

「馘にする？」

「いや、馘にはできないさ。そんなことして労働基準局に駆けこまれたらアウトだもん」

「じゃあどうするのよ」

「うーん」

「弁護士さんは絶対に勝てる勝負だって言ってたけど」

「そうだろうな。法を盾にこられると、会社としてはごめんなさいするしかないよ」

茂則がベッドサイドのミニペットボトルに手を伸ばし、水を飲む。タオルで口を拭いた。「でも、現実問題としてパートでそこまでやる人はいないよ。居づらくなるだけだし」

「うん、そうだね」

「おまえ、妙なこと考えるなよ」

「考えてない」かぶりを振った。

「思想がかった連中っていうのは——」

「だから考えてないって」

恭子は立ちあがり、りんごの食べかすを片づけた。サイドテーブルにミニペットボトルがあるのに気づく。そういえばさっき茂則が水を飲んでいた。

「これ、どうしたの」

「うん？　自分で買ってきた。すぐ前のコンビニで。喉が渇いたから」

茂則がかすかに表情を変える。なんだろう。

「この運動靴は？」ベッドの下には真新しいスニーカーが置いてある。

「それも買った、すぐそばの小さな靴屋で」

「出歩いて平気なんだ」

「そりゃそうさ。足はなんともないんだから」

「ふうん」

「ついでに雑誌も買ってきた」額に汗が滲《にじ》んでいる。

「そう」

様子が変だと思った。何がと聞かれると、答えられないけれど。

「それはそうと車で来た？」

「うん。運転、久し振りだけど、ちゃんとできたわよ」

今日は車で来てくれと茂則に電話で言われていた。

「置いてってくれるかなあ。あとでちょっと会社に顔を出したいし」

「なに、車ってそのためだったの。だめよ。先生に叱られるでしょう」

「平気だよ。ちゃんと断って行くし」

茂則は目を合わせようとしなかった。少なくとも自分にはそう思えた。

「どんな用なの」

「午前中に佐藤が来て、仕事の報告を受けたんだけど、おれが確認しないとわからないことがあったから」

「書類なりなんなりを持ってきてもらえばいいじゃない」

「みんなも忙しいんだよ」

「……先生に聞いてくる」

「何を」

「車を運転してもいいですかって」

「おれが大丈夫だって言ってるだろう」

茂則がとがった口調で声をあげる。恭子は驚いた。子供が悪さをしたときだって、夫は感情的に叱ることなどない人間なのに。

茂則が唐突に新聞を広げ、恭子の視線を遮った。

「手、痛くない？」

「ああ、平気さ」新聞紙の向こうから届く声はやけに事務的だ。

「今日、刑事さんは来たの」

「今日は来てない」

「あ、そういえば、ゆうべのニュースで暴力団に家宅捜索が入ったって言ってたね」

「ああ、そうだね」

「早く逮捕されるといいね」

「ああ」

妻にあたったことを後悔したのか、茂則は力のない返事をした。夫は一人になりたいのだろうか。まだ事件のショックが尾を引いているのかもしれない、そう理解することにした。自分には想像も及ばない体験をしたのだから、多少の気のムラは仕方がないのだろう。

「子供、見てくる」

「うん」

「そろそろ面会時間が終わるし、連れて来る」

「そのまま帰ってもいいよ」

「そんな水臭い。親子でしょ」

恭子が冗談っぽく抗議すると、茂則が新聞を置いて苦笑し、ごめんと目を伏せる。少し安心した。いつもの表情に戻っていた。

病室を出て屋上に向かう。病院の廊下はよく磨かれていて、パンプスの音が甲高く響いた。建物全体には、薬の匂いとたくさんの患者の体臭が混じり合った独特の空気が充満している。ふとのぞいた大部屋の病室からは老人の明るい笑い声が聞こえた。すれちがった看護婦と軽い会釈をかわす。

あと一週間もすれば夫は退院だ。

それで元の生活に戻るのかと思ったら、意味もなくため息が出た。

10

九野薫は早苗の夢を見ていた。

頭のどこかが覚醒している、夢とわかっていての夢見だった。

独身のころ、週末になると早苗がアパートに泊まりにきた。早苗は小さな台所で器用に夕食をこしらえ、恋人に供してくれた。夏でも出しっぱなしのコタツの卓に、不釣り合いな手の込んだ料理が並んでいる。

若かった九野はそれらを夢中で食べた。「おいしい？」と早苗が聞く。口に大量のご飯を頬ばったまま「うん」と九野がうなずく。

恋人が忙しく食べる様子を、早苗はいつも楽しそうに眺めていた。九野にも、世話を焼かれているという心地よさがあった。

でも、その夜は変化があった。食事が済んで九野が寝転がってテレビを見ていると、早苗が小さな声で「疲れちゃった」とつぶやいたのだ。

「……ねえ、薫君。たまには後片づけ、やってくれない？」

思いきって言ってみたという感じだった。

振りかえり、早苗を見る。しばらく間をおいたのちに、九野は「いいよ」と答えた。

早苗の表情に安堵の色が広がる。断っていたら機嫌を損ねたかな、と立ちあがりながら思った。台所でスポンジを手にした。

「ねえ、ちょっと聞いてくれる？」

早苗が追いかけてきて、ガラス戸のところで鴨居《かもい》に手をかけた。前から言いたかったことがあるように見えた。

「なに」流しに向かったまま返事する。

「結婚したら、薫君、どれくらい家事をやってくれる？」

何事かと手を止めた。すぐには言葉が出てこない。

「たとえば、お風呂掃除は薫君がしてくれるとか、日曜は炊事当番をやってくれるとか。ほら、二人とも仕事をもってるし、こういうのってイーブンだと思うの。そりゃ薫君は仕事が不規則だし、事件が起きると一週間ぐらい泊まり込みってこともあるし、予定が狂うことはいくらでもあると思うけど、でも、やっぱり、そういうの決めておきたいし」

「……ああ、いいよ」

「わたし、教師の仕事はずっと続けたいのよね、おかあさんみたいに。子供ができても」

「子供ができても？」

「そう。いや？」

「いやってことはないけど……でも育児は誰がするんだよ」

「二人で。仕事のときは託児所に預けるの」

「ふうん」

「あ、薫君、いやそう」気乗りしなさそうな返事に早苗はすぐさま反応した。

「いやじゃないさ。考えてるだけ」

「女房はうちにいた方がいい？」

「そんなことはないよ。早苗が働きたいなら協力するさ。でも、別にいま決めなくたっていいんじゃないの。子供ができたら、そのとき話し合えばいいし」

「ううん」早苗がかぶりを振る。「結婚して、こんなはずじゃなかったって思うのいやだから、前もって決めたいの。大きなことも、細かいことも」

後片づけを終えて六畳間で向かい合った。早苗は居住まいを正し、いくぶん緊張した面持ちで口を開いた。

「お風呂掃除は薫君」

「いいよ」

「洗濯はわたし」

「うん」

「土日の炊事と後片づけは薫君」

「いいよ」

「平日はわたしがやる」

「うん」

早苗の表情が徐々に緩んでいった。

早苗は、ゴミ出しから子供の育て方まで、まるで学級委員のように取り決めていく。そのほとんどに九野は同意した。亭主関白を気取るつもりはもともとなかったし、思ったことを隠さず口にする早苗の性格も好きだったからだ。

尻に敷かれるかな。そんなことを思って心の中で苦笑した。

だが、ひとつだけどうしても意見が合わないことがあった。

「出産には立ち会ってくれる?」という早苗の問いかけに、九野は即座に首を横に振ったのだ。

「どうしてよ。出産って夫婦二人の事業じゃない」たちまち顔色を変えた。

「おれはそういうの、好きじゃない」

「好き嫌いの問題じゃなくて」

「男が出産に立ち会うって、なんか、いかにもヒューマニズムめいてるけど、嘘っぽい気がするんだよな」

「嘘ってどういうこと」

「直感だよ。うまく説明はできないけど、自然の摂理に反してると思う。だいいち、おまえ、見られたいのかよ」

「下品なこと言わないでよ。わたしが言いたいのは、出産っていう大きな事業に参加する気があるのかないのかってことなのよ」

「おれは男だ。子供は産めない。悪いが、女の仕事だ」

「ひどい。ファッショ。薫君、そういうのが九州男児だと思ってるんでしょ。男らしいと思ってるんでしょ」

早苗がますますむきになる。

「そんなことは――」

そのとき、身体が揺り動かされた。

誰かが自分を起こそうとしている。

もう少しこの夢を見ていたいので、寝返りをうった。

現実では結論が出なかった二人の問題だった。平行線をたどったまま、二人は結婚し、早苗は妊娠したのだ。

だからもう少し、話し合う時間がほしい。あの事故の直前には早苗だって諦めかけていた。「立ち会わなきゃ赤ちゃんはわたしのものだからね」そう言って、いたずらっぽく笑顔を見せるまでになっていたのだ。

九野さん――。井上の声だった。

わかっている。四階の武道場に布団を敷いて寝ていることまでは。昨夜は捜査記録を付けていて、遅くなり、そのまま署に泊まったのだ。

火事です。井上が言った。管内で連続不審火です。

不意に言葉が耳に飛びこむ。目を開けるが、頭に痺れたような感覚があり、その意味までは意識に入ってこない。

「おまえ、当直だったのか」枕に頭を乗せたまま、そんな場ちがいなことを口にした。

「たった今、通報がありました。中町です。ハイテックスの近くです」

九野は、ゆっくりと布団を剝ぎ、上半身を起こした。

腕時計を探し、すぐには見つからなかったので、井上の左腕をつかんで時間を見た。ぼやけていた焦点が合う。午前二時四十五分だった。

「早く服を着てください。車両は手配しました」

「火事の程度は」自分の声がかすれていた。

「わかりません。一件は駐車場の車が燃えたそうです。だから放火でしょう」

「鑑識は」

「もう出動しました。佐伯主任も自宅から向かうそうです」

くしゃみをした。肩のあたりに悪寒が走る。そろそろ四月なのに外はかなり冷えこんでいるようだ。

立ち上がりズボンをはく。ネクタイは首にかけただけで上着に袖を通した。

「清和会の組長は暗箱《アンバコ》にいるのか」

「そうです。勾留中です。やっぱりこれは愉快犯ってことですかね」

「わからん。捜査の攪乱《かくらん》だってあるだろう」

なぜ自分がそんなことを口走ったのかわからない。突然、及川の顔が浮かんだ。廊下ですれちがった及川の妻の顔も、二人の小さな子供の顔も、次々と浮かんだ。

「と言うことは、清和会が若い者《もん》を使って」

「憶測でものを言うな」半分は自分に言い聞かせている。

廊下に出た。両手で顔をこすり、階段を駆けおりると徐々に体全体に血が巡っていく。同時に頭もはっきりしてきた。

小さな火事だといいが。そう心の中で願った。

覆面ＰＣに乗りこみ、発車させた。無線が現場からの声を伝えている。

「機捜《キソウ》から警視庁どうぞ。発火場所は本城市中町二丁目三十五番地一号、同じく三丁目一番地十二号、さらに同じく三丁目二十二番地六号、以上三ヵ所。いずれもボヤですでに鎮火。怪我人は出ていません。機捜車両は現場付近の検索を実施……」

続いて別の無線が、燃えたのはすべて駐車場の車であることを付け加えた。

ボヤ程度であることに九野は安堵した。張っていた肩が少しだけ落ちた。

「警視庁から出行《しゅつこう》中の各車両に検索場所の連絡をします……」

無線を聞きながら井上が地図を広げる。「ついてねえや」とつぶやいた。

「中町の三丁目まではぼくの担当地域ですよ」

「地取りでは本当に何も出てないのか」

「何も」隣でかぶりを振っている。「目撃者一人、出てこないんですから」

いちばん近い現場に着くと、佐伯がコートの襟を立てて貧乏揺すりしていた。丸い体型なのですぐにわかった。サンダーバード二号とはよく言ったものだ。

消防車の赤色灯が回転して、付近の家屋の壁を赤黒く染めている。

午前三時過ぎだというのに数人の野次馬が遠巻きに眺めていた。これ幸いと制服警官が早速目撃者捜しをしていた。

ストロボが光る。鑑識が現場検証のふりをして野次馬にカメラを向けていた。

「御苦労さまです」白い息を吐きながら九野が声をかける。佐伯は「手口は一緒だぞ」と鼻をすすって言った。

「ガソリンにペットボトルだ。新聞にはペットボトルのことまでは書いてなかったから模倣犯じゃねえだろう」

佐伯の言葉どおり、現場にはうっすらとガソリン臭が漂っている。百坪ほどの野ざらしの駐車場で、黒いクーペの国産車が黒焦げになっていた。フェンダーのあたりが炎になめあげられている。ナンバーも焦げているが、かろうじて数字は確認できた。

「持ち主には知らせましたか」九野が聞いた。

佐伯が顎で差す。通りの先で、パジャマの上にジャンパーを羽織った若い男が、青い顔で、別の捜査員から事情聴取を受けていた。

「すぐそこのアパートの兄ちゃんだ。中古だが買ったばかりだとよ」

「ほかの現場は」

「別班が散ってる。似たようなもんだろう。一件は道端に停めてあったスクーターだ。ついでに民家の塀が焦げたそうだ。おぬし、どう思うよ」

「さあ。どうでしょう」

「捜査の攪乱ですよ、やっぱり」井上が口をはさんだ。佐伯がほうという顔をする。

「ハイテックスの放火に比べて腰が引けてますよ。あっちは建物でこっちは車でしょう。それにガソリンタンクのある後部は避けてる」

「中古車だしな」佐伯があとを引き継ぐように言った。佐伯も同じ心証らしい。「駐車場の奥を見てみろ。高そうな四駆だってあるんだぜ」

「つまり、さほど被害を出したくないってことですよ。ねえ九野さん」

「わからんさ。愉快犯でも、前回はやり過ぎたって思ってるかもしれんぞ」

「そんな愉快犯がいますかねえ。奴らは派手な火事の方がうれしいんでしょうが」

九野はそれには答えず、周りを歩いてみた。一帯は住宅街で、コンビニエンスストアもなさそうだ。この時間になると、人はもちろん車の通行もほとんどない。ざわついた現場から一ブロック離れただけで、あたりを静寂が支配する。ここで放火に及び、逃げていく犯人のうしろ姿を想像した。どんな逃走手段を使ったのかはわからないが、車までの距離にせよ、靴音だけは闇に響いていたことだろう。

夜空を見上げると、冷えこみにふさわしく星がきれいに輝いていた。

ひとつ息を吐き、踵をかえした。車に戻る。

「おい、井上。ここはまかせるぞ。調書もおまえが書け」

「それはいいですけど、九野さん、どこへ行くんですか」

「ちょっとな」

やはり気になった。エンジンをかけ、サイドブレーキを下ろし、アクセルを踏む。停めてある消防車の間を縫うように通り抜けてから、闇に向かってライトをハイビームにした。

ここから市民病院はさほど離れていない。腕時計を見て時間を計った。

及川は確か両手に怪我を負っていたはずだ。車の運転はできるのだろうか。ハンドルを握りながら、そんなことを思った。徒歩や自転車での移動は目につきやすいから、普通に考えるなら車だろう。

昨日の昼間、服部と二人でハイテックスの本社に行った。品川の工場地帯にある本社は校舎を思わせる外観で、各窓に後付けされたエアコンの屋外機が目立つ、古びたコンクリートの建物だった。受付で総務部の責任者を呼びだすと、合板で囲っただけの応接室に通され、顔の平たい恰幅《かっぷく》のよい中年男が現れた。服部が会計監査の話を切りだす。本城支店の経理にどんな不審点があったのかを聞きだそうとした。

戸田と名乗る部長は当初、愛想がよかったが、目の前の刑事が「内部説」を調査しているらしいことを察知すると、みるみる顔から表情が消えていった。

「社内で調査してみないことには……」これが終始変わらない戸田の答えだった。上の人間との面談を求めると、すぐには無理だと断られた。たぶんこれが企業なのだろう。警察も似たようなものだ。責任の所在が曖昧で、外部からの問い合わせにやたらと時間がかかる。

交通量がまるでないこともあって、病院には十分ほどで到着した。午前三時二十分、と口の中でつぶやいた。

守衛所は閉まっていて門もゲートもない。夜間の出入りは自由のようだ。車を乗り入れ、アスファルトに降りたつ。九野は再び冷たい夜気に包まれた。

九野が最初にした行動は、駐車してある十数台の車のボンネットに手を当てることだった。ほとんどが夜勤の看護婦たちの乗用車なのか、大半は赤や黄色の軽自動車で、ウインドウの向こうに小さなぬいぐるみが見えたりした。

てのひらに神経を集中する。眠りについた鉄の板は、人間の体温をいとも簡単にはねのけ、九野の手はたちまち冷えていく。ときおりズボンでこすり、順番に手を当てた。しかしかすかな温度を感じることすらなかった。

やはり無理か。腕時計を見る。

通報があったのが二時四十五分。その直前に放火してその場を車で去ったとして、ここには二時五十分には着いたことになる。それからすでに三十分以上。エンジンが冷えきるには充分すぎる時間だ。

あるいは考えすぎかもしれない。放火は重犯罪だ。よほどの覚悟があるか、あるいは心の病んだ者でなければできる所業ではない。

そのとき、わずかな温度を感じた。はっとして顔をあげる。車は一目で新車とわかる白のブルーバードだった。及川の部下の言葉が脳裏に浮かびあがった。たしか及川は車を買い替えたばかりだと言っていた。

気のせいだろうか。もう一度てのひらを当てた。今度は判断がつかない。少なくともほかの車ほど冷たくはないように思えるのだが。

場所を変えて触り、頬までボンネットにつけた。わからなかった。

触れば触るほど、最初の印象が薄れていく。

ボンネットをこじ開けてエンジンに直接触りたい衝動にかられた。

少し離れて車を眺める。ほかに何か方法はないかと考えを巡らした。

焦る気持ちを抑えながら車のまわりを一周した。

ふと思いつく。九野は車の正面で腹ばいになり、床下のオイルタンクを探した。鉄は冷えやすいが、一度熱せられたエンジンオイルはそう簡単には冷えないだろう。

暗くて何も見えない中、右手を伸ばし、あちこちをまさぐった。

オイル交換を自分でしたことはないが、スタンドで整備されるのを眺めていたことがあり、見当はついた。

あった。思わず小さく声を発していた。自分の手が触れるものがオイルタンクなのかはわからない。しかしそれはどうでもいいことだった。右手の指先は、冷めたスープの入った器ほどではあるものの、確かに温度を感じているのだ。

立ちあがり、車のナンバーをメモした。急いでＰＣに戻り、無線機を手にした。

「本城3から123」ノイズが流れ、すぐさま本庁の照会センターから「こちら123、本城3どうぞ」との応答があった。

「Pナンバー79××。本城3号、刑事課、九野。ナンバーより車の所有者ならびに使用者の照会をお願いします。多摩500、日本の『に』、67××で願います。照会事由は不審車両につき。場所は本城市市民病院内駐車場。どうぞ」

了解の答えがあり、九野は運転席のシートに背中を押しつけた。寒さなのか別の理由なのか、膝が小さく震えている。唾を呑みこんだら喉が鳴った。

ほんの十秒ほどで無線機から声がした。

「123から本城3」

「こちら本城3、どうぞ」

「先ほどの照会の件、申しあげます。多摩500、日本の『に』、67××。所有者と使用者は同一」ローンではない。現金で売買された車だ。「所有者ならびに使用者は……オイカワシゲノリ。及ぶの『及』、三本線の『川』、長嶋茂雄の『茂』、法則の『則』。住所は本城市明日加町五の九の一。以上、担当ヤマシタ、どうぞ」

「了解……」言いながら、軽く目を閉じた。あとの挨拶は声にならなかった。

無線機を置き、ハンドルに頭をのせた。

ローンで購入した場合、支払いが完了するまで所有者は販売店の名義になる。そうでないということは現金購入なのだ。

連鎖するように、また佐藤という部下の証言を思いだした。頭金は奥さんの実家から借り、残りはローンを組んだ――、及川はそう社内で言いふらしていたはずだ。

しばらくそのままでいた。及川の家族の顔が脳裏に浮かんだ。

フロントガラスから病棟を見上げる。ボヤで済んで感謝しろよ。口の中でつぶやいた。

九野は車から出ると、今度は通用口を探し、敷地内を歩いた。

駐車場の端に通路があり、その先に明かりが見える。扉の前に立ち、ドアのノブを捻ると簡単に開いた。鍵は普段からかけていないようだ。

声を出そうとも思ったが人の気配がない。そのまま廊下を進んだ。靴音が響く。忍び足も妙なので、かまわず大股で歩を進めた。

明かりが廊下に漏れる窓があった。ナースステーションだろう。靴音に気づいて看護婦が顔をのぞかせる。

「すいません。本城署の九野と申します」怖がらせないように笑みを浮かべた。

「はい？」まだ頬にあどけなさが残る看護婦が首をかしげる。

「刑事です。本城署から来ました」警察手帳を見せた。

「あ、はい。主任さん」うしろを振りかえって言った。「刑事さんが」

主任と呼ばれた三十代の女が奥から現れ、ガラス窓を開けた。

「何でしょう」

「つかぬことをうかがいますが、午前零時から今までの間に何か変わったことはありませんでしたか」

「変わったことって言いますと」

「患者さんの出入りはありましたか」

「いいえ」訝しげにかぶりを振っていた。

「では、この時間、患者の出入りは自由にできるのですか」

看護婦は意味がわからないという顔で九野を見つめている。

「たとえば、ここに入院している患者さんが、午前二時に突然家に帰ろうとしたら可能ですか」

「院長の退院許可がおりなければ無理です」

九野は小さくため息をついて聞き方を変えた。

「そうじゃなくて、看護婦さんの目を盗んで抜けだすことはできますか」

「さあ……そんな人はめったにいませんし。そもそも、この時間はどこも鍵がかかってますから、外に出るためにはナースステーションの前を通らなければならないし、無理なんじゃないでしょうか」

九野は身体を引いて窓口の下を見た。腰を低くして通れば、看護婦の目を逃れられないわけではない。

「すいません。外科病棟の五階に上がりたいのですが」

看護婦が眉をひそめた。

「何か事件でもあったのですか」

「それは申し上げられませんが、ちょっと」

「どうしても……ですか」

「はい。どうしても」

看護婦が壁の時計に目をやる。しばらく沈黙があって「じゃあ、わたしがついていきますから、少しだけ」と言った。

「ありがとうございます。ご協力に感謝します」

足元のライトだけが遠慮がちに灯った廊下を看護婦と歩いた。

エレベーターは電源が切ってあるらしく、階段をのぼった。静かすぎて、病室で誰かが咳《せ》きこむ音まで聞こえる。五階に達したところで声をひそめた。

「五一一号室なんですが、患者の在室を確認させていただけますか」

「それは……」看護婦が言葉に詰まる。

「起こしません。のぞくだけです」

「でも、ナースコールがあったのならともかく……」

「じゃあ、看護婦さんがそっとドアを開けて在室を確認してください。重要なことなんです。お願いします」

看護婦は口を真一文字にしてうつむいていたが、しばらく間をおいてから「わかりました」とうなずいた。

「五一一号室というと、火傷で入られた方でしたよね」

「そうです」九野もあえて名前は言わなかった。

部屋の前に立ったところで、看護婦があらためて九野の顔を見る。九野は黙って頭を下げた。ドアノブが音もなく回る。

看護婦が十センチほどドアを開いたところで、九野はすかさず身を乗りだした。看護婦の背中に身体が触れたが、かまわず首を伸ばした。

暗い病室のベッドに、及川はいた。豆電球すら点いていない部屋でも、すでに暗闇に目が慣れていたせいか、輪郭ははっきりとわかった。掛布団の上に包帯をした両腕を出している。

表情は見えない。寝ているのかどうかはわからなかったが、及川は仰向けの姿勢のまま微動だにしなかった。

周囲にも素早く目を走らせる。なんでもいいから見ておきたかった。運動靴がある。壁にはジャンパーがかけてある。

けれどほんの数秒で、看護婦の背中が九野の身体を押しかえし、ドアは閉まった。

「もういいですか」ささやくような声で言った。

「ありがとうございます」

ドアから離れて廊下の奥を見た。突きあたりに非常口がある。

看護婦に指で合図してその方向に向かった。

「非常口は鍵をかけてあるんですか」

「ええ。一応」

だが、実際に見てみると、内側からは自由に開けられるようになっていた。それはそうだ。開けられなければ非常時に意味をなさない。

ポケットからハンカチを取りだし、ロックを解除してドアを開ける。開けながら、包帯で巻いてあるから指紋は残っていないだろうと思った。目の前は非常階段で、下まで続いている。デッキに立った。東の空にはすでに夜明けの気配があり、町並の黒い稜線が藍色に変わろうとしていた。

白い息を吐く。頭の中にまた、及川の家族の顔が浮かんだ。

そして扉の隙間から垣間見た病室の光景を思いだした。間違いなく、及川は深夜の訪問に気づいているだろう。たった今、及川は破裂しそうな心臓を必死に抑えているのだ。

　九野はこれからはじまる捜査会議のことを思った。心証だけは真っ黒の及川を、重要参考人として任意で呼ぶかどうか。それ以前に、これまでのいきさつを報告するのかどうか。

　服部は反対するだろう。物証が見つかるまでと留保を主張するはずだ。手柄を横取りされないために。たぶん、自分も無理には逆らわないだろう。

　冷気にさらされているというのに瞼が重くなってきた。ここのところ薬を服用する機会をずっと逸している。

11

　腕時計を見ると午後九時を回っていた。渡辺裕輔はジャンパーの襟を立て、革のグラブをはめた。スクーターにまたがり、エンジンをかける。最近、洋平の真似をしてマフラーを改造した。背中では爆竹が破裂するような排気音が鳴り響いていた。

　通用口に立っていた大学生が何かわめいている。唇を読んだらうるさいと言っていた。目が笑っているから本気ではない。こちらも笑顔を返した。まだ三日目だが、彼らとは冗談を言いあっている。こんなところに来てまで意気がるつもりはない。アクセルを吹かしてスクーターを走らせた。

高校が春休みに入ったので裕輔はアルバイトをはじめた。出前のピザ・チェーン店だ。最初は女の子のたくさんいるファミリーレストランにしようかと思ったが、長髪に難癖をつけられそうなのでやめた。衛生管理で検便を強要されるというのもいやだ。それに時給はピザ屋の方が高かった。ピザを作る「メイク」は八百円だが、配達をする「デリバリー」だと九百円だ。裕輔は原付免許を持っているし、スクーターは慣れっこなので、うってつけのバイトだ。

面接もわけはなかった。店長は裕輔のメッシュに染めた髪を見て、「客の前ではヘルメットを脱がなくていいから」と仏頂面で言っただけだった。人手が足りないのだろう。

店には女っ気がないかと思ったが、メイクには女子高生もいた。アイシャドーを目の縁に塗りたくった女で、早速、裕輔に色目を遣ってきた。可愛いというほどではないけれど、胸が大きいのでデートに誘うタイミングをはかっている。

店は午前零時までだが高校生は九時で帰される。午後から休憩を差し引いた八時間で、一日約七千円が手に入る。上々のバイトだ。

母親はバイトに反対だった。もう三年生になるんだから大学受験の準備をしてほしいと、顔を曇らせていた。そんなとき裕輔は「大学なんか行かねえよ」と威《おど》しを入れる。これが本心なのかは自分でもわからない。一年も先のことなど考えたくもない。

父親は黙っている。と言うよりここ数ヵ月、口を利いたこともない。母親を通じて、高卒は不利だとか浪人してもいいからと伝えてくるぐらいだ。

春の夜風を正面に浴びながら、裕輔はアクセルを吹かす。

もちろん真っすぐ家には帰らない。繁華街へ行けば仲間がいる。弘樹や洋平たちと路上で深夜まで話しこむのが毎日の日課だ。ときには女の子をナンパできるし、喧嘩でスリルを味わうこともできる。

もっとも今、喧嘩は避けたいところだ。洋平は右腕にギプスを巻いているし、自分にしても顎に大きな絆創膏《ばんそうこう》を貼っている。刑事に殴られたからだ。亀裂骨折とやらで、最初の一週間はテープで固定され、柔らかい物しか口にできなかった。あれはとんだ災難だった。逮捕されなかっただけましだぞと、仲間はからかうのだが。

左手で顎をさすった。あまり痛まなくなったし、そろそろ肉でも食べたいところだ。

ネオン街に入り、いつものコンビニの前でスクーターのエンジンを切る。洋平のスクーターがあったので並んで停めた。あたりを見回すと、すぐに弘樹の目とぶつかった。白い上下のジャージ姿で、向かいの歩道にしゃがみこんでいた。隣には焦げたトーストといった感じの、日焼けした女が二人いる。

「おい裕輔。飯喰ったか」弘樹がだるそうに言った。

「ああ、ピザだけどな」

「おまえ、よく毎晩毎晩、ピザばっかり喰ってんな。飽きねえのかよ」

「馬鹿。焼きたてはうめえんだよ。バイトは半額だしな」そばまで行って同じように
しゃがみこんだ。「でも、なんか喰うんなら付き合うぞ。ケンタッキーでも喰うか」

「顎はいいのかよ」

「チキンぐらいなら平気よ。洋平は？」

弘樹が顎をしゃくる。振りかえるとニットのキャップをすっぽり被った洋平がコン
ビニから出てくるところだった。手にはビニール袋をさげている。

「裕輔のぶんはねえぞ」

洋平がぶっきらぼうに声を発する。缶ジュースが透けて見えた。

「いいよ。おまえらで飲めよ」

「あ、そうだ」弘樹が二人の女を指さす。「こっちがキンコでこっちがギンコ」

そう紹介され、女たちが大口を開けて笑っている。説明されなくても仇名《あだな》の由来が
わかった。一人は金髪で一人は銀髪なのだ。

「よろしくねー」親しげに指でピースサインを作っていた。

「なによ、弘樹にナンパされたの」

「ちがうってえ。マーコ先輩に紹介されたんだって」

女たちは、ミニスカートからパンツが見えるのもおかまいなしに地べたに腰をおろし、膝を立てた。

「そうそう、こいつだよ。刑事に殴りかかったイノシシ野郎は」

弘樹の言いまわしがおかしいのか、女たちは手をたたいてよろこんだ。

「そうなんだよ。こいつのおかげで、おれまでこのザマだぜ」洋平がギプスを巻いた右腕を突きだす。「反省してんのか、え？　ほんとなら治療費の半分も——」

「うるせえよ」裕輔が半分笑いながら睨みつける。

いつかの夜の出来事は、仲間内ではすっかり有名だ。よそのグループの連中にまで「刑事と殴り合いしたのってアンタ？」と声をかけられた。後輩からは幾度となくその話をせがまれている。

「ねえ、怖くなかったの」と金髪の女。

「だって私服だぜ。刑事かどうかわかるわけねえじゃん」

「でも雰囲気でヤバイ相手かどうかわかりそうなもんじゃない」

「そんなもん、勢いだよ、勢い」

「でもよォ」弘樹が笑いをかみ殺す。「張り込み中の刑事から金タカろうとしたなんて、おれらぐらいのもんかもしれねえな」

「普通しないよー、そんなこと」銀髪の女も話に割りこんだ。「向こうもびっくりしてたんじゃないの」

「それがよォ」裕輔はたばこに火を点けた。「三人で取り囲んでもぜんぜんびびんねえの、その刑事。ま、そばに仲間がいたってこともあるんだろうけどさ」

「けど、あの刑事、強かったよな」と洋平。

「おう。あんな強えの見たことねえよ。おれらも結構大人相手に喧嘩してっけどよォ、なんか格がちがうって感じ」

「身体もデカかったしな。百八十はあったよな」弘樹が見上げるポーズをとる。

「もっとあったって。それに空手かなんかの黒帯だぜ、きっと」

「でさー、おれなんかいきなり腕をねじあげられてポキンだもん」

口々にあの夜の刑事の強さを訴える。まるで友だちの自慢話をするようなノリだった。そうしなければ自分たちのメンツが立たないせいもある。

「それで逃げてきたわけ」金髪の女が膝に顎を乗せて言った。

「馬鹿言えよ。最初に手を出したのはおれだけど、仲間の腕折られて黙ってられっかよ。もうこうなりゃ袋だたきだって、弘樹と二人で飛びかかって」

「おれも足は使えっからよ。蹴りとか入れたわけ」

洋平が負けじと口をはさんだ。この話はするたびにだんだん大きくなるが、裕輔たちに嘘をついているという感覚はなかった。三人の間に暗黙の了解のようなものがあり、互いを持ちあげていた。

「そうしたらヨソで張り込んでた刑事たちが集まってきてよォ。パトカーのサイレンまで聞こえてきたから、ヤッベーってことになって」

「なに、どこで刑事だってわかったわけ」と女たち。

「どこだっけ」裕輔が弘樹を見る。「確かとっくみあいになったとき『逮捕するぞ』とかわめいたんだっけ」

「そうそう。でもあの刑事が警察手帳を出そうとしたときに裕輔が殴っちまったんだよ」

「そうだっけ」

「そうだよ。おまえが短気起こさなきゃあトンズラかますだけで済んだんだよ」愉快そうに弘樹が言う。

「やっぱり裕輔が治療費、半分払えよな」

洋平のしかめっ面にみんなで笑った。

「ねえ、これからクラブ、行かない？」金髪の女が言った。「知ってるでしょ。ガード下に新しくできたとこ」

「行こ行こ。ＤＪ結構イカしてるよ」と銀髪。

「金がねえよ」

裕輔はジャンパーのポケットを裏返して見せた。

「バイトやってんじゃないの」

「金がねえからバイトやってんの」

女たちがけたけたと笑う。

「おい。おまえら」そのとき背中から声がかかった。振り向くと年上の顔見知りだった。去年までは暴走族の幹部をしていた地元の先輩だ。

「どうも。ちわッス」三人で頭を下げた。

「おまえら何かやったのか」

「はい？」弘樹が返事した。

「やくざがおまえらのこと探してるぞ」

何のことかわからず、黙ったまま先輩を見つめた。

「ここいらで最近、腕の骨を折られた奴はいねえかって。ついさっき、駅の裏側で若いのを片っ端からつかまえて聞いてたらしいぞ」

やくざと聞いて全員から笑顔が消えた。洋平を見る。

「おれのことかよ」洋平は眉をひそめていた。「嘘でしょう。だっておれ、やくざなんて関係ねえもん。人違いなんじゃないですか」

「高校生風の三人組とも言ってたらしいから、おまえらのことだよ」

「え、じゃあおれもですか」弘樹が自分を指さした。

「そうだろうよ。三人まとめてだ」

「先輩、からかわないでくださいよ。警察の間違いでしょう。だったら話はわかりますけど」と洋平。

「いいや、やくざだよ。清和会の人だって、おれの知り合いが言ってたから」

「でも、ほんと、心あたりなんかないッスよ」

「スカウトに来たんじゃねえのか」弘樹が強がって話を混ぜかえそうとした。「刑事に向かっていくなんていい根性だから、うちの組に入れてやるって」

「馬鹿。そんなんでわざわざ探しまわるか」先輩は真顔だった。「なんか怒らせるような真似したんじゃねえのか」

「ほんと、おれらは知らないッスよ」洋平がいちばん青ざめていた。

「ねえ。うちら、行くわ」話の途中で女たちが立ちあがった。「さっき言ってたクラブ、女の子だけだとタダで入れてくれるから」

「なんだよ、行っちゃうのかよ」弘樹が引きとめる。

「じゃあね。弘樹たちもあとでおいでよ」

女たちはかまわず去っていく。底の厚いサンダルがアスファルトに鳴っていた。

「清和会って、地元のやくざですよね」裕輔も名前だけは聞いていた。

「ああ。おれが走り回ってたころ、何度か挨拶に行ったことがあるけどな。ほら、おまえらにもステッカー売りつけただろう。あれの半分は清和会に納めたんだよ」

「じゃあ、何かあったら頼みますよ」と洋平。

「知るかよ、そんなもん。おまえら素人だな。やくざってのは頼みごとをすれば金がいるんだよ。ただで動くのは地震だけだぞ。……ま、とにかく気をつけな。おれの知り合いは、見つけたら教えろって言われたらしいから」先輩も踵をかえす。「あ、そうだ」二、三歩離れたところで立ち止まり、振りかえった。「おまえら、もしかしてこのへんでおやじ狩りやってんじゃねえのか」

　三人で顔を見合わせた。少し間をおいて弘樹がうなずく。

「たまに、ですけど」

「じゃあそれだな、きっと。おれらのシマで勝手な真似するんじゃねえって話じゃねえのか」

　いかにも他人事といった感じで冷たく笑う。先輩は、ジーンズの裾を引きずりながら歩道を歩いていった。

「おい、やべえんじゃねえのか」洋平が憂鬱そうに顔をしかめる。

「今日は帰るか」裕輔も不安になった。

「なんだよ、おまえらびびってんじゃねえよ」弘樹が五分刈りの頭を撫であげ、二人を交互に睨みつけた。「どってことねえよ。おやじ狩りならほかの連中だってやってんじゃねえか。どうしておれらだけ文句言われなきゃなんねえんだよ」

「そりゃあそうだけど」

本当は帰りたかったが、そうするとあとでどれだけ馬鹿にされるか知れない。仕方なく、裕輔は何本もたばこを吹かしながらその場にいた。たぶん、弘樹にしても本心は帰りたいのだろう。いろんな話題を探してはみたが、長続きせず、吸い殻だけが地べたに溜まっていった。

「おい、おれらもクラブ、行くか」しばらくして洋平が腰を浮かせた。「キンコとギンコ、よその男にやらせることはねえだろう」

「キンコはアパート暮らしだってよ」と弘樹。

「だったら帰りはみんなで押しかけちゃうか」裕輔もカラ元気をだした。

「よし。じゃあ行くか」

三人で立ちあがる。クラブのある方角へと歩いた。やけに足早なのは、本当のところ、みんなこの場を去りたいせいだ。スクーターはコンビニの前に置いていくことにした。クラブの前よりはコンビニの前のほうが安全だ。

「金、貸してくれよな」裕輔が口を開く。

「ほんとに金ねえのかよ」

「バイト代が入ったら返すからよ」

「確か二千円だろ。おれ、自分のぶんしかないぞ」

「おれも」洋平はわざわざ財布を開いて見せた。

「はい。裕輔君、居残り決定」立ち止まり、弘樹がからかうように言う。

「もういい。おれ、帰るよ」

ふてくされて告げたが、実際は帰りたかった。やくざが探しまわっているという晩に、呑気に遊んでいられるほど神経は太くない。

「じゃあ、帰れよ」二人も引き留めなかった。「二対二でちょうどいいか」洋平が下卑た笑顔を見せる。盛りあがらない夜だった。

裕輔は来た道を引きかえす。ポケットに手を突っこみ、下を見ながら歩き、スクーターのある場所へと戻った。そして顔を上げると、いかにもやくざ風の若い男が荷台に腰かけていた。

目が合う。慌てて視線をそらした。

「おい」野太い声が飛んできた。「このバイク、おまえのか」

まずいと思ったが、口が勝手に「あ、はい」と返事していた。

男が裕輔を睨《ね》めまわす。

「腕、見せろ」

言われてジャンパーの袖をまくりあげた。

「じゃあ刑事に腕の骨折られたってえのはおまえの連れか。そうだろう」

黙っていた。身体から血の気がひいていくのがわかった。

「聞いてんだから答えろ」男が凄む。「こっちはわかってんだよ、あちこちで聞いて。噂になってんだ、おまえらのことは」

男は裕輔に近づくとジャンパーの襟をつかんだ。

「あん？　どうしたんだ。この絆創膏は、おまえもやられたのか」

平手で頬を軽くたたかれた。気圧《けお》されてうなずく。

「まあいいや。ここで待ってろ。動くなよ」

男は携帯電話を取りだすと、誰かと話をはじめた。これまでの凄み方が嘘のような高い声だった。

「ええ、そうです。一人、つかまえました。腕の折れた奴じゃないんですが、その仲間ですから……。場所ですか。サクラ通りの脇を入ったコンビニの前です。ええ……ええ、わかりました」

電話を切る。向き直り「社長が来るから、ちょっと待ってろ」と言ってまたスクーターの荷台に腰をおろした。

「おまえ、高校生だろう。なんかやったのか」男はそんなことを聞いた。裕輔は「いえ」と答えたが、声がかすれた。

「まったく大倉さんもこんなガキになんの用があんのかねえ」裕輔を睨みながらひとりごとを言っている。

血の気はひいたままだった。何を要求されるのだろう。小便がしたくなった。

やがて目の前に大型のベンツが横づけされた。男が飛びあがるように荷台から降り、直立不動の姿勢をとる。

ウインドウが下がり、三十半ばくらいの、髪をオールバックにした男が運転席から顔を出した。蛇のような目で裕輔を見ている。ドアの縁《へり》に乗せた手には、指輪がいくつも光っていた。

「社長、このガキです。いやあ、探しましたよ」

その言葉には答えず、やくざは「坊主、うしろに乗れ。ちょっとドライブしよか」と顎をしゃくった。

「あ、いや、ぼく、ちょっと」

逃げなければと思った。後ずさる。しかしジャンパーの袖を若い男がしっかりと握っていた。

「坊主。怖がるこたぁねえ。何もしやしねえよ。おじさんたち、ちょっと話がしたいだけだ」

一転して笑みを見せたが、恐怖は増しただけだった。やくざが目で合図する。若い男がドアを開け、裕輔は荷物でも積むように後部座席に押しこまれた。

前のめりの姿勢のまま顔をあげる。そこにはもう一人の男がいた。身体の横幅が大きい、もっと年嵩《としかさ》の男だ。薄い眉に細い目。中国人マフィアと紹介されても信用しそうな風貌だった。

心臓が早鐘を打っている。車が走りだし、手足が震えた。自分は何をされるのか、見当もつかなかった。

「花村さん。どうです。この坊主ですか」運転席のやくざが軽く振り向き言った。

「ああこいつだ。確かこんな顔してたわ」後部座席の男がうなずいている。「おい、おまえだよな。今月の十六日、マンションの前で刑事に殴られたのは」

「あ、いや、あの、すいません。ぼく、もうしませんから」

「何言ってんだ」

「すいませんでした。だから、その」喉がからからだった。

「落ち着け。何もしねえ。怖がらなくていいんだよ」

「ぼく、まだ高校生だし、だから」

「落ち着けって言ってんだろう」

「花村さん」運転席のやくざが口をはさんだ。「もっとやさしくしてやらなきゃ。相手は子供なんだから」

「ああ、そうか。どうも慣れてねえからな」男は咳ばらいして、声のオクターブを上げた。「この絆創膏は殴られた痕だよね、君」

「あ、はい」わけがわからず返事した。

「医者には診せたのかな」

「はい」

「で、どうだった」

「……亀裂骨折、でしたけど」

「そうか」男の顔がほころんだ。「腕を折られた奴もいただろう。ああ、その前に君の名前を教えてくれ。フルネームで」

「すいません。ぼく……」

「だから何もしないって。おじさんたちは君らの味方だから。ほら、名前」

「渡辺裕輔、です」

「渡辺君か。治療費は自分で払ったのかな」

「いえ、親が」

「ああ、そうか。高校生だもんな。その治療費はいくらかかった？」

「花村さん」運転席のやくざが割って入る。「保険だから治療費なんか知れてますよ。それより、診断書の方が」

「ああ、そうだな。じゃあ渡辺君。おじさんの言うことをよく聞けよ。世の中ってえのはな、殴られたら損害賠償だとか慰謝料だとかを請求できるようになってんだ。君の場合がそうだ。あの晩の刑事を訴えることができるんだ」

何のことだかわからなかった。

「相場は一発三十万だ。君は骨が折れたから五十万はいけるぞ。どうだ、いい話だろう」

「いや、でも」

「でも何だ。言ってみろ」

「先に手を出したの、ぼくだし」

「いいんだ。どうせ目撃者なんかいないんだ。道端でしゃがみこんで話をしてたら、刑事さんがやってきて殴られたって言えばいいんだ。明日、通院してる医者から診断書をもらってこい。それで、本城署の刑事課ってところへ行って被害届を出すんだ」

「そんなこと……」

「大丈夫だ。あとはおじさんがうまくやってやる。おじさんは刑事だ」

驚いた。男を見た。

「でもな、今夜会ったことは内緒だ。余計なことをしゃべったりすると、今度は前に座ってるおじさんの出番になるぞ」

車がゆっくりと路肩に停まった。運転していたやくざが振りかえる。

「坊主。おれは刑事じゃねえからな」また蛇のような目になった。

唾を呑みこもうとしたが、口の中はからからに乾いていて唾液すら出なかった。

「いいじゃないか。五十万あったら好きなものなんでも買えるぞ」

唇をなめたけれど、舌まで乾いていた。

12

「それでね、圭子が『一緒にどう』って。博幸さんのコネで安くなるそうだから」

「ふうん……」

茂則が天井を見たまま生返事した。及川恭子は紅茶のカップを片手に、夫の会社から差し入れられたクッキーを食べている。

「北海道三泊四日で一人四万八千円って絶対に安いわよ。子供は割り引きがあるっていうし」

「ゴールデンウィークなんてまだ先の話だろうに」

「ううん。そんなことない。遅いくらいだって。ディズニーランドの周りのホテルなんかもう予約は取れないみたいだし」

今日はパートが休みなので午前中から病院に来ている。子供たちはまた屋上だ。昨夜は真冬のように冷えこんだが、日が昇ってからは気温がぐんぐん上昇し、正真正銘春の陽気だ。桜もきれいに咲き揃った。

「それに混んでるんじゃないの」

「そりゃあ連休だもん。多少は混むだろうけど。……なによ、行きたくないの」

「そんなことはないけど」

茂則が面倒臭そうに寝返りをうつ。来たときはやけに機嫌がよくて自分からしゃべったのに、時間が経つにつれて口数が減った。

「香織と健太はもうその気だからね」

「そんな勝手なこと。休めるかどうかだってわからないのに」

「うそ。去年は八連休だったじゃない」

「去年は去年」今度は布団を被った。

「なによ。怒ったの」

「別に」

「……申しこむからね」

咳ばらいをしただけで返事はなかった。恭子がため息をつく。会話が続かなくなったので、病室に備えつけのテレビをつけた。料理番組をやっていて、若い女子アナが口の悪いコックに手際《てぎわ》の悪さを叱られている。

「ねえ、ここの食事、おいしい？」

「……ああ、おいしいよ」気のない声が返ってきた。

しばらくテレビを見ていると看護婦がやってきた。包帯を替える時間なのだそうだ。恰幅のいい中年の看護婦だ。子供を扱うように「さあ及川さん、身体を起こしてくださいね」と明るく大きな声をだす。茂則がベッドの上に座り、手を前に伸ばした。

包帯が解かれ、恭子も身を乗りだして患部をのぞく。

「今はまだ赤くなってるけど、痕はそれほど残らないから」看護婦が恭子に向かって言った。「昔は火傷っていうと皮膚がただれちゃったけど、最近は薬がいいし」

口の端だけで笑みを作り、会釈した。

「あ、そうだ」看護婦が顔をあげた。「ゆうべも放火があったんだって。中町で」

「えっ、そうなんですか」

「ゆうべって言っても二時とか三時とからしいけど。三件も。連続放火だって」

「本当に？」茂則も驚いていた。

「うちの看護婦で近所に住んでる人がいて聞いたのよ。夕刊には載るんじゃないの。物騒よねえ、ほんとにもう」

暴力団が家宅捜索を受けて、てっきり解決するものだと恭子は思っていた。だとしたら犯人は別にいるのだろうか。自分たちの住む明日加町は多少離れているものの、それでも気味が悪い。

「放火犯っていうのは人の不幸を見てよろこぶ奴らだからね」茂則が眉をひそめた。

「ほんと。それに結構目立たない人間だったりするのよねえ」

看護婦がしきりにうなずいている。その間にも手際よく包帯が巻かれ、再び茂則の両腕はロボットのようになった。看護婦はその部分をぽんぽんとたたき、「あと少しだから」と笑って去っていった。

「わたしもそろそろ帰る。車、乗っててっていいでしょ」恭子が立ちあがる。

「ああ、いいよ」

「昨日、会社に行ったの?」

「ううん。何だか面倒臭くなって」茂則がまた寝返りをうつ。

「なんだ」

もう少し話をしたかったけれど、茂則が一人になりたがっているような気がしたので、無理に構わないことにした。

夫婦なのにどこか遠慮があるのも事実だ。ときどき茂則のことがわからなくなる。

鍵を受けとって病室をあとにした。屋上にいた子供たちを呼び、車に乗りこむ。帰りに園芸センターに寄っていくつもりだった。夫が入院したことで花壇造りを忘れていた。思いだしてからも、気力が湧かないので少し迷ったが、ここで先送りにするとまた来年になりそうなので腰を上げることにした。

子供たちも張りきっていて、香織はキンレンカを育てると言っている。植物図鑑で調べたのだと得意そうに胸を張っていた。健太はピカチュウの絵の入ったジョウロが欲しいらしい。買ってあげれば毎日水をやってくれるだろう。

国道沿いの園芸センターで腐葉土や肥料などを一式買い揃えた。店員に駐車場まで運んでもらい車のトランクに積んだ。トランクの中にはなぜかポンプがあった。灯油をストーブのタンクに入れる際に使うものだ。一メートルに満たないゴムホースもあった。見覚えはなく、何だろうとは思ったが、とくに気に留めることはなかった。

家に帰って昼食を済ませると、早速庭に鍬《くわ》を入れた。花壇にする位置を決め、畑を耕すように土を掘り起こしていく。造成地に建った家なので石がたくさん混ざっているが、とりたてて土が痩せているわけではない。芝がちゃんと根づいたのだから、園芸には適している方なのだろう。テキストによると三十センチは掘り起こさなくてはならないらしい。腐葉土と堆肥《たいひ》を混ぜて固まりにくくするのだ。慣れない力仕事に、たちまち額に汗が噴きでた。

「おかあさん。水撒いてもいい？」

健太が新品のジョウロを使いたくてうずうずしている。

「まだだめ。掘るのを手伝ってよ」

素直にショベルで小石を取り除く作業をしてくれた。香織は土をほぐしている。

最初は種から蒔こうと思ったが、園芸センターの店員に初心者は苗の方がいいと言われ、従うことにした。自分の育てた花を早く見ることが長続きの秘訣なのだそうだ。

今日のところは苗を買い求めてはいない。土に肥料をなじませる期間が必要だからだ。この後、石灰をまぶして酸性を中和させてから、定植へと進む。

居間で電話が鳴った。作業を中断し、急いで手を洗い受話器を取った。

先日、喫茶店で会った小室だった。小室は相変わらず恐縮した口調で「先日の件でまたお電話を差しあげたんですが」と切りだした。

「申し訳ありません」先手を取って恭子は謝った。「夫にも相談したんですが、わたしには荷が重いので……」引き受けるつもりはなかった。やはり面倒なことに巻きこまれるのはいやだ。

「でもね、及川さん。誰かがやらないと何も変わらないんですよね」

「ええ、そうだとは思いますが」

「こう景気が悪いと、いつ解雇されるかもわからないし、そうなると雇用保険とかは絶対に勝ちとりたいんですよね」

「はあ……」

「及川さん、退職金や有給休暇、欲しくありません？」

「それは、あればいいなあとは思いますけど」

「こっちが黙ってて、向こうが自発的にくれると思いますか」

「いえ、それは」返答に詰まった。でも、ここで押しきられるわけにはいかない。卑怯だと思われようと、戦うのは別の人にやってもらいたい。自分はただの主婦なのだ。

「ほんとに申し訳ありません。わたし、矢面に立てるような人間じゃないんです」

電話の向こうで小室が黙っている。恭子はだめを押すように「申し訳ありません」と繰りかえした。

「……あの、もう一度だけ考えてもらえませんでしょうか」

そのとき背中で健太の声がした。おかあさんと自分を呼んでいる。振りかえると、いつの間にか近所の男の子が来ていた。

「おかあさん、公園に遊びに行ってもいい」

「すいません。いま取りこみ中なので」

これ幸いとばかりに話を打ちきる。「それじゃあ、またかけさせてもらえますか」

小室は最後にそう言っていたが、失礼しますとだけ答え、受話器を置いた。

「ねえ、おかあさん。行ってもいい」健太が催促する。

「いいわよ。気をつけてね」

言い終わらないうちに、健太が近所の友だちと一緒に駆けだしていく。子供は現金なものだ。あれだけ新しいジョウロを使いたがっていたのに。庭の掘り起こした部分を見下ろしながら、ひとつ息をついた。これで向こうもあきらめただろう。パートの待遇改善か。誰かほかの人がやってくれるとうれしいのだけれど。そんな都合のよいことを思った。

健太がいなくなったので香織と二人で土を耕した。花壇を囲うレンガは後日届けてもらうことになっている。積み上げるのは素人にはむずかしいので、杭《くい》のように縦に埋めて並べるのがいいと店からアドバイスも受けた。

花壇造りは恭子のささやかな夢だ。マンション暮らしをしていたときもベランダに鉢植の花を飾ってはいたが、どこか仮のものという感じがあった。庭に花が根を張ってこそ、自分もこの土地に根を張る気がする。

「ねえ、おかあさん。わたしも公園、行っていい」香織が遠慮がちに聞いてきた。

「うん。いいよ」苦笑して答えた。

「たぶんユミちゃんやマイちゃん、公園にいるから」

「うん。一緒に遊んでらっしゃい」

娘が去り、恭子は一人で鍬をふるった。

春の日差しが全身に降りかかり、汗の滴《しずく》が背中を伝った。

土は思ったより黒くて肥えていそうだ。これなら苗の生育もうまくいくだろうと心がふくらんだ。

まずは奥の列に桔梗《ききょう》を植え、手前に香織の花を並べ、夏になったら向日葵《ひまわり》を育ててみたい。そうだ、ハーブも植えてみよう。枯れたら浴剤としてお風呂に浮かべればいい。

何か音が聞こえた気がした。

一瞬手を休め、耳を澄ます。電話ではなさそうだ。周りを見渡したが何も変化はない。気のせいだろうと思って、庭仕事に戻ろうとした。

振りあげた鍬を止める。やっぱり何か音がしている。それも家の中からだ。

小走りにガラス戸に駆けよると、開ける前に玄関のチャイムだとわかった。

急いでサンダルを脱ぎ、居間を横断し、ドアホンを手に取る。

「ハイテックスの本社から参りました」無気質な男の声がした。

はい、と弾けるように答えながら髪に手をやった。事前の連絡もない突然の来訪だが、それより先に自分の恰好が気にかかった。洗面所へ走り、鏡で顔を見た。汗をかいたので顔が上気している。髪もひしゃげていた。

ブラシを手に慌てて髪をとかし、タオルで顔を拭く。いったい何だろうと思う余裕もなかった。

もう一度居間に戻って目を走らせる。大丈夫だ。散らかってはいない。

廊下にスリッパの音を響かせて玄関へと急ぐ。

ドアのロックを外し、扉を押すと、黒い影が恭子の顔に降りかかった。

男は二人いた。

「総務の戸田と申します」年配の方が小さく会釈する。よく張ったえらが目に飛びこんだ。

もう一人は細身の若い男で、同じように自己紹介をしたが、恭子が挨拶を返したために名前は聞きとれなかった。

「突然お邪魔して申し訳ありません」

「いいえ」かぶりを振る。「せまいところですがどうぞ」

スリッパを用意しようとすると、戸田という男は手を目の前で振って見せ、「ここで結構です」そう言って鼻をひくつかせた。

「ええ、でも……」

「いえ、長くお邪魔するつもりはありませんから」

スリッパを手に、玄関に膝をついた姿勢で見あげる。初めて気づいたが、男たちの顔に笑みはなかった。それどころか険しい表情をしていた。恭子の心に影がさす。何かよくない話なのだろうか。

戸田が玄関に腰をおろした。若い男は立ったままだ。

「この家は、まだ建てられたばかりですか」

「ええ……二年になりますが」

「そうですか。まだ新品の木の香りがするなあ」戸田がとってつけたように目を細め、匂いをかぐ。

「あの、やっぱり、お茶だけでも」腰を浮かせた。

「いいえ。おかまいなく」遠慮ではなく毅然とした口調だった。「わたくしどもも勤務中ですから。すぐに失礼します」

胸の中で不安な気持ちが渦巻く。

「早速ですが、ここに、刑事さんは来ましたか」戸田の重々しい声だった。

「いいえ……。病院にはいらっしゃいましたけど」

「その、もしも警察が来た場合にはですね」間があく。むずかしい顔でなにやら言葉を探していた。「差し障りのない話でお茶を濁《にご》していただきたいのですが」

恭子が返答に詰まる。何のことだかわからなかった。刑事に話して都合の悪いことでもあるのだろうか。

「たとえば……」戸田は話を続けた。「警察がご主人の、その、なんて言いますか、毎日の帰宅時間について聞いてきたとしますよね。そのときは、週のうち三日は家で夕食を共にすると、そう答えていただけますか」

ますます困惑した。夫は家で食べることの方が少ないのだ。恭子は黙って戸田を見た。

「それから」目をそらし、また間があいた。「警察は、ご主人の趣味についても聞いてくるかもしれません。それは、その、競馬などについてですが」

「はあ……」

「その場合も、たまに馬券を買う程度だと答えてくださいますか」

「あの、夫は競馬をしますが、実際、小遣いの範囲なんですけど」

「ああ、そうですか。だったらその通りに答えていただければ結構です」

本社の人間がどうして夫の趣味のことなど知っているのだろう。そんな考えを巡らせていると、戸田は見透かしたように「今しがた病院へ行ってご主人に聞いたものですから」と、軽くその方角へと顎をしゃくった。

「つまり、警察に付け入られないようにご注意願いたいわけです」

「……あの、どういうことなんでしょうか」

「とにかく、そうしていただきたいのです」

「でも、理由ぐらいは」

「どうかお願いします」

戸田にはとりつくしまもない。もう一人の若い男を見あげる。そこには冷ややかな視線があった。二人とも見舞いの態度ではない。責められているような圧迫感があった。

「もうひとつは」戸田が咳ばらいする。「お車についてなんですが、おたくの車は……その、現金でお買いになられたんでしょうか」

「いえ……社内ローンだと主人からは聞いていますが」

「じゃあ結構です。社内ローンということなら結構です」

「あの、夫がどうかしたんでしょうか」

「ついでと言ってはなんですが」戸田は恭子の質問に答えない。「わたくしどもも少し質問をさせていただきたいのですが。ここ数ヵ月、ご主人の様子に何か変わったことはありませんでしたか」

喉が渇いてきた。脈が早くなってきた気もした。

「ほんとに、うちの主人が何か」

「立ち入ったことを聞くようですが、ご主人のひと月の小遣いなんかはいかほどなんでしょうか」

なんてことを聞くのだろう。

怒りではない。失礼だと思う余裕もなく、こんな質問をされること自体に恭子はうろたえていた。

「あ、いや、これは失礼な質問でしたね。その、ご主人の金遣いが荒くなったとか、それが近所で噂になったとか、そういうことがなければ、わたくし共も幸いなんですが」

「すいません。本当に何があったんでしょうか」

「たいしたことじゃないんですよ。いや……、たいしたことかもしれないけど、なんて言ってよいのか……」戸田は若い男と顔を見合わせ、鼻息をひとつもらす。「これからどうなるのか、わたしにもわからないものですから」

「これからって……」言葉が続かない。

「部長」はじめて若い男が口を利いた。「例のことも」

「ああ、そうだな」戸田が恭子に向き直る。「ご主人はあと数日で退院かと思いますが、しばらくは本社に勤務していただくことになるかもしれません」

「いや、そうじゃなくて、病室の……」若い男が口をはさむ。

「ああ……そっちか」戸田はいかにも気が重いといった表情で顎をさすった。「申しあげにくいのですが、ご主人は今日から大部屋に移っていただきました。同じ外科病棟の、ええと……」ポケットからメモ用紙を取りだして目を落とす。「四階の八号室です。あしからず」

戸田が立ちあがった。恭子は事態がつかめず、ただ二人の男を見あげている。

「繰りかえしますが、警察が来ても、差し障りのない返答であしらってください」

「それから、我々が来たことはご内密に」若い男が付け加えた。

うなずくように頭を下げる。会釈したあとの男たちの眼差《まなざ》しは、哀れむような、蔑《さげす》むような、体温の感じられないものだった。

「それでは、お邪魔しました」

男たちが扉の向こうに消えていく。恭子は何も言えないまま、一方的に話を聞くだけだった。

唾を呑む。喉が鳴る。恭子は重い足取りで台所に入ると、冷蔵庫からミネラルウォーターを取りだし、コップに注いだ。

茂則が会社で何かしくじったのだろうか。窓の外に目をやりながらそう思った。ここ数日、やけに気難しいところがあったし、自分を避けている節《ふし》もあった。

でもそれなら「警察が来ても余計なことを言うな」という本社の人の要請とつじつまが合わない。茂則個人の問題ではなさそうなのだ。

ならば会社の、何か都合の悪いことに茂則がかかわっているのだろうか。会社は警察に対して、何かを隠そうとしている。さっきの男たちは口止めに来た感じがする。

そんなことを言われても、自分は何も知らないのに——。

コップの水を喉に流しこんだ。そして半分飲んだところで、戸田という男の最後の台詞を思いだした。

大部屋に移っていただきました、だって？

茂則はあと数日の入院ではないか。どうしてわざわざ個室から移さなくてはならないのだろう。

単なる経費の節約だろうか。いや、そんなケチな真似を会社がするとは思えない。

コップを流しで洗い、居間のソファに腰をおろした。

ぼんやりと視線を庭に送る。鍬が芝の上に放ってあった。

ため息をつく。作業を続ける気にはならなかった。

これから病院に行こうか。茂則本人に聞いてみるのがいちばんいい。時計を見た。

急げば面会時間には間に合いそうだ。

しかし、それをするのは気が重かった。また茂則を不機嫌にさせるだけだ。たいしたことではない。そう思いたかった。平凡な我が家に、大きな事件など起こるわけもないのだ。

恭子はソファに深くもたれかかった。足を投げだした。シャツのボタンをふたつ外す。沈んだ気持ちのまま、ぼんやりと天井を見詰めた。

競馬。社内ローン。戸田の発した言葉が、時間差をおいて降りかかった。

競馬のどこが悪いのだろう。自由じゃないか。小遣いの範囲なら結構ですと戸田は言った。もしかして怪しい金でも得ているのだろうか。

胸の中でゆっくりと灰色の空気が渦巻いている。五年前、茂則の叔父が死んだとき、葬儀のあとで香典の金額が合わなかったことがあった。受付をしていたのが茂則だった。金額が二十万円程度だったのと、事を荒立てたくないという理由で不問に付されたが、その週末、茂則は競馬で儲《もう》けたと言ってノートパソコンを買った。問いただす勇気はなかったし、証拠もないのに疑うのは悪いと思った。

社内ローン――。その言葉の意味を考えたとき、恭子の頭にある考えが浮かんだ。給与明細だ。それを見ればわかる。ＯＬ時代、海外旅行をした際、銀行より得だというので一度だけ短期のそれを利用したことがある。そのときは給料から自動的に引き落とされていた。給与明細がどこかにあるかもしれない。夫は見せてくれないが、探せば出てくるかもしれない。

恭子はソファから跳ね起きると、夫の書斎へ行った。書斎といっても、夫婦の寝室として使っている和室の奥の、本来なら収納として用意された二畳ほどのスペースだ。

机の前に立った。小さく深呼吸して、恭子は引き出しに手をかけた。いつも部屋の掃除はするが机の中を見たことはない。夫婦でも見せたくないものはあるだろうし、自分だって小さな隠し事はある。互いを尊重する意味で机には触れてこなかった。

いちばん上の引き出しには文具類に混ざって馬券が何枚かあった。ただ、それ以上の数で麻雀荘のクーポン券が出てきた。麻雀？ 茂則から麻雀の話はほとんど聞いたことがない。

さらに前屈みになり二段目を開ける。雑誌の切りぬき記事や過去の年賀状が詰まっていた。給与明細らしきものはない。茂則は会社でもらうなり捨ててしまうのだろうか。それにしたって一枚ぐらいは――。葉書の束をめくったところで細長い伝票のような紙切れがみつかった。これだと思った。

恭子はそれを手にとり、身体を起こした。目を落とすと、確かに「給与明細表」の文字があった。しかも「三月分」とあるからいちばん新しいものだ。指で明細をなぞっていく。基本給、時間外手当、家族手当、住宅手当……。けれどそこに「社内ローン」の項目はなかった。

どういうことだろう。車を買い替えたとき、茂則は確かに社内ローンだと言っていた。あれは嘘なのだろうか。

まだ引き落としは始まっていないのか。いや、買い替えたのは今年の一月だ。その月から引き落とされても不思議ではない。

恭子の中で暗い気持ちがふくらんだ。

社内ローンでなければ、購入資金はどこから出たのだろう。ごく平凡な乗用車だが、二百万円以上はしたはずだ。

あらためて給与明細を眺め、各項目を目で追った。何度見ても引き落とされた金額はなかった。そしてもうひとつのことに気がついた。時間外手当が思っているよりずっと少なかったのだ。結婚する前、確か茂則はこんなことを言っていた。忙しいから残業代だけで二十万近いんだぜ、と。恋人の収入のことなので不思議と覚えていた。あれから勤務時間はそれほど変わっていないはずだ。目の前にある「八万五千円」という金額をどうとらえればいいのだろう。

また戸田の言葉が浮かんだ。週に三日は家で夕食をとっていることにしてほしいと言っていた。

毎晩帰りが遅いのは麻雀だったのだろうか。残業は嘘なのか？

恭子は茂則に小遣いを渡していない。激奨金という名目の金が会社から直接出るからだ。それは本当なのだろうか。

ますます頭が混乱した。

とにかく、ひとつだけはっきりしているのは、夫が何か隠し事をしているということだ。そして会社は茂則に対し、非難するような態度に出ている——。

茂則は何かまずいことをしでかしたのだろうか。胸が締めつけられた。

恭子は給与明細を元の場所にそっと戻した。

目を閉じ、考えを巡らせる。てのひらで頬を押さえ、深く息を吸いこんだ。

寝室の時計を見る。もう病院の面会時間には間に合いそうになかった。

焦りながらも、気の重いことが先に延びたという、かすかな安堵もあった。深刻な話でも聞かされたなら、自分は今夜から寝込んでしまうだろう。

玄関のチャイムが鳴った。

はっとして顔をあげる。小走りに居間に行き、ドアホンを手に取ると「警察です」という男の低い声が恭子の耳に飛びこんだ。

心臓が早鐘をうつ。ドアホンを置く手が小さく震えた。

怖がることなんか何もない。うちは貧乏でも金持ちでもない平凡な家庭なのだ。何も起こるわけがないじゃないか。

13

ハイテックス本社へ出向いたのはこれが二回目だ。九野薫は革張りのソファに浅く腰をおろし、出されたお茶を飲んでいた。服部がゆったりと足を組み、ポケットから出した仁丹を口にほうり込む。ぽりぽりと音をたててかじり、てのひらに吐いた自分の息を嗅いでいた。

前回は周囲を板で仕切っただけの部屋に通されたが、今回は打って変わって分厚い絨毯が敷かれた応接室だった。といっても壁は古びた合板で照明は蛍光灯といった安い造りだ。新社屋建設の計画があるので手を入れる気もないのだろう。

「九野さん、目が赤いですよ」服部が言った。

「ゆうべは三時前にたたき起こされましたからね」

「じゃあ、これが済んだら図書館で昼寝といきますか。一時間でも眠ると随分ちがいますよ」

「いいですね。夜のこともあるし」

「夜のこと?」

「今夜から遠張《とおば》りしたほうがいいでしょう。第三の犯行でもやられた日には目も当てられませんよ」

服部は黙って九野を見ている。しばらく間をおいたのち、「そりゃあそうだけど」とため息まじりに口の端を持ちあげた。

今朝の捜査会議で、及川の件に関しては報告をしなかった。予想したとおり服部が止めた。「状況でもいいからもう少し証拠を揃えてからにしましょう」というのが服部の言い分だが、本庁から来た四課の捜査員が焦っているのを横目で見ながらほくそ笑んでいる節もあった。病院での出来事を告げると、服部は小躍りせんばかりによろこんだのだ。

ハイテックス本城支社が商品を横流ししたディスカウントストアについては、事情聴取を先送りにしている。それはたぶん服部が、現段階で物証を求めていないからだ。

捜査方針は清和会の追及が基本線のままで、振りあげた拳をどこに下ろしていいものか、管理官は終始険しい表情をしていた。佐伯から得た情報では、本庁の捜査員が、反抗的な若い組員を数名痛めつけてしまったらしい。

「今夜は動かないでしょう」服部がつぶやく。「警戒も厳しいし、そこまで馬鹿じゃないでしょう」

「でも素人ですからね。それも泡を喰った」

「まあ、そうですけど」

　ドアが開き、男が二人入ってきた。前回と同じ顔ぶれだ。年配の方は確か戸田という総務部長だ。大きく張った顎のせいで一度で覚えた。

「どうもお待たせしました」丁寧に腰を折って着席する。「さて、今日はどのような御用でしたでしょうか」と薄い笑みを浮かべた。あらかじめバリヤーを張るような慇《いん》懃《ぎん》な態度だった。

「先日もお聞きしたように、本城支社の会計監査についてなんですが」服部が切りだした。

「ああ、あれですか。あれはもう済みました。もちろん焼失した書類もありますので完璧というわけにはいきませんでしたが、残っている資料でつつがなく」

　余裕を見せようとしてか、戸田が白い歯を見せる。

「そんなに簡単に終わるものなんですか」

「ええ。もともと簡単な調査のつもりでしたし」

「……それで、何か不明な点は」

「何もありませんでした」戸田は首を振っていた。

「でも、何か疑うべき点があって本城支店を調べようとしたわけですよね」

「いいえ。持ちまわりのようなものでして。去年は川越《かわごえ》支社を調査したから、今年は本城支社にしようと。それだけのことなんですよ」

服部が視線を落とし、ゆっくりと髪を撫でつける。ちらりと九野を見てから、再び戸田に向き直った。

「そう来ましたか」

「はい？」戸田が怪訝そうに聞きかえす。

「調べますよ。川越支社に、去年、本社の監査が入ったかどうか」

服部が顎をしゃくる。隅のテーブルには電話機があった。

「なんだか、取り調べみたいですね」戸田がポケットからたばこを取りだす。「我々は被害者の立場にあると思うのですが」

「もちろんです」

「じゃあ、もう少し穏やかにお願いできませんか」置物のライターで火を点けた。ゆっくりと紫煙を吐きだす。

「会社内部のことを、積極的に警察に話したくないというのはわかりますが、ことは放火事件ですので、できるだけご協力をお願いします」

「ええ、そのつもりですよ」

「率直に申し上げますが」服部は身を乗りだし、話を続けた。「第一発見者の及川さんについて、我々は関心を抱いているわけです」

「及川が怪しいとでもおっしゃるのですか」

「可能性の問題です」

「ま、第一発見者を疑えというのは、刑事ドラマなんかだと鉄則のようですからね」

戸田はわざとらしくしわぶくと、まだ長いたばこを灰皿に押しつけた。

「及川さんは本城支社の経理課長です。つまり、会計監査を受ける立場にあった」

その言葉を聞くなり、戸田は目を伏せて軽く笑った。

「知られてまずいことがあって火を付けたとでもおっしゃるわけですか。そんな馬鹿げたことが。だいいち監査の結果は何もなかったと申しあげてるでしょう」

「それが本当ならいいんですけど」

「我々が嘘をついているとでも？」

「搬送中の欠損品が多く出ていると、そういう情報もあるんです」服部が足を組み、ソファに背中をあずけた。

「誰が言ったんですか」戸田がかすかに気色ばむ。

「それは申しあげられません。販売店から突き返される欠損品が、ほかの支社よりも多いとか」

「そんなことはありませんよ。工場の生産段階で品質管理は厳しくやってますが、それでも搬送の過程でどうしても欠損品が出るものなんです。それはあらかじめ計算に入れてます。どこの支社でもあることだし、本城支社だけ特別というわけではありません」

「欠損品が出たことにして、それをディスカウントストアに流して裏金を得るという行為が各支社で日常的に行われている、という情報もあるのですが」

「そういう認識はありません」

「いや、別にそれを問題にしようとしてるわけじゃありません。おそらく日本中の職場で行われている小さな不正でしょう。ただ、本城支社はこのところそれが目立った」

「そういう事実はありません」

戸田は、つけ入られまいとしてか、背筋を伸ばして答弁した。もう一人の若い部下は、口をはさむこともなく、ひたすら神妙に聞きいっている。

「ところで……会社の景気はいかがなんですか」九野が横から言葉を発した。

何の話だろうと戸田が顔を向ける。黙って見つめていると、「このご時世ですから好景気というわけにはまいりませんが」そう答えて皮肉っぽい笑みを浮かべた。

「従業員の残業なんかは減っているのでしょうか」

「そうですね。昨年から月に三十時間を超えないようにという指導はしています」

「じゃあ、全体的に従業員の収入は減っているわけですね」

「ま……そういうことになりますかね。製造業はどこも同じだと思いますが」

「及川さんのタイムカードを、できたら見せていただけませんか」

「どういうことでしょう」

「及川さんが、今年になって新車を購入してるんですよ。それもたぶん現金で。収入が減っているのにこれは変でしょう」

戸田が思わず苦笑する。

「そんなことまでお調べになるんですか、警察は」

「普通の国産車ですが、販売店でローンを組んだ形跡はありません」

「べつに販売店でローンを組まなくっても、銀行から借りたのかもしれないし、蓄《たくわ》えがあったのかもしれないし、あるいは、奥さんの実家から援助があったのかもしれない。刑事さん、考え過ぎじゃないでしょうか。それに、そんなことを我々に聞かれても困ります。工場も含めれば二千人からの従業員がいるわけですよ。そのうちの一人が新車を買ったからといって、どうして総務が関知しなければならないんですか」

「それはそうでしょうが」

「だいいち及川に対して失礼な話じゃありませんか」

「しかし、これがわたしたちの仕事なのでご理解いただきたい。疑いが晴れれば、何の問題もないわけです」

「疑いが晴れればって、暴力団の仕業じゃないんですか。報道を見る限りでは、そちらの方向で警察は動いているものとばかり思ってましたが」

「もちろん清和会の線でも捜査中です。それ以外の線でも」

「とにかく」話を打ちきるように戸田が腰を浮かせる。「うちの社員が疑われているのだとしたら大変心外です。もうよろしいですよね」そう告げて背広の襟を正した。

「さっきの話に戻りますが、横流しした先を我々は特定できてるんですけどね」服部が冷ややかに言った。

「何のお話でしょう」

「本城支社が商品を横流ししたディスカウントショップですよ。そちらが協力的でないとしたら、別件で出頭していただくことになりますよ」

「警察は……」戸田が座り直す。てのひらで顔をこすりながら「いつも強引ですね」とため息混じりに言った。「確か二年前でしたよ。清和会との一件で被害届を出させるときも、まるで我々が犯人であるかのような扱いを受けましたよ。あのとき、こちらとしてもあれこれ協力したつもりなんですけどね」

「戸田さん。あなたも組織の人間でしょうから、ご自身の一存であれこれ話せないのはわかります。もう一度、上の方々とご検討していただけますか」

服部は立ったまま、感情を抑えた声で言った。

「いえ」戸田がゆっくりとかぶりを振る。「その必要はありません。本当に何もないのですから」

やや赤くなった目で服部と九野を交互に見据えた。

「また参ります」服部がうなずくように会釈する。九野も立ちあがり、ドアに向かった。出際に振りかえる。

「ああ、そうだ」九野が口を開いた。忘れていたのではなく、最後に告げようと示し合わせてあった。「ゆうべ、と言っても日付は今日ですが、また本城支社の近所で放火がありました。今度は連続放火です」

戸田が眉間に皺を寄せる。言葉はなく、その事実をどう理解していいのか判断がつかないといった様子だった。

「愉快犯だと思われますか」

「そういうことになるんじゃないですか」

戸田はまだ困惑げな表情を浮かべている。

「不謹慎な話ですが、愉快犯なら我々も気がらくです」

「どういうことですか」

「ただ犯人が捜査の攪乱を目的にやったとしたら、我々としては気が重いところです」

五十代とおぼしき総務部長は、視線を宙に向けると、黙ったまま顎を手でさすっていた。犯罪を身近に感じるなど、この男の人生にはなかったことなのだろう。

「それともうひとつ。当然、保険金の請求はなさるわけですよね」

「保険金？」

「そうです。火災保険ぐらいは入っているでしょう。実際火事になったわけですから、請求するのが当たり前だと思うのですが」

「ええと……火災保険には入っていたのかな」消え入りそうな声で小首をかしげる。

「調べればわかることなんですよ」九野は笑ってやった。

「ええと、そうですね、請求することになると……」戸田の表情がいっそう険しくなる。

「それじゃあ失礼します」

若い男は立ちあがって目礼をしたが、戸田は目を合わせず、軽く頭を下げただけだった。

廊下を歩く。「あの部長、わかってんのかね」服部がひとりごとのように言った。

「たぶんわかってないでしょう。あと一時間もすれば、頭の中が整理できて青くなるんじゃないですか」

「それでも半信半疑でしょう。部下が犯罪者かもしれないなんて、普通の人間にはなかなか信じることなんてできませんよ」

「会社の不利益を逃れることしか頭にないんでしょう。今のあの男には」

「さて、どう出てくるか」また服部がひとりごちる。

「上司に付き添われて自首、なんてのがいちばんいいんですが」

「とんでもない」射るような視線を向けた。

それに九野は答えなかった。

服部が両手を挙げて伸びをした。背が高く、手足も長い服部がそれをすると、天井に手が届きそうだった。

冗談半分の提案だと思っていたが、服部は本当に図書館で昼寝をした。慣れた足取りで雑誌の閲覧コーナーへ進み、空いているソファを確保すると、ネクタイを緩めて身を沈めたのだ。次は及川の妻を自宅に訪ねる予定だった。病院の面会時間が四時までなので、その後がいいだろうということになった。九野も服部に倣い、ソファに腰をおろしたものの、目を閉じていても眠りに導かれることはなかった。

鈍い疲労が背中に張りついている。もっともこれは何年も続いていることで、すっかり慣れた。熟睡とはどういうものか、ほとんど忘れかけている。

ふと思いたち、義母に電話をすることにした。玄関ロビーに公衆電話があったので、そこから義母にかけた。

数回、呼びだし音が鳴るが、義母は出なかった。古い人間なので留守番電話を嫌っている。暗闇にランプが点灯しているのがいやなのだそうだ。

買い物にでも出かけたのだろうか。あるいは日課の散歩か。

義母は還暦を過ぎたあたりから、毎日散歩を欠かさなかった。誰にも迷惑をかけたくないから健康に気を配っている、というようなことを言っていた。

一人の散歩は退屈ではないのだろうか。一度、犬を飼いませんかと、もちろんプレゼントするつもりで聞いたら、死ぬとかわいそうだからと辞退されたことがある。

義母は一人でいることに馴染《なじ》んでしまったのかもしれない。

受話器を置き、両手で髪を撫でつける。

ガラスの向こうに児童書のコーナーがあった。ぼんやりと眺めていた。一段高いところに絨毯が敷いてあり、子供たちが素足で走りまわっている。母親が真顔をつくってたしなめている様子が目に映った。及川の妻もこれくらいの歳だったなと思った。

そして早苗も生きていれば。

地域課で及川の家族構成は調べてあった。及川恭子は早苗と同い年だった。書類を見ながら何か不思議な思いがした。

及川恭子を見たのは一度きりだが、飾り気がなく、控えめな、どこにでもいる主婦との印象を受けた。若づくりせずとも、愛らしさが残っている。早苗もあんな歳の重ね方をしたのだろうか。

「三十代ってきっと楽しいよ」早苗はいつかそんなことを言っていた。「背伸びしなくていいから、肩の力も抜けるだろうし。わたし、周りから気の強い女だって思われてるけど、ほんとはもう少し穏やかでいたいの。三十代になったら、それができそうな気がするな」

歳をとりたがる女などいるとは思わなかったので、九野は意外に感じた記憶がある。及川恭子は、早苗が憧れた三十代を今生きている――。

そのときポケットの携帯電話が鳴った。通話ボタンを押して名乗ると「ああよかった。番号、変わってないんだ」という女の声が聞こえた。

「美穂です。この前、ごめんね」

「あ、いや、こちらこそ」曖昧に返事した。

「実はさあ、ちょっと相談したいことがあって。九野さん、一回会ってくれない」

「まずいよ」

「あ、間をおかずに言った。冷たいんだ」

「花村氏をこれ以上、怒らせたくないしね」

「その花村さんのことなのよ。花村さん、なんか誤解してるみたいでさあ、わたしと所帯を持つみたいなこと言いだしてるのよね」

「ああ、それなら本人から聞いたことがあるけど」

「やっぱりそうなの」電話の向こうで憂鬱そうな声を出していた。「やだなあ、こっちはその気ないのに」

「その気にさせるようなこと、言ったんじゃないのか」

「言ってないよ」語気を強めた。「ねえ、うまく切れる方法ってないかしら」

「おれに聞いたって」

「それに花村さん、馘になりそうなんでしょ。新しく店を持とうとか、そういうことまで言いだして。困るんだよね、思いこむ人って」

花村に同情した。この前の晩の、血走った目が脳裏に浮かぶ。

美穂はその後も、最近亭主面をされて頭に来ていることなどをあけすけに打ち明けた。九野は、相槌はうつものの、あたりさわりのない返事しかしなかった。これ以上花村とはかかわり合いたくなかった。

切り際、美穂は盛大にため息をつき、一度店に来てよねと言った。もちろん行く気はない。

図書室に戻り、ソファに腰をおろした。伸びをして欠伸をかみ殺す。睡魔はいつも手の届かないところを周回しているだけだ。

上を向いて目薬を差した。これで夜までもつだろうと自嘲気味に口を歪めた。

及川の自宅は真新しい、そして似たような木造二階建が並ぶ住宅街にあった。通りを眺めると、見事なほど遠近法にかなった屋根の稜線が目に映る。家々の壁は申し合わせたように白で統一され、二階には出窓があった。その窓からは観葉植物やぬいぐるみが顔をのぞかせている。あちこちから子供たちの甲高い声が聞こえた。その相手をする女たちの声も。男の気配はどこにもない。平日の、まだ日の高いうちに住宅街を歩く自分たちは、明らかに別の臭いを振り撒く異物に思えた。

番地を頼りに探した「及川」の表札は大理石を彫ったもので、モルタルの壁の上に品よく輝いていた。きっと家を建てた者は、表札にささやかな贅を施すのだろう。すぐ横には車庫があり、白のブルーバードが停めてあった。九野は念のため手帳を開いてナンバーを確認した。そして軽く咳ばらいをすると、インターホンのボタンを押した。五秒ほどで女の返事が聞こえた。

警察だと名乗り、来意を告げる。しばらく間があって、扉の向う側でスリッパの鳴る音が聞こえ、木製のドアが開かれた。口元に笑みを浮かべた、及川の妻の顔が目に飛びこんだ。

「なんでしょうか」頬がほんのり赤く染まっていた。

「本城署の九野と申します。市民病院の方でもお会いしてますが」

「あ、はい」覚えているといった口ぶりだった。

「本庁の服部です」服部が長い首を突きだす。「今回はご主人様が怪我をされまして、あらためてお見舞い申しあげます」

「それはご丁寧に」恭子はそう言うと髪に手をやった。シャツのボタンがふたつ外してあり、白い胸元がのぞいた。「ちょっと庭仕事をしていたものですから」

「そうですか。お忙しいところまことにすみませんが、少しお話を聞かせていただけませんか」

「……はい。それじゃあ奥へどうぞ」

服部と顔を見合わせる。警戒されるかと思えば、恭子はあっさりと二人の刑事を家にあげた。

「ちらかってますが」恭子の先導で通された部屋は、淡いブルーのソファがL字形に配置された居間だった。お構いなくと言ったが、恭子は台所でお茶をいれている。ふと横を見たらサイドボードに家族の写真が額に入って立てかけてあった。ガラス戸の向こうに並んでいるのは洋酒ではなく、子供たちのテレビゲームだ。

テーブルにお茶が置かれ、恭子は一人がけのソファに浅く腰かけた。

「こういうの、聞き込みって言うんですか。刑事さんのお仕事も大変なんでしょうね」

恭子が自分から口を開く。以前見かけたときの控えめな印象と異なり、快活な物腰だった。

お茶をすすって適当に返事をする。恭子はそれ以外にも、世間話のつもりなのか天気の話などをした。九野は恭子の顔ではなく、手を見ていた。華奢な薬指に結婚指輪が光っていた。

「今日はいろいろとお伺いしたいことがありまして」九野が話を切りだす。「少々立ち入ったことをお聞きするかもしれませんが、こちらも仕事ですのでどうかご理解ください」

恭子は慇懃に笑みを浮かべると無言でうなずいた。

「車庫に白いブルーバードがありますが、おたくの自家用車ですか」

「はい、そうです」

「ゆうべはどこに置いてありましたか」

「市民病院ですが。主人が会社に行くのに必要だと申したもので」

「会社に行かれたんですか」

「いえ、結局は使わなかったんです。本人は手に包帯を巻いたままでも運転ぐらいはできると言っていたんですが、もしものことがあるといけないし、思い直したみたいです」

「じゃあ病院の駐車場に置きっぱなしだったわけですね」

「そうです」恭子は澱《よど》みなく答えた。

「新車のようですが、ご購入になったのはいつですか」

「確か……」顎に手をあてる。「一月だったと思います」

「失礼ですが、おいくらぐらいしたんですか」

恭子が小さく苦笑した。「全部で二百五十万ぐらいだと聞いてますけど」そう言ってお茶に手を伸ばす。一口飲んでから続けた。「正確な値段が必要ですか」

「いいえ。結構です」

「お金のことは主人に任せているものですから」

「現金でお買いになったんですか」

「いえ、社内ローンです」

「ほう」九野は恭子の顔を見た。作りものの笑みなのか判断がつかなかった。「ちなみに頭金は？」

「さあ、そこまでは……たぶん、それも会社から借りたんだと思います。それが、何か」

「いえ、たいしたことじゃないんです」

服部は隣で黙ったまま恭子の顔色をうかがっている。恭子は相変わらず口元に笑みをたたえていた。

「それから、ご主人の帰宅は早い方ですか。その、連日残業続きだとか」

「昔は遅かったんですが、最近はそうでもないみたいです。そうですねえ……週に三日は家で晩ご飯を食べますし……あの、うちの主人がどうかしたんでしょうか」

恭子はそこではじめてもっともな疑問を口にした。

「とくにどうということではないんです。申し訳ないんですが、ご主人は第一発見者なわけでして、その場合、どうしても」

恭子が軽く吹きだす。肩を揺すって「主人にも言っておきます」とおどけたような態度を見せた。

「どんな事件でも第一発見者は――」

「ええ、わかります」

「この件に限らないことなんです」

「ですから、わかります」

九野は、目の前の恭子の隙のなさに意外な思いがした。てっきりおとなしい主婦だとたかをくくっていた。

「そう言っていただけると助かります。では、放火のあった夜のことをお聞きしたいんですが、あの晩は、本来ならご主人の宿直当番ではなかったと聞いています。どうして急遽宿直することになったのか、奥さんは何か聞いておられますか」

「さあ……」恭子が首をかしげる。「宿直を代わるっていうのはよくあることなので」

「ついこの前の出来事ですよ」

「でも、主人から『今日、宿直だから』って言われたら、『あ、そう』って答えるぐらいのもので、いちいち理由なんか聞きませんよ。新婚ならまだしも、十年以上連れ添っていると、そういうものなんじゃないですか、夫婦って。刑事さんのところでも同じだと思うんですけど」

服部がほんの一瞬だけ苦笑した。すぐさまむずかしい顔に戻り、腕を組んでいる。

「ところで、昨夜、中町で連続放火があったのはご存じですか」

「ええ。病院で看護婦さんに聞きました」

「ご主人の会社が被害に遭ったのと同じ手口です」

「そうですか」

「ペットボトルとガソリンです」

「はい？」

「ガソリンは新聞に出てましたが、ペットボトルについては書いてありませんでし

「いいえ」恭子がかぶりを振る。どうしてそんなことを聞くのかという顔をしていた。

「だから同一犯の可能性が高いということです。何か心あたりはありませんか」

「はあ……」

「単刀直入に申しあげますが、ガソリンのもっとも手っとり早い入手方法は自家用車のガソリンタンクから抜きとることです。昨夜、及川さんのご主人が車を必要となさいました。となると、我々はどうしても関心を抱かざるをえないわけです」

「それって、考え過ぎなんじゃないでしょうか」恭子の顔がゆっくりとこわばる。

「不愉快でしょうが」

「不愉快です」きっぱりと言った。「だいいち、うちの主人は被害者です」

「まあ、そうですが」

「もうよろしいでしょうか」恭子は背筋を伸ばすと、壁にかけてある時計に目をやった。「そろそろ夕食の買い物に行かなければならないもので」

服部と顔を見合わせる。「ま、長くお邪魔するのも失礼ですから今日のところは」と腰を浮かした。

九野も立ちあがる。上着のボタンを留めながらもう一度、及川の妻を見た。感情を押し殺しているのが見て取れた。もっとも気分を害するのが当然の反応だ。

服部は無遠慮にあちこちを眺めまわしていた。目ざとく庭先の鍬を見つけると「お、ガーデニングですね」と声をあげた。「いいなあ、一戸建ては。うちなんかマンションだから、ベランダに鉢を置くぐらいですよ」

九野もつられて視線を向ける。畳一畳分ほどの大きさで庭が掘りかえされており、子供のものと思われるジョウロも横たわっていた。

「ええ」恭子は小さな声で答えただけで、うつむいたまま湯呑み茶碗を片づけていた。話には乗ってこず、笑みは完全に消えていた。

礼を言って玄関に歩く。あとをついては来たが、見送りというよりは、鍵をかけるためなのだろう。おじゃましましたという言葉にも目礼しか返ってこなかった。

通りに出たところで振りかえった。この家にも出窓があり、ガラスに花模様のシートが張ってあった。よく磨かれたガラスの向こうには、真っ白なレースのカーテンがかけられている。家を可愛がっているのが容易に想像できた。

「意外でしたね」服部が口を開く。

言わんとしていることがわかったので、九野は黙ってうなずいた。

「夫が疑われているとなったら、もっと戸惑うもんでしょう」

「そうですね」

「精一杯、取り繕ったのか、ありえないことと思っているのか」

「さあ、どうでしょう」

「いずれにせよ、会社と家と、両方に揺さぶりはかけたわけだ」

服部はその台詞をひとりごとのように言うと、コートを手に持ったまま、この男の癖ともいえる伸びをした。

西の空ではそろそろ日が暮れかけていて、ぽっかり浮かんだ雲を半分だけオレンジ色に染めている。暖気を含んだ南風が吹いてきた。昨夜は真冬の冷えこみだったのに、今夜はコートも必要なさそうだ。

ポケットの携帯電話が鳴った。耳を当て応答する。しばらくの沈黙ののち男の声がした。

「やっぱり貴様か」花村だった。

「何か用ですか」驚いたが声には出さなかった。

「美穂の携帯からかけてんだ。リダイヤルを押してみたんだ。貴様、とことんおれをからかってくれるな」

「誤解ですよ」

「うるせえ。美穂は今シャワーを浴びてるぞ。どうだ、くやしいか」

「何を言ってるんですか」

「貴様は絶対に許さんからな」

それだけ言って電話は切れた。

「どうかしましたか」服部が顔をのぞき込む。

「いいえ、別に。なんでもありません」

「及川の遠張り、しますか」と服部。

「ああ、そうですね。した方がいいでしょう」

服部が首の骨を鳴らし、小さく息を吐く。それを見ていたら、自分の口からも吐息がもれた。胸の中では灰色の空気が重く澱んでいる。

14

人間の感情というものは反応に時間がかかるのだろうか。それとも一時的に回路を閉ざす装置でもあるのだろうか。及川恭子がその膝を震わせたのは、二人の刑事を見送ったあと、流しで湯呑み茶碗を洗っているときだった。

信じられないことだが、最初はそつなく応対できたという安堵があった。夫の上司から警察に付け入られないよう求められ、自分にそんなことができるのだろうかと、それだけを懸命に考えていた。だから少しも狼狽《ろうばい》せず乗りきったことに、まるでそれがすべての心配事であったかのように、胸を撫でおろしていたのだ。

ゆらゆらと目の前の景色が揺れ、何事だろうと下を向いたとき、膝が自分のものでなくなっていた。手を拭く余裕もなく、濡れたままの手で両方の膝を懸命に抑える。膝の震えは手に伝わり、それがたちまち全身に及んだ。立っていられなくて台所にへたりこんだ。関節という関節が勝手に笑っている。コントロールの利かない肉体をはじめて味わった。

恭子は歯を喰いしばり、落ち着け落ち着けと自分に言い聞かせた。もうすぐ子供が帰ってくる。こんな姿は絶対に見せられない。

混乱した頭で茂則のことを考えた。茂則の身にいったい何が起こったのだろう。いやそうではない。茂則が何かをしでかしたのだ。本社の上司の態度を硬くさせ、警察が関心を示すようなことを。

なんとか立ちあがり、椅子に腰かけた。テーブルに肘をつき、手で顔を覆った。

刑事の言葉を思いだそうとした。

頭がうまく働かず、言葉の断片しか出てこなかった。

車――。刑事はうちの車に興味をもっていた。現金で買ったのかと、そんなことを聞かれたはずだ。

そういえば会社の上司も同じことを聞いてきた。社内ローンで買ったと答えたものの、実際はそうではなかった。給与明細を見ても、そんな項目はなかったのだ。

茂則は嘘をついていた。社内ローンでないとしたら、車を買うお金はどこで工面をつけたのだろう。

いや、こんなことではない。もっと別の問題があったはずだ。車に関して――。

恭子は懸命に頭の中を整理しようと試みる。とにかく、動悸《どうき》だけでも治まってくればと左の乳房を力まかせにつかんでいた。

ゆうべ――。するりと出た言葉だった。車を……、車を病院に置いてきたのだ。茂則に頼まれて。連続放火があったという前の日に。

ガソリン、ペットボトル。また言葉が出た。刑事が言っていた。もっとも手っとり早いガソリンの入手方法は、車のガソリンタンクから抜きとることだと。

突然、脳裏に病室の光景が浮かんだ。夫のベッド脇のテーブルに、ミネラルウォーターのペットボトルがあった。確か昨日のことだ。

いや、それは考え過ぎだ。ペットボトルなんてどこにだって転がっている。

ベッドの下に運動靴があった。いやそれだって考え過ぎだ。

身体を起こした。思いきり胸を反らし、空気を吸いこんだ。

奥歯をかみしめたまま、何度も深呼吸した。

遠くで学校のチャイムが鳴っていた。午後五時を知らせるチャイムだ。本当に子供たちが帰ってくる。なんとかしなければ。とりあえず夕食の買い物に行こう。この場を逃れよう。たぶん青ざめているであろう自分の顔を子供たちに見せないために。

恭子は立ちあがると財布を手に、急いでテラスから庭に出た。短い留守のときはテラスの扉を一枚だけ鍵をかけないでおくのが、子供たちとの約束だった。

自転車を引いて車の脇をすり抜けた。ふと白いブルーバードを見やり、また刺すような痛みが胸に走った。

自転車を走らせ、住宅街を進む。気ばかりが急いてうまく物事が考えられない。ペダルを漕ぐ音がやけに鮮明に耳に飛びこんできた。カーディガンを羽織ってくるのを忘れたが、風は春のそれで、冷たさは感じない。むしろ汗ばむほどで、薄着で正解だと場ちがいなことを思った。もしかすると、頭の中は空っぽなのかもしれなかった。

五分ほどで近所のスーパーに到着し、恭子は買物かごを片手に店内を歩いた。ふらふらと進むうちに一周してしまい、我にかえって野菜売り場に戻る。何を買おうか。まるで脳が痺れたようでうまく算段が立てられない。とりあえず目の前のレタスを一個、かごに入れた。

何も作りたくない。その感情だけは判断できた。

なるべく簡単なものを。ハンバーグは……いや面倒すぎる。味噌汁も作りたくない心境だ。恭子はハンカチで額の汗を拭い、その場に立ちつくした。

誰かの視線を感じる。横を向いたら近所の主婦と視線がぶつかった。向こうがほほ笑んで会釈する。恭子も頭を下げ、咄嗟に踵をかえした。感じ悪く映っただろうが、今は普通に話す自信がない。

とりあえずおやつのプリンと牛乳をかごに入れた。卵も手に取った。

歩を進め、鮮魚コーナーの前を通った。刺し身でも買って帰ろうか。調理の必要がない。しかし時間を持て余すことも怖かった。たぶん、何かをしていたほうが考えごとをしなくて済むのだろう。

またカレーにしよう。恭子は靄《もや》がかかったような頭でそう思った。ぐつぐつと煮立つ鍋を、ときおりかき混ぜながら眺めていればいい。ジャガ芋もタマネギも買い置きがあったはずだ。レタスはちぎってサラダにしよう。ツナの缶詰と一緒に。ドレッシングもきれてはいない。

恭子は精肉コーナーへ小走りに向かい、豚肉をかごに入れた。そしていつも使っているカレールーを手に取り、レジに並んだ。恐らく何人かの顔見知りが店内にいるのだろうが、誰とも目を合わせたくないのでうつむいていた。

自分が何をすべきかよくわからなかった。いつのまにか胸の動悸は収まっていたが、全身が鉛のように重かった。

家に帰ると、香織と健太がテレビゲームで遊んでいた。カレーにするねとだけ言って台所に立った。子供たちは生返事をしてきただけだ。

タマネギを刻んでバターと一緒に炒めた。焦げつかないよう弱火にし、しゃもじでゆっくりとかき回した。手を休めることはなかった。

別のフライパンで炒めた肉とジャガ芋を鍋に沈め、水を注ぎ、固形スープを加えた。沸騰してからは丁寧にあくをとった。

「おかあさん、健太がね」香織が何事か言っている。「おねえちゃんこそ」健太が言いかえす。相手をしないでいたらいつのまにかやんでいた。ゲームに戻ったようだ。

炊飯ジャーが電子音を鳴らす。意識の端で聞いていた。うわの空というわけではない。カレーを作ること以外、何も受けつけたくないのだ。

弱火にし、とろ火で煮込んだ。湯気を顔に浴びながら、ポコポコと泡立つ鍋をじっと見ている。じんわりと血の気が戻っていく感覚があった。

子供と自分だけなので蜂蜜をスプーンにとって垂らした。味見をする。いつもと同じ味に仕上がっていたことにほっとした。

皿にご飯をよそい、カレーをかけた。匂いが引きよせたのか、子供たちはテーブルについていた。

子供たちと普通に会話ができるだろうか。別の不安が首をもたげる。

「食べてていいよ」そう言って恭子は風呂場に行った。浴槽に水を入れる。洗面台の鏡は避けた。自分の顔を見たくなかった。

鍬やスコップが出しっぱなしだったことを思いだし、庭に降りた。拾いあげて物置にしまった。部屋の中をのぞくと、子供たちはテレビを見ながら食事していた。

幸いなことに二人の好きなアニメをやっている。テレビに集中するので口を利くことはない。自分も混ざってカレーを食べた。

「おかあさん、おかわり」顔をテレビに向けたまま健太が皿を差しだす。香織も続いた。よそって二人に渡す。途中、風呂の水を止め、火を点けた。戻ってカレーに口をつけたが、一杯を食べるのがやっとだった。

食事が済むと、子供たちは再びテレビの前に座りこみ、歌番組を見ていた。恭子は流しで洗い物をする。普段より念入りに食器を洗った。時計を見る。まだ七時だ。なかなか時間が過ぎてくれない。

口を利かないのも不自然なので居間に行って声をかけた。

「宿題やったの？」

「春休みは宿題、ありませーん」

香織が節をつけるようにして言う。健太は恭子を無視し、司会のお笑いタレントのギャグに大口を開けて笑っていた。

小学生ともなればもう親にまとわりつく歳ではない。今はそれがありがたかった。

少し下がったところで恭子もテレビを眺めていた。

八時を過ぎて、子供たちが順に風呂に入った。いつもは一緒に入ることが多いけれど、一人ずつ入らせた。

その間は台所の掃除をしていた。ガスレンジの油汚れを、この際だから落とすことにした。タワシにクレンザーをつけ、力を込めてごしごしと磨《みが》いていった。くすんでいたステンレス板がたちまち光沢をのぞかせる。思いたったついでに換気扇も分解して磨いた。腕が痛くなったが、かまわず作業を続けた。

親に関心がないのか、それとも子供とは自分のことで手いっぱいの生き物なのか、香織も健太も母親の様子がおかしいのには気にも留めない。風呂を出ると二階の子供部屋へ上がっていった。

掃除を終える。つけっぱなしにしてあったテレビのスイッチを切り、恭子も風呂に入った。油断すると今日のことを考えてしまいそうなので、足をマッサージした。ふくらはぎから足首にかけて、余分な肉をつまみ出すように。いつかテレビで見た首の皺《しわ》取《と》りも試してみた。二本の指で顎の線をなぞるのだ。そんな詮ないことをしていた。

湯船を出て、スポンジで身体を隅々まで洗った。洗髪をし、トリートメントもした。一時間近くも風呂場ですごしていた。

午後九時半。そろそろ子供たちが寝る時間だ。階段の下で耳をすました。物音は聞こえてこない。寝室へ行き、布団を敷いた。普段なら寝るのは十一時過ぎだが、もう起きている気力がなかった。布団を被りたい。考えてみれば、刑事が帰ってからずっと、自分の望みは布団を被って丸くなることだったのだ。

家の中の施錠を確認し、パジャマに着替えた。布団に潜《もぐ》る。眠れるだろうか、そんな不安がよぎった。

目を固く閉じて頭から布団を被った。膝を折り曲げ小さくなった。

何も考えたくない。たとえつかのまでも、安らぎがほしい。

でもだめだった。

あぶり出しのように茂則の顔が脳裏に浮かぶと、連鎖して今日の出来事が記憶の淵から引きずりだされた。

茂則は何をしたのだろう。それは今の日常を損なうようなことなのだろうか。

おそるおそる考えを先に進めた。車のお金の出どころからはじまって、ガソリン、ペットボトル……。胸が締めつけられた。闇に引きこまれそうな錯覚をおぼえた。

茂則は警察に疑われているのだ。何を？

また身体が震えた。自問する必要はない。本当は、何を疑われているのかとっくにわかっている。その部分を避けていただけのことなのだ。

放火——。頭の中ではっきり言葉にしたら、目を閉じているのに視界が真っ黒になった。そこにあるのは距離感さえない暗闇だ。

何かの間違いだ。そう思いたい。

脳が激しく揺すぶられている。縮こまって懸命に耐えた。奥まで潜りこんだ。もはや自分を守ってくれるのは一枚の布団だけだ。

そして突然、ひとつの光景がポンと記憶のスクリーンに映しだされた。

ポンプ——。園芸センターで荷物を積んだときだ。車のトランクにプラスチック製のポンプがあったのだ。あのときは何だろうと気にも留めなかったが。

震えが急に激しくなった。どんどんと心臓が波打っている。どっちが上か下かもわからなくなった。

やっぱり茂則はそういう人間なのだろうか。恭子は遥か昔のことを思いだす。

結婚式の日、それぞれの友人と一緒に二次会へとなだれ込んだ。みんなで騒いでいるとき、義父が現れ茂則を手招きした。店の隅に呼び寄せ、お金を手渡していた。恭子はたまたまそれを見ていた。この店の支払いだろうと思った。義父は自分のポケットマネーから出したのだ。息子の友人たちに払わせてはいけないと。

ところが宴がお開きになったとき、茂則は声を張りあげた。「おい。男は五千円、女は四千円な」そう言ってみんなからお金を集めはじめたのだ。

めでたい日にケチがついたような気になった。些細な出来事だが、記憶に残った。夫は悪い人間ではない。やさしいし、人付き合いもいい。しかし、つまらない不正をする……。

今度は呼吸が苦しくなった。目に涙が滲み、恭子は小さく嗚咽《おえつ》を漏らしていた。こんな恐怖を味わったのは三十四年の人生で初めてだった。

翌日、恭子はパートに出た。本当は休みたかったが、家に一人でいることの方が怖かった。また会社の人間や刑事が来たら——。それを思うとじっとしていられなかった。

単純な作業であることがせめてもの救いだ。人と会って話をしたり頭を使ったりする仕事だったら、今の自分は使いものにならないだろう。

恭子は黙々とレジを打った。商品をかごからかごへと移し、機械的に頭を下げた。昨夜は浅い眠りを何度も繰りかえすばかりで、睡眠をとったのか起きていたのかわからないような一夜だった。覚醒するたびに絶望的な気分になり、心細さに身体を震わせた。茂則が事件を起こしたのだとしたら……。その考えに近づくだけで胸に刺すような痛みが走った。

朝になると少しは落ち着いたものの、暗い気持ちは変わらなかった。子供に朝食を

とらせる間も、じわじわと湧きおこる不安感を抑えることばかりに神経を使ってい
た。
　この日のいちばんの気がかりは夫の見舞いだった。朝起きて、その日課があること
に気づいた。まさか行かないで済ませるわけにはいかない。茂則はどんな態度をとる
のだろう。そして自分はどんな顔をすればいいのか。まずは大部屋に移ったことから
話題にしなければならない。それすらもいい考えが浮かんでこない。
「及川さん」顔をあげると、淑子が缶詰を両手に抱えて目の前に立っていた。「これ
お願い」そう言って白い歯を見せる。どうやら今日は缶詰が特売品らしい。
　小さく笑みをかえして商品をセンサーに通す。受けとりながら、淑子は後続の客が
いないことを確認して身を乗りだした。
「このスーパー、本店でなんかあったみたい」
「なんかって？」
「わかんないけど、店長とか課長とかが慌ててる。ほら、前に別の店のパートの人か
ら電話があったって言ってたでしょう。確か小室とかいう人。そのことじゃないかな
あ。みんな聞かれてるのよ。雇用契約のことで誰かから電話はなかったかって。わた
し、面倒臭いから、知らないって答えたけど」
　恭子は周囲を見回し、声をひそめた。「実をいうと、わたし、会ったんですよね。

小室って人と」

「うそ。いつ？」

「つい最近。二、三日前かな。喫茶店で」

「それで」

「パートも有給休暇や退職金がもらえるんだって。だからみんなで店側に要求しましょうって」

「へえー、そうなんだ。有給休暇なんてあるんだ」

「でも断った。絶対居づらくなるに決まってるから」

「そうよねえ。誰かやってくれるのはいいんだけど」

調子のいいことだと自分でも思っているのか、淑子はおどけて舌を出す。そうか、小室という人は動いたんだ。恭子は小室の意志の強そうな顔を思いだした。きっと理路整然と店側に要求をつきつけているのだろう。その姿を想像した。自分に彼女の強さの半分でもあれば、と妙な羨望の気持ちを抱いた。

「それから、岸本さんが、磯田さんに水を売りつけられた」淑子が耳元で言う。

「なに？　それ」

「有機野菜だけじゃなくて水も勧めて回ってるのよ」

淑子が去ると入れ替わるように店長の榊原がやってきた。相変わらず目を見ないで

「あ、ちょっと」と手招きする。

「つかぬことを聞くようだけど、多摩店でパートやってる小室さんって知ってる？」

「いいえ」何喰わぬ顔でかぶりを振る。

榊原は、じゃあいいやとつぶやくと、次のレジへ移っていった。ちらりと見た榊原の顔は苦渋の色が滲みでている。きっと小室の要求は、それだけ店側にとって都合の悪いことなのだ。心の中で彼女に声援を送っていた。

仕事中はできるだけ別のことを考えるようにした。あのことを少しでも思うと、たちまち体温が失われるからだ。休憩時間もパート仲間と積極的に言葉を交わした。幸いなことに小室の噂でもちきりだったので話題には困らなかった。ほかの店に知り合いがいるパートが携帯電話で情報を仕入れていた。共産党という言葉が飛びかった。みんなが陰では、どうやら共産党員らしい小室に期待していた。

足が地面についていないような不思議な半日だった。

午後二時半に仕事が終わり、恭子は自転車を漕いで病院へ向かった。法廷に立たされる被告人とはこんな気持ちなのかもしれない。これ以上、自分に用意された逃げ場はなかった。どんな現実が待っているのか、ひたすら怖かった。子供たちはそのまま児童館で遊ばせることにした。連れていく勇気はなかった。

自転車を漕ぐと、残酷なほど正確に病院との距離は縮まっていった。結局なんら心の準備はできなかった。夫にかける言葉も思いつかなかった。これほど時の流れを恨めしく思ったことはなかった。コンクリートの建物が道の向こうに見えたときは、心底泣きたくなった。

病棟に入り、階段をのぼった。今日は五階ではなく四階だ。個室から大部屋へ移ったのだ。廊下で看護婦に会釈する。歩きながらおなかに力を入れた。確か本社の上司は八号室だと言っていた。そのプレートが廊下の先に見えた。その下まで行くと「及川」という手書きの名札が他人の名前に混じってかかっていた。

扉は開いたままだ。恭子が首を伸ばし中をのぞく。笑顔を作った。本能的にそうしていた。

茂則はいちばん窓際のベッドにいた。背もたれを起こし、雑誌を読んでいた。人影に気づいたのか茂則がこちらを見る。「よお」と声は出さずに口の形だけで言い、いたずらっぽく顔をしかめた。続けて白い歯を見せる。自然な笑みだった。

瞬間、恭子の肩から力が抜けた。

夫が笑っている。窓から差しこむ春の陽を浴びながら。

自分のからだがスーッと軽くなるのがわかった。この変化をどう理解していいのかわからない。ただ、恭子から恐怖の感情は消えていた。

誰とはなしに病室の患者たちに目礼し、恭子は中に入った。夫のところへ歩く。

「あなたの会社、ケチだね」するりと出た言葉だった。

「まったくな。あと四、五日だっていうのに」

茂則が包帯を巻いた手で頭をかく。口をとがらせての物言いだったが、どこか冗談めいていた。

「昨日、本社の戸田さんっていう人が来たよ」

「ほんとに？　なんて言ってた」

「申し訳ないが大部屋に移ってもらったって」

「なんだ。ナースステーションで聞いて来たわけじゃないんだ」

顔色ひとつ変えずに言う。茂則は普段どおりだった。

「あなた、本社に嫌われてるんじゃないの」

「かもな」恭子を見て苦笑する。「おまけに警察には疑われるし」

「そうなの？」

茂則はそのことを自分から言いだした。恭子がどう聞いていいのかさんざん悩んでいたことを。

「第一発見者を疑うのは捜査の基本なんだってさ。ほら、背の高い二人組がいただろう。九野っていう刑事と服部っていう刑事。あいつら暴力団の捜査班から外されてるもんだから、むきになってやがるんだよ」

「へえー、そうなんだ。頭に来るね」

昨日家までやって来た刑事の顔を思い浮かべた。物腰は柔らかいが失礼なことばかり聞いた連中だ。

「それで刑事が会社にいろいろ吹き込むわけよ。だから会社も個室だとしつこくつきまとわれると思ったんじゃないの」

そういうことなのか？　胸がふくらむ感じがした。

「結局、警察だって会社と一緒でさ。業績を競ってんだよ、あいつら」

茂則は普通だった。むしろ機嫌がよくさえ思えた。

「人権侵害だよ、これって。ほら、松本サリン事件みたいなこともあったしさ。警察って強引な真似するんだよな。今度なんか言ってきたら弁護士でも雇ってやるか」

「そうだね」答えながら、先日会った弁護士を思いだした。小室と一緒に現れた、荻原と名乗った男だ。一度会っただけなのに急に近しく思った。その世界にまるであてがないわけではないのだ。

胸の中で渦巻いていた靄がみるみる消えていく。

昨日の心配はまったくの取り越し苦労だったのか。感情の変化がめまぐるしくて、冷静な判断などできない。けれど恭子は大きく安堵していた。少なくとも、意識の端に巣くっていた最悪の空想は、現実のものとはならなかったのだ。

「香織と健太は？」茂則が聞いた。

「児童館で遊んでる。病院に来るのはもう飽きたみたい」

「そんなもんだよ、子供って。おれも子供のころ、親父が交通事故で入院したことがあったけど、まったく他人事みたいに思ってたもんな」

「ふふ」笑いながら、夫婦なのになんだか照れた。

「ところでガーデニングはどうなったのよ」

「うん。場所だけ決めて一応掘りかえしたけど」

茂則は本当に機嫌がいいようで、いろいろな話題をふってきた。やさしい目をしていた。おかしなことだとは少しも思わなかった。

ただただ恭子はうれしかった。この場が、何かを宣告される場にならなかったことが。そして自分が何も失わずに済んだことが。

三十分ほどおしゃべりをして病院をあとにした。

自転車を漕ぎながら、行きとは町の風景までちがって見えることに恭子は驚いた。

もしかすると疑問は何も解決していないのかもしれないが、今日はこれ以上、歩を進めたくはなかった。今の安堵感を手放したくなかった。

本当は何かあるのかもしれない。いや、何もないということはないのだろう。車の購入資金のことだってある。

でも、いい。少しずつわかればいい。急がなくったっていい。

暖かい南風を正面から受け、思わず笑みがこぼれた。

夫が放火犯かもしれないなんて、なんとまあ馬鹿げた空想をしたものか。

腰を浮かせて自転車を漕いだ。今日はちゃんとした夕飯を作ろうと恭子は思った。

15

「九野よ。おぬし、最近はもっぱら夜勤だそうじゃないか」

午後七時からの捜査会議を終えて廊下に出ると、佐伯から声がかかった。内容のない会議にうんざりした様子で、口の端を皮肉っぽく持ちあげている。

「ええ、まあ」九野薫は生返事をしてお茶を濁そうとした。

「本庁出身は水臭えな。同僚にも保秘《ホヒ》か」並びかけて肩に手を回す。「地域課の奴から聞いたんだ。巡回中に見かけたってよ」

会議室から出てきた服部と目が合った。署の人間といるのに遠慮してか、食事をするジェスチャーをすると一人で階段を降りていく。

「おい、おれたちも飯といこうじゃないか」

　佐伯は大きく息をつき、首を左右に曲げ関節を鳴らした。

「地取りしたって何も出てきやしねえ。不審者もいるにはいるんだが、つながるもんは何もなし」

「ふふ。そうですね」

「企業とマルBがからむと、上の連中の張り切ること張り切ること」

「ブン屋が注目するからでしょう」

「まったくだ。今日なんか元組員っていう産廃業者の家までガサ入れだ。本庁はむちゃしやがる」

　九野が目を伏せて苦笑する。

「裏の単身寮にでも行くか。近所の店は署の人間ばかりだ。ここんとこ揚げ物炒め物で胃がもたれてるしな」佐伯は自分の腹をさすって言った。「賄《まかな》いのおばちゃんとは顔見知りだ。堅いことは言わないさ」

　いいですね、とうなずいた。九野も脂っこいものを食べたい気分ではない。

　中庭を抜けて同じ敷地内の寮に足を踏みいれた。佐伯はサンダル履きで、踵を引きずる音が廊下に響いている。新しく建て替えられたばかりの単身寮はまだ塗料の匂いがした。二人で食堂に入り、カウンターから奥の厨房をのぞく。数人の賄い婦たちが後片づけをしていた。

「お嬢さん。二人分、ある?」佐伯が声をかけた。

「あらー、佐伯さん。もう売れちゃった。ショウガ焼きだったんだけど」五十がらみの女が明るい笑みを見せる。「でも、ご飯なら残ってる。焼き飯ぐらいなら作れるけど」

「上等、上等」佐伯が厨房の暖簾《のれん》をくぐり、九野もあとに続いた。「でも、油は少なめにしてね」

「あら、胃でも悪いの」

「ううん、さっぱりしたもんが喰いたいだけ」

「じゃあ、おにぎりにする?」

九野は賄い婦と佐伯のやりとりを聞きながら厨房を見回した。ガラス張りの大きな冷蔵庫があり、その中に卵や椎茸があった。野菜もいくつか見える。

「ぼくが何か作りましょうか。さっぱりしたやつ」ふとそんなことを言ってみた。

「おぬし、料理できるのか」佐伯が意外そうな顔をする。

「できますよ。独身だから」

「おお、じゃあ頼もうかな。このお嬢さんたち、ときどき毒を盛るって噂だからな」

「あらー、なんで知ってるの」

賄い婦が言いかえし、佐伯とじゃれている。ほかの女たちも話に加わり、厨房の一角で佐伯を中心としたおしゃべりが始まった。

九野は冷蔵庫から椎茸と根菜類を取りだし、包丁で千切りにしていった。鰹でだしをとり、醬油や味醂《みりん》を加え、その中に材料をほうり込む。並行して卵焼きを作った。さやえんどうも茹《ゆ》でた。

いつのまにか佐伯と賄い婦たちはビールを飲んでいた。食堂に残っていた若い巡査に買いに行かせたらしい。にぎやかな笑い声が厨房に響いている。

何かほかに具になるものはと棚を物色したらツナの缶詰が出てきた。それも使うことにした。彩りにもなるだろう。

包丁を使って卵焼きを細く切り、金糸たまごを作った。

木の桶《おけ》がなかったので鉄製のトレイにご飯を入れ、合わせ酢を振りかけた。しゃもじを使って切るようにかき混ぜていく。

その匂いが厨房に充満したせいか、佐伯が近づいてきた。

「おい、何作ってんだ」怪訝そうに聞く。

「ちらし寿司ですよ」

「ちらし寿司？」唖然とした表情で、眉をひそめている。「……おぬし、そんなもん作れるのか」

「嫌いでしたか」

「いいや、好物さ。でも、なんでまた、そんな手のかかるものを……」

賄い婦たちも寄ってきて、口々に驚きの声をあげていた。佐伯は不思議そうに九野を見つめると、しきりに首を捻り、ビールを片手に食堂へと歩いていった。

ちらし寿司が出来上がり、誰もいなくなった食堂で二人向き合った。

「いいじゃねえか、一杯ぐらい」佐伯がビールを勧めようとする。

「まだ仕事中ですから」

「だから一杯だけだ」

グラスに無理矢理ビールを注がれ、仕方なく半分ほど喉をくぐらせた。空腹だったせいか内臓全体に滲みていった。

佐伯がちらしを頬ばる。「うん、うめえ」と言ったのち、「でも、おぬしも変わってんな」と小さく苦笑いした。

「ところで、病院、張ってんだって」佐伯が言った。「二夜連続で覆面が脇の通りに停まってたってよ」

「署内で顔が利くといろいろ情報が入っていいですね。こっちなんか婦警までよそよそしいですよ」

「単に長くいるだけのことだ。出世の見込みのない者同士は仲がいいんだよ」

「またそんな……」軽くほほ笑んだ。

「参考人名簿を見たけどなんにも書いてねえ。おぬしら報告を怠ってるな」

「堅いことは言わないでくださいよ」

「もちろん言わねえさ。でもな」佐伯が手酌《てじゃく》でビールを注ぎたす。「何かつかんでることがあるのなら、匂わすぐれえのことは会議で言えよ。でねえと捜査はあさっての方向へ行っちまうぞ」

九野がグラスを飲み干すと、佐伯が素早く酌をしてきた。もう飲む気はないのでそのままにしておいた。

「実はな、会議では出てこねえが、ハイテックスと清和会はとっくに取引してやがったんだ」

「はい？」意味がわからないので眉を寄せた。

「去年、恐喝事件があって幹部が引っぱられたろう。あのあとで清和会系の清掃会社が、今度移転するハイテックス本社社屋の清掃を丸ごと請け負うことで話がついてんだ。やくざと企業なんてそんなもんよ。抜け目ねえったらありゃしねえ」

「そうなんですか」

「清和会がとうとう泣きついてきたんだ。だからうちがやるわけないでしょうって。締めつけがきついから、音《ね》をあげたんだよ」

黙って聞いていた。気が変わって自分も再びビールに口をつけた。

「ところが本庁の管理官は聞かねえふりだ。何がなんでも清和会を挙げろって、てめえのメンツばかり気にしてやがる」

佐伯は背もたれに身体を預けると、ふんと鼻を鳴らした。

「で、おぬしの釣ろうとしてる魚のことだ。病院を張ってるとなりゃあ対象は第一発見者の及川茂則だ。狂言の目があると踏んでるわけだろう」

「ただの勘ですよ。証拠があるわけじゃないんです」

「でもおぬしの中じゃあ心証はクロなわけだ」

「クロってほどじゃ」

「とにかく、おれに言わなくたっていいから管理官には報告しておけよ。あの本庁の、なんて名前だっけ、二メートルぐらいある奴」

「そんなにあるわけないでしょう。服部さんです」

「その服部に言わせろよ」

「相談してみます」

「マル暴の連中も頭抱えてるよ」と佐伯。

「そうでしょうね」

「いい気味っていいやあいい気味なんだがな」

　返答に困って下を向いていた。

「現場の連中にしたって、ガサも入れたし幹部も引っぱったし、引くに引けねえんだ。誰でもいいから若いのを自首させろってよ。無茶しやがる。立件はどうするつもりなんだ。地検まで丸めこむつもりか。放火は重罪だぞ。ヤクや賭博とはわけがちがうんだ。清和会だってそう簡単に取引に応じるもんか」

　佐伯はちらしを頰ばりながら話している。途中でビールを流しこむ器用さだ。

「及川の線は本当に勘だけなのか」

「……ええ」

「じゃあ早めに手をうっておけよ。管理官に経過報告をするとか、さっさと物証をつかむとか。もしもこれ以上清和会を痛めつけると、内輪の問題じゃなくなるぞ。弁護士もこれはひどいって騒ぎはじめてんだ」

「はい」

「任意同行できないのか」

「考えてはいます。時期を見計らって。なにせ今は入院中ですから」

「医者に事情を話せ。病院なんてのはな、放っておけばいつまでも入院させようとするんだよ。うちのせがれにしたってそうだ。なんやかんや理由をつけて通わせやがる。治りもしねえのに薬漬けだ」

いつのまにか佐伯の話は病院批判になった。佐伯の子供はそろそろ車椅子が必要で、その購入先まで病院が指定して紹介料をとるのだそうだ。

「万事利権が絡むところなんか警察とそっくりだ」そう言ってぎょろ目を剝く。

九野は黙って口を動かしていた。厨房では仕事を終えた賄い婦たちがおしゃべりをしている。

「呉服屋の娘の件は、先延ばしだな」

「来年でいいですよ」

「馬鹿。そうはいくか。向こうはおぬしのこと気にいってんだ。顔を忘れるといけないから写真をくださいってよ。可愛いじゃねえか。おれが探して渡してやったよ」

「なんでわたしの写真なんか持ってるんですか」

「慰安旅行で箱根に行ったろ。そんときのだ」

「もしかして、井上と二人でピンクレディーやったやつじゃ」

「おお、それだ」

「ひでえ上司だ」顔をしかめた。

「面白そうな人だって、ますます気にいってたよ。警官っていやあ堅物のイメージがあるからな。ああいうのがちょうどいいんだ」

「なにもそんな写真を」

「がたがた言うな」佐伯が食べ終え、爪楊枝を口にくわえた。大きく息を吐き、座ったまま伸びをしている。「しかしまあ……」小さく吹きだした。「ちらし寿司を自分で作る刑事がいるとはな」

よほどおかしいのか、しばらく佐伯は一人でにやにやしていた。

日付が替わるまで署の道場で横になり、九野は服部と覆面PCに乗りこんだ。この行動に口をはさむ者はいなかった。捜査員同士の横の連絡はなく、とくに捜査本部が設置されて本庁の刑事が加わるとその傾向は強まった。

まずは及川の自宅前を通り、ガレージに車があることを確認した。実のところそれで夜張りの意義は半減するのだが、万が一のことを考えると休むわけにはいかなかった。刑事の仕事の大半が徒労に終わることにはとうに納得している。

市民病院の横の通りに車を停め、エンジンを切った。その場所からは外科病棟の非常階段と駐車場が見渡せる。あとは夜が白み新聞配達が動きだすまでの四時間ほどが、九野と服部の張り込みの時間だ。退屈だがルーティンワークとなれば、たいていの仕事は慣れることができた。

「しかしあの管理官は無能だよなあ」服部がシートを目いっぱいスライドさせてつぶやく。靴を脱いで長い足を組んだ。「馬鹿のひとつ覚えみたいに連日、清和会の家宅捜索でしょう。よくあれで警視になれたもんだ」

「引っこみがつかないんじゃないですか。マスコミの手前もあるし」

九野もシートをスライドさせた。軽く背もたれを倒し、腕を頭のうしろで組む。眼球に疲労が張りついていたので何度も目をしばたたかせた。

「ところで、何の話だったんですか」と服部。顔は外に向けている。

「はい？」

「おたくの上司ですよ。佐伯さんでしたっけ」

「それだけ？」

「地取りやっても何も出ないっていう、ぼやきみたいなもんですよ」

「まあ、それ以外にもいろいろと」

「我々の夜張りは知ってるんでしょう」

「ええ、知ってるようです」

「巡回中の署員に見られてますから、当然でしょうけどね。で、ほかの連中も知ってるわけですか」

「さあ、ぺらぺらしゃべる人じゃないから」

「ま、四課に知られなきゃいいか」

「どうです。服部さん」身体を起こして服部の後頭部に話しかけた。「そろそろ任意で呼んで話を聞きませんか」

「及川をですか」

「やつが本ボシなら動揺しきってますよ。気の小さいど素人だし、シラは切りとおせんでしょう」

「どうかなあ」服部は思案するように顎をさすった。「事情を聴きに行ったら青い顔をした、ぐらいじゃあ、上も許可はしないでしょう」

「事件当日に本社からの会計監査が予定されていたんですよ。それだけでも充分です。それに、二度目の連続放火の前日には車を妻にわざわざ運ばせてます」

服部はすぐには返事をしなかった。ダッシュボードから布を取りだすと、曇りかけた窓を丁寧にこすった。

「あと三、四日待ちませんか」

「三、四日というのは」

「そのころには及川も退院するでしょう。それからでもいいと思うんですよ」

「でも、四課がこれ以上清和会を締めあげると」

「大丈夫ですよ。やくざなんかいくら締めあげたところで自業自得でしょう」

「それはそうかもしれませんが」

「それより、ハイテックスの方をもう少し追及してみませんか」

「本社ですか」

「支社の方が崩しやすいかな。そろそろ噂がたってるころでしょう。病室が大部屋になったとか、刑事が頻繁に訪れてるとか。四十人かそこらの職場だから、いくら本社が釘《くぎ》を刺したところで黙ってなんかいられませんよ」

「そうでしょうね」

「とにかく、あと三、四日——」服部は身体をひねると、後部座席に置いてあった膝掛けを手に取った。一枚を九野に手渡し、もう一枚を自分の膝に乗せる。「待ちましょうよ。いいでしょう」

九野は何か言いたかったが、無理に逆らおうとも思わなかった。

しばらく黙ったまま外を見ていた。

張り込みはコンビを組む捜査員によっては気詰まりなものだが、服部は無口でも話し好きでもない加減のよさがありがたかった。なにより九野の私生活に関心を向けないのがいい。もっともその分、考えていることはわからない。

瞼にいっそう重さを感じたので目薬を差そうとした。

「九野さん、一時間だけ寝ててもいいですよ」

大丈夫ですと断った。そんな器用な睡眠をとることは無理だった。

服部が向きを変え、少し思案げに九野の顔を見つめる。

「じゃあ、ぼくが寝てもいいかな」

「どうぞ。どうせあと二時間くらいのものだから、ずっと寝ててもいいですよ」

「いえ、一時間で起こしてください。けじめがつかないし」

服部は膝掛けを胸まで引きあげると、シートをリクライニングさせた。長い身体を横たえ、静かに目を閉じている。どこでも寝られる体質らしく、三分と経たずにかすかな寝息が聞こえてきた。

あらためて目薬を差し、九野は窓の外に目をこらす。周囲はしんと静まりかえり、暗闇の中、病院の駐車場のアスファルトだけが外灯に青白く照らされていた。

建物に明かりはない。あの一室で及川はどんな思いで寝ているのだろう。九野は重い頭でぼんやり想像した。


日が昇ってからは、朝礼と変わらない朝の会議に顔だけ出し、それぞれ一度帰宅した。服部はどんなに忙しくても毎日風呂には入るという主義の持ち主で、無精髭が頬を覆うのもいやなのだそうだ。

九野は帰ると、まず仏壇に飾った早苗の遺影に「ただいま」と語りかけ、線香を焚いた。服部っていう性格のつかめない相方がいてね――。しばらくおしゃべりをした。そして義母に電話をした。前回は留守だったので、ちゃんと声を聞かせたかった。

ところがまた義母は留守だった。朝の九時からどこへ出かけるのかと一度は訝《いぶか》しんだが、義母は義母で予定があるのだろうと思い直すことにした。年寄りが暇だと決めつけるのは、たぶん不遜な思いこみなのだ。

この朝は久しぶりに薬を飲んだ。胃が荒れるといけないので、牛乳と一緒に安定剤を三錠流しこんだ。するとシャワーを浴びている最中から睡魔がやってきて、髪を乾かす暇もなくベッドに倒れこんだ。なんとか意識を働かせ、目覚ましを三つまとめてセットした。おかげで寝過ごすことはなかった。覚醒に時間がかかったが、新聞を読み終えたころには頭もはっきりしてきた。食事はシリアルとヨーグルトで済ませて午後に署に出向くと、井上が暗い顔で待ち構えていた。

井上は書類を書く手を休め、上目遣いに九野を見る。

「九野さん。やばいことになってますよ」声をひそめて上の階へ顎をしゃくった。

「なんだ。何かあったのか」

「いつだったか、花村さんのコレのところのマンションを張ってたとき」井上が小指を立てる。「ガキ共を殴ったことがあったでしょう」

「ああ。あったな」

「そのうちの一人が被害届、出しましたよ。顎の骨が折れてたそうです」

「被害届が出たのはいつだ」

「今日です」

「受理したのか」

「だからまずいんですよ」

「どこの馬鹿が受理したんだ」頭に血が昇った。

「花村氏ですよ。九野さん、やられましたね」

課内を見渡す。花村はどこにもいなかった。

一旦脱いだ上着を手に取り、暴力犯係へ行った。デスクワークをしている若い刑事をつかまえて「花村はどこだ」と語気強く聞く。九野の剣幕におされて男は一瞬たじろいだが、よその係の人間に上司を呼び捨てにされたのが不愉快だったのか、「知らないね」とぞんざいに返事した。

「携帯で呼びだせ。今すぐ」

その言葉に男はこめかみを赤くした。

「あんたに命令される筋合いはないだろう」

「なんだと」

「九野さん」

うしろから腕をつかまれた。井上が顔を歪めてかぶりを振っていた。周囲の視線が自分に向かっている。自分でも意外なほどの気持ちの昂《たか》ぶりだった。

井上の腕を振りほどき、荒い息をついた。暴力犯係の男が敵意のこもった目で九野を睨みつけている。その目を見たらまた顔が熱くなった。

「花村に言っておけ。恩給もつかない懲戒にしてやるってな」

「あんたにそんな力があるもんか」

「九野さん」井上が今度は腰を抱きかかえた。「落ち着いてください」

べつの刑事も駆け寄ってきて九野を押さえた。大丈夫だ、上の連中が取り下げさせるさと耳元で低く言っていた。

二人になだめられた形で机に戻る。ふと視線を落とすとメモがあり、宇田係長の名で副署長室に出頭するようにと書かれてあった。握り潰して部屋を出た。

興奮はまだ続いていたようで、五階に駆けあがると、副署長室のドアを思わずノックなしで開けた。そこには宇田係長がいて、硬い表情でソファに浅く腰かけていた。

工藤副署長は机で手にした書類を眺めている。

「九野。どうして事前に報告しない」宇田が冷たく言った。「重大な服務違反だぞ」

かちんときた。報告すればしたで、この小心な上司は取りあわないに決まっているのだ。返事をしないでソファに腰をおろした。

「事情を説明しろ」今度は工藤が口を開いた。鷲鼻が上下に動く。「相手は高校生だぞ」

「そうですか」静かに言った。

「知らなかったのか」宇田は貧乏揺すりをしていた。

「学生服を着ていたわけじゃないので。だいいち相手になっただけのことですよ。先に手を出したのは少年たちです」

「そうなのか」宇田が意外そうな声を出す。「でも、向こうの言い分は逆だぞ。深夜に公民館前でたむろしてたら、刑事に職質《ショクシツ》され、ふてくされた態度をとったらいきなり殴られたって話だ」

「花村の野郎」九野が口の中で罵った。

「なんだ」

「とにかく、先に殴りかかってきたのはガキ共です」

「じゃあどうしてうちに被害届を出しに来たんだ。それにおまえを名指しだぞ」

「さあ。井上が止めに入ったとき、わたしの名前を呼んだからじゃないですか」

「三月十六日っていえば」工藤が口をはさんだ。「花村の女のマンションを張ってた時期だろう」

「……ええ」

「発生場所を見ると、女のマンションと同じ番地だ。それで受理したのが花村というのはどういうことだ。何かあるんじゃないのか」

九野は答えに窮した。花村が仕掛けたことだと言えば、あの夜、花村と対面した事実が工藤に知れる。工藤には、女のマンションに花村は現れなかったと虚偽の報告をしている。

「すいません……とにかくわたしが行って被害届を下げさせます」

「答えになってないぞ」工藤が厳しい口調で言った。

「わたしが責任をもって処理しますので」

「九野。ちゃんと答えろ」

「ですから」

「ですからなんだ」

咳ばらいをした。痰が喉にからんだので続けて唸った。

宇田が険しい目で自分を見据えている。無視して顔を背けた。

「すいません……実は」自分の立場も悪くなるが、もう花村を庇《かば》う理由はない。「花村氏はあの晩、女のマンションにいました。張ってるところを少年たちに囲まれ、諍《いさか》いごとになりました。それでちょっとした騒ぎになり、花村氏に知られました」

「まったく、この馬鹿者が」

工藤の眉が吊りあがった。これで工藤の信頼を失ったなと妙に乾いた心で九野は思った。

16

昨日あたりから身体の調子がおかしかった。

スーパーへの道すがら、及川恭子は自転車を漕ぎながら、片手で胸をたたく。おくびが断続的に込みあげてくるのだ。苦しいというほどではないが、肺の中に何かが溜まっている感じがした。ガスを意識的に抜いてやらないと、うまく呼吸ができない。家にいるときは頻繁にミネラルウォーターを飲んだ。そうすると気が紛《まぎ》れた。

茂則の一件は頭の隅から追いだした。努力すればそうできることが不思議だった。本社の上司と刑事が家へ訪れた翌日、病院で夫の明るい笑顔を見て安堵した。あられもなくうろたえた自分を馬鹿だと思った。

しかし夜になると、いとも簡単にその気持ちは崩れた。

遅くまで浴槽の掃除をし、一人床について電気を消したときだ。油断したのだろうか、ふと車のトランクにあったポンプが頭に浮かんだ。家にはなかった真新しいポンプだ。赤いキャップ部分が知らぬ間に目に焼きついていた。すると閉じていた箱の蓋《ふた》が開き、中からこぼれ落ちるように次々と疑問が湧きでてきた。

車は社内ローンで購入したものではなかった。おまけに夫の残業手当は思っていたよりずっと少なかった。いつだったか寿司屋で高価な食事をしたことにまで、よからぬ想像が働いた。疑問はひとつとして解決していないのだ。

たちまち身体がバランスを失った。布団の中で横になっているのに、右に左に揺れている錯覚を味わった。底のない闇に引っぱられそうになるのを、歯を喰いしばって懸命に耐えた。まるで親とはぐれた子供のような心細さだった。

じっとしていられなくなって、恭子は布団を抜けだした。居間に行き、そこでしばらくテレビを見ていた。これまで縁のなかった深夜番組をぼんやりと眺め、なんとか心を落ち着かせようとした。

見たこともない若いタレントが、水着の娘たちと戯《たわむ》れている。無邪気な笑顔が羨《うらや》ましかった。

そんなはずはないと無理に思った。茂則にそんな大それたことができるわけがない。だいいち怪我をしたのだ。自分でしておいて、いったい誰が火の中に飛びこむものか。

それに理由が見つからない。会社での出来事はときどき聞いていたが、愚痴をこぼすようなことはなかったし、彼自身の人生にも不満はないはずだ。こうして一戸建を持てたのだし。

大きく息を吐く。少しだけ持ち直した。ひとつの心の中でふたつの気持ちが攻防を繰りひろげている。ふくらみかけた希望の方の感情を損なわないように、恭子はゆっくりと寝室に戻った。水が満ちたコップを運ぶような慎重さだった。バランスを保ちながら、廊下をそっと歩いた。

布団にもぐってからは別のことを考えた。花壇を早く完成させよう。一日でも早く花を見てみたい。色とりどりの花が咲き乱れる我が家の庭を想像した。

そうしてやっとのことで眠りにつくことができたのだ。

それ以降、ときどき首をもたげそうになる悲観的想像に、恭子は目を背けることで回避している。水が怖ければ、水辺に近寄らなければよいのだ。今の恭子の望みは、とにかく平静でいたいということだった。

子供とは普段どおりの接し方をしている。今のところ、香織も健太も母親の様子が変だとは思っていない。児童館にもっていく弁当には、タコの形にカットしたウインナーを入れてやった。作りながら、自分にはこれくらいの余裕だってあるのだ、と己を勇気づけた。

スーパーの控室に入ると、パートの女たちがなにやらひそひそ話をしていた。西尾淑子と岸本久美もその輪に加わっている。恭子と目が合うなり淑子が「ねえねえ」と手招きした。

「わたしたち、店長に一人一人呼ばれるみたい」

「どうして」恭子が隣の椅子に腰かける。

「岸本さんが一番手で呼ばれたの」

「たまたま早く着いたから」久美が言った。

「今は磯田さんが呼ばれてる。何かの書類にサインさせられるんだって」

恭子が久美を見る。久美は口をとがらせて「だってむずかしいこと言われたって、わたしわかんないし」とか細い声をだした。

「どういうこと」

「わからないならサインなんかしちゃだめだって」

年配の女が非難するように言った。どうやら何かの書類にサインをした久美が、主婦たちに詰問されていたらしい。

「どういうことが書いてあったのか思いだしてよ」と淑子。

「確か契約書みたいなものだと思うんですけど」

「それだけじゃ」

「店長はなんて言ってたの」誰かが口をはさむ。

「一応、パートのみなさんと雇用契約を結ぶことになりましたって。それで形だけでいいからここにサインしてくださいって言うから……」

久美は説明を試みるのだが、肝心の内容となるとまるで要領を得なかった。

「よく読まなかったの？」恭子が聞いた。

「だって店長だけじゃなくて、課長さんとか三人くらい周りにいて、あれこれ質問するような雰囲気じゃなかったし」

「怖い感じ？」

「うーん。そんなことないです。みなさんにこやかだったし」

「じゃあどうして」

「だって……」

久美は口ごもるが、なんとなく状況はわかった。男数人に囲まれれば、女は誰だって萎縮《いしゅく》してしまうものだ。

「そういえばこの前、多摩店だか町田店だかで、待遇改善を要求した人がいたそうじゃない。それと関係があるんじゃないかしら」

一人の女が言い、それぞれが小さくうなずいている。

「でも変よねえ」別の誰かが言った。「契約書って普通は双方が持つものじゃない。それにこっちだけサインするのもおかしな話だし」

みなが口を揃え、そうよねえと不安げにつぶやいた。

「あ、じゃあ契約書じゃないかもしれません」

「どっちなのよ」淑子が苛立った声をだす。

「わかんないんですよ。とにかく、形だけのもので、今までどおりと何も変わりませんって店長が言うから」

「でもサインって日本じゃ法的効力はなかったんじゃないかしら」

年配の女が言う。こんなことを言いだす主婦がこの中にいるとは思わなかったので、みんなが女を見た。

「ほら。火曜サスペンスかなんかで見たことがあるから。そういうの」

「あ、わたし、拇印《ぼいん》なら押しました」

「もう、岸本さん。そういうことは最初に言うのよ」淑子は顔をしかめていた。

そこへ磯田が現れた。今日は紫のニットを着ている。有機野菜を誰彼かまわず勧めて、陰では煙たがられている女だ。

「どうでした」

皆から顔を向けられ、磯田は「たいしたことじゃないわよ」と落ち着きはらって言った。

「確認事項のようなものよ」

「でも契約書なんでしょう」と淑子。

「ううん。雇入通知書。パートでも口約束だけの雇用だとまずいんですって。本店からの指示でやってるみたい」

「ふうん」

「読んだけど、当たり前のことしか書いてなかったわよ。雇用期間とか、勤務時間とか。辞めるときは一ヵ月前に通告するとか」

「なあんだ」淑子がため息とともに言う。少しは安心した様子だった。

「大丈夫。わたしはこういうのに慣れてるから」

磯田が自信ありげに鼻の穴を広げる。皆も警戒をといたのか、表情がゆるんだ。

「もう、岸本さんが脅かすから」

「わたし、脅かしてなんかいませんよ」久美は不満げに頬をふくらませていた。

店内のチャイムが鳴り、各自がタイムカードを押して下に降りていく。

朝礼で店長はいつもどおりの挨拶と連絡事項を述べた。雇入通知書のことには触れなかった。どうやら仕事中にも一人一人が呼ばれるらしい。持ち場に散ると、バックヤード組のパートが店長に名前を呼ばれ階段を上がっていった。

小室和代という女の主張は通ったのだろうか。だとしたらラッキーなことだ。自分は誰の恨みも買わずに済んだのだから。

無心にレジをたたいていた。相変わらずおくびが込みあげてくる。客に気づかれないよう、何度もげっぷを吐いた。

うしろのボックスの久美が野菜の値段を聞きにきた。「これいくらでしたっけ」と尋ねるが、手元のチラシを見ればわかることなので、本当はそれがチンゲン菜だということを知らないのだろう。呆れつつ教えてあげた。

そのとき、不意に大きな影が目の前に現れた。背広姿の男だった。男性客は珍しいことではないが、午前の時間帯には稀《まれ》だ。

海苔弁当と缶のお茶をかごからかごへ移しかえ、何げなく顔をあげて、恭子は動きを止めた。心臓がいきなり高鳴った。男は、つい先日自宅に訪れた刑事二人組の片割れの方だったのだ。

あわてて目をそらした。身体の向きを変え、咄嗟に「五百三十五円です」と声色を使った。偶然なのか、パート先を知って来たのか、考える余裕もなかった。

トレイに千円札が置かれた。見ないままそれを手に取り、レジのキーを打った。

「あのう」男が声を発する。「もしかして」

顔を向けたが目は合わせなかった。不自然とわかっていても、身体が言うことをきかなかった。

「及川さんでは……」男が顔をのぞき込む。「先日お邪魔しました本城署の九野です」

会釈だけ返した。

「ここで働いてらっしゃるんですか」

はいといったつもりが声にならなかった。目をそらしたまま釣銭《つりせん》を渡す。小銭が男の手に乗らず、床に散らばった。肘が震えていた。

男が「おっと」と明るく言いながら腰を屈めた。

ますます動揺し、恭子は自分でも信じられない行動をとっていた。男を無視して次の客の応対をしたのだ。

客の主婦が目を丸くしていた。視界の端に久美の驚いた顔も映った。

男は不快な素振りを見せることもなく、「それじゃあ」と頭を下げて出口へと歩いていった。

心臓が躍っている。汗がどっと噴きでてきた。

うろたえた姿を見せてしまった。せっかくこの前はうまく対処できたのに、これで台なしになってしまった――。

そして連鎖するように、茂則のことも、まるで潮が満ちるように胸の中にあふれた。

懸命に呼吸を整える。なんとか仕事はこなさなければ。

客の差しだした金額の小銭を数えながら、恭子は必死に動揺を抑えていた。

昼食は一人で食べた。テーブルの中央ではパートの主婦たちが世間話をしていたが、加わる気になれなかった。

ご飯は喉を通りそうにないので、総菜売り場からサンドイッチをひとつだけ選んで牛乳で流しこんだ。

セルフサービスのコーヒーでも飲もうと思ったところで、控室に入ってきたパート主婦から名前を呼ばれた。

「次は及川さん。店長が来てくれって」

脱いでいた制服のベストを再び身につけ、恭子は事務室へと歩いた。

入るとカーテンの衝立の向こうに一見して安物とわかる応接セットがあり、そこに三人の男たちが座っていた。榊原店長がいつもとはうって変わって口元に笑みをたたえている。だがどこか作りものめいていて、表情はぎこちなかった。

「ほかのみなさんにもお願いしてるんだけど」榊原が目を合わせないで言った。「これ、形だけだけどサインしてもらえるかな。本店からのお達しでね、パートさんといえどもうちの従業員に変わりはないわけだから、口約束だけじゃまずいだろうって話になって」

榊原が一枚の書類を差しだす。磯田が言ったとおり「雇入通知書」の文字があった。

「ここ」そう言っていちばん下の空欄を指さした。「ここに署名捺印してくれるかな。印鑑はないだろうから拇印でいいんだけど」

横にいた池田という課長が、せかすようにボールペンをテーブルに置く。

恭子は黙ったままその書類を手にとった。ワープロで打たれた活字を順に追っていく。細かい字でいくつもの項目が箇条書きしてあった。

「雇用期間とか、時給とか、そういうものですよ」なぜか榊原は多弁だった。「一年経つと時給が五十円上がることも明記してあるし、こっちの都合で辞めてもらうときも一ヵ月前には通告するように決めてあるし」

榊原が言うとおり、書かれてあるのはとくに変わったことではない。「安全及び衛生に関する事項」「表彰及び制裁に関する事項」といった決まりごとが列記してある。

「及川さん。じゃあ、いいですか」と隣の池田課長。

「ちょっと、すいません」

一応はすべてを読もうと思った。

「所定外労働等／無」という項目があった。規定の時間以外は働かなくてよいのだろう。ありがたいことだ。「諸手当／交通費を実費支給」という項目を見つけ、おやっと思った。パートは全員、自転車で通える範囲の人を選んでいるので、これは意味のない飾りだ。

た。

　そして同じ「諸手当」のところで「賞与／無」「退職金／無」という文字を見つけ
　小室の顔が浮かぶ。小室の主張が通ったわけではない。きっと店側が慌てて、まだ情報の届いていないパート相手に先手を打とうとしたのだ。

　おそらくこの二点に関して既成事実を作りたいのだろう。まるでその他のどうでもいい項目の中に紛れこませるようにして。

　ほかのパートが何の疑問も抱かずにサインしたのもうなずけた。小室の話を聞いていなければ、自分だってパートに賞与や退職金の権利があることを知らなかった。

　よく見れば「勤務内容」のところにも「年次有給休暇／無」の一文があった。

「もういいでしょ」榊原が言った。「次がつかえてるから」ハンカチで額の汗を拭っていた。

「すいませんが……」咄嗟にでた言葉だった。「家に帰って夫に見せて、それで判子《はんこ》を押させてもらっていいですか」

　榊原の表情がみるみる曇る。笑顔を取り繕ってみるものの、口の端が小さく痙攣していた。残りの二人の男たちも落ち着きをなくしている。

「いや。今サインしてほしいんだよね。事務の都合もあるし」

「でも、今日は来ていないパートもいるわけですから、わたしのサインが明日になっても問題はないと思うんですけど」

「いや、そういうことじゃなくて……」

「じゃあ、どういうことでしょうか」

向こうの焦りが手にとるようにわかった。

「とにかくサインしてくれれば終わることだから」

「でも、サインって大切なことだし、急ぐ必要はないと思うんです」

男たちと渡りあっている自分が意外だった。ついさっきまで暗く落ちこんでいたというのに。

「困るなあ、及川さんだけそういうこと言われたら」

池田が口をはさむ。なだめる口調だった。

「明日だと、どういう不都合があるんでしょうか」目を見て言いかえした。

「だから、その、会社はいろいろ忙しいわけでさ」

「困るんだよなあ、こういう人がいると」

榊原が苛立った様子で声のトーンをあげる。

「すいません。夫から、何かの書類にサインとか捺印するときは相談するようにって前から言われてるんです」そんな嘘を言ってみた。「前に訪問販売でだまされかけたことがあって、それ以来」

「うち訪問販売じゃないんだけど」

池田が軽く笑おうとして頬をひきつらせた。

「ええ。ですけど、明日にはお返事できることですから」

「うーん」

池田が唸った。榊原は腕を組んで苦虫を噛みつぶしたような顔をしている。事務の社員たちがこちらを盗み見るようにしていたが気にならなかった。これで店側には生意気なパートとして印象づけられてしまったとしても、なるようになれ、という乾いた気持ちでいた。

「それじゃあ、これで失礼していいですか」

書類を手にして立ちあがった。すかさず榊原が「それは置いていって」と手を伸ばす。

「どうしてですか」

「どうしてって……」榊原が口ごもった。

「こういうのは社外秘だから」今まで黙ってた若い社員が言うと、榊原は「そうそう、社外秘だから」と恭子の手からなかば強引に書類を奪い取った。

それだと夫に相談できないのですが。恭子はそう言いたかったが、これ以上問い詰めるのも相手の態度を硬化させるばかりだと判断し、引きさがることにした。

「失礼します」

恭子が踵をかえす。背中に敵意のこもった視線を注がれるのを感じた。なぜか少しも怖くなかった。

控室に戻ると、淑子がおにぎりをほお張っていた。もうサインの件については関心がないらしく、恭子を一瞥《いちべつ》しただけで手元のチラシに目を落とした。

「ねえねえ及川さん。あとで海苔の佃煮《つくだに》、ふたつレジ通してね」

それには答えないでテーブルの正面に座る。

「西尾さんは、もう店長に呼ばれたの」

「わたし？　うん。もう呼ばれたけど」

「じゃあサインしたんだ」

「うん、した」

ため息をついた。ほとんどのパートがすでにサインを済ませたにちがいない。

淑子が顔をあげる。「どうかしたの」不思議そうに聞いた。

数秒考え、「ううん」とかぶりを振った。淑子に相談したところで、解決につながるとは思えなかった。

「ねえ及川さん」そのとき、少し離れた場所にいた磯田から声がかかった。「おいしいお水があるんだけど、どうかしら。今みなさんにも勧めてるところなの」手には魔法瓶を持っていた。

ああ、これか。久美が売りつけられたという水は。

「いいえ、わたしはいいです」丁重に辞退した。

「これ、市販のミネラルウォーターじゃないのよ。浄水器を通した水道水なの。カルキ臭が消えるのはもちろんだけど、発ガン性物質まで除去してくれるの。及川さんもどうかしら」

磯田の周りには三人ほどの女がいた。仕方なくというのではなく、熱心に耳を傾けていた。こんな馬鹿げた話に聞きいっている女たちの気持ちがわからなかった。

「水道水に発ガン性物質が含まれてるなんて知りませんでした」

「でしょう？　みなさん意外と知らないことなのよね」

磯田は恭子の言葉を皮肉とはとらないで、あくまでも高慢な態度で浄水器の利点を説いていた。磯田の夫はその水を飲みはじめてから白髪が消えたのだそうだ。みなさん世の中に無関心すぎるから、と人を見下すようなことまで得意げに言う。それを聞いていたら、なぜかひとこと言いたくなった。

「磯田さん。お店の用意した雇入通知書にサインなさいましたよね」

「ええ、しましたけど」磯田が、何の話かという顔で恭子を見る。

「あれって、わたしたちを丸めこもうとしてるみたいですね」

　女たちの視線がいっせいに恭子に向いた。淑子も食べる手を休めて顔をあげた。

「賞与とか退職金とか、そういうパートの権利を放棄させようとしてるんですよ」少し声がうわずったが、すぐに普段どおりに戻った。「多摩店でパートの権利を要求した人がいて、それでこの店も慌てたみたいですね」

「それ、ほんと？」淑子が眉をひそめる。

「みなさん、サインする前にちゃんと読まないと」

「あら、わたしはちゃんと読んだけど」磯田がかすかに顔色を変えた。

「じゃあ、年次有給休暇はなくてもいいわけですね、磯田さんは。パートだって半年以上勤務すれば要求できるんですよ」

「それは……」磯田が言葉に詰まる。

「磯田さん、契約の類いには慣れてるっておっしゃってたけど、真に受けた人も多いんじゃないかしら」

　言いながら驚いていた。自分はほとんど喧嘩を売っている。

　返す言葉もないのか、磯田が憮然とした顔で恭子を睨みつけていた。

「ねえねえ、それで及川さんはどうしたのよ」淑子が聞く。

「サインしませんでした」

「しないとどうなるわけ」

「さあ、向こうも困ってるでしょうね。法律があるから簡単に馘にはできないだろうし」

女たちが、あっけにとられて恭子を見ている。尊敬と畏《おそ》れが混じったまなざしだった。おそらく自分は女たちの噂の的になるのだろう。もしかするとそれは陰口かもしれない。でも、理解など得られなくてもかまわないと思った。

午後の仕事は客足が多く忙しかったが、不思議な集中力があって難なくこなすことができた。クレームをつける客に対しても、スチュワーデスのように慇懃《いんぎん》な笑みを浮かべ、冷静に応対した。

途中、一人のパートが「店長に呼ばれたんだけど、わたしどうしたらいいかしら」と不安そうな顔で相談にきた。あなたが決めることだけど夫に相談しますと答えたらどうかしら、と教師が生徒を諭すように答えてあげた。

当然のごとく店長はよそよそしかった。まるで恭子を避けるように、レジには近づかなかった。

久美には、「磯田さんから買った水、突き返したら?」と言ってやった。「でも、契約しちゃったから……」久美は煮えきらない態度をとっていた。

仕事を終えると、子供を迎えにいき、いつもどおり病院に夫を見舞った。

着替えを届け、三十分ほど無駄話をした。話の終わりに、茂則は、退院したら本社勤務になるよ、と何事でもないように言った。どういう反応をしてよいのかわからず、そう、とだけ答えた。もっと驚いたふりをすればよかったのかもしれないが、そこまで演技はできなかった。

スーパーで起きた出来事は話さなかった。もともと夫に相談するつもりはなかった。反対されるに決まっている。

車で行ったが、病院から帰るとき、着替えを詰めたバッグはリヤシートに置いた。トランクを開けたくなかったからだ。


その夜、恭子は小室和代に電話をした。

昼間の件に関して、無性に話相手がほしかったのだ。

今日スマイルであった出来事を詳しく話した。当初は憤《いきどお》っていた小室だが、恭子がサインを拒否したことを伝えると、電話の向こうで小躍りするのがわかるほどよろこんだ。

「やっぱりわたしの勘は正しかったわ。及川さんは簡単に言いくるめられるような人じゃないのよ」興奮した口調でそう言った。「ありがとうね、及川さん。本当にありがとう」

恭子は言葉に詰まった。人にあてにされ、感謝されることなど、結婚して以来久しくない経験だった。

「当然の要求なんだから絶対に権利を勝ちとりましょう」小室の励ましに恭子もうなずいていた。「わたしたちで少しでも世の中を変えなきゃ」

早速、明日会う約束を交わした。

敬遠していた小室なのに、今はなんだかとてもいとおしく思えた。

17

九野薫が、渡辺裕輔という少年の自宅を訪ねるのは今日で二回目だ。

昨日は少年の母親に事情を説明するだけで、話し合いにまで踏みこむ時間がなかった。肝心の少年も不在だった。

小ぎれいな身なりをした母親は、自分の息子の素行について保護者としての管理不行き届きを認めたものの、少年が先に手を出したということに関しては一切信じようとはしなかった。うちの子はそんなことをする子じゃないという、ありきたりな思いこみだった。夜遊びや外泊が過ぎるのは、近ごろ付き合っている友人の質《たち》が悪いからなのだそうだ。近年頻発する警官の不祥事も、母親に不信感を植えつけているのだろう。

もっとも頑《かたく》なではなかった。人生に波風が立つことを好まない、どこにでもいる主婦だった。治療費を負担して頭を下げれば、少なくとも母親は納得しそうな雰囲気だった。しかし事実は少年の恐喝未遂ならびに暴行傷害であり、これを曲げるわけにはいかなかった。工藤副署長の指示は絶対に非を認めるな、だった。一度でも言質《げんち》をとられたら、表沙汰になったときに立場が悪くなる。

同行した宇田係長は終始不機嫌だった。人事考課に響くことを恐れているのだろう。余計な仕事を増やしてくれるな、とおとなしい上司にしては珍しく毒づいていた。

今日も車のハンドルを握りながら、ひとことも口を利こうともしない。

九野は助手席で弁当を食べていた。朝飯を食べ損ね、たまたま通りかかったスーパーで総菜の弁当を買い求めたのだ。運転を頼んだのも不機嫌の一因かもしれない。

スーパーでは意外な人物に出くわした。及川の妻、恭子だ。パート勤務をしているのか、レジのボックスに立っていた。気づいたとき一瞬だけ逡巡したが、この近距離で知らないふりはできないだろうと思い、話しかけた。ただし向こうは歓迎しなかったようだ。及川恭子は伏し目がちで、九野の顔もまともに見ようとはしなかった。

いつか自宅に訪ねたときとはまるで印象が異なっていて、九野は意外だった。最初は嫌われているのだから仕方がないかとも思ったが、うろたえ方の度が過ぎていた。

釣銭をこぼしても謝罪すらしなかったのだ。

やけに脂っこい空揚げを頬ばりながら、及川の妻の心を思った。先の訪問で警察が疑っていることは承知済みのはずだ。こちらが期待するように、彼女は夫を問い詰めたのだろうか。そして釣銭を渡されたときの白くて柔らかそうな指を思いだし、また早苗と重ね合わせてしまっていた。早苗も指のきれいな女だった。

付き合いはじめた頃、九野は恋人の顔を見るのが照れ臭く、早苗の指ばかり見ていた。喫茶店で向かい合ったとき、映画館で開演を待つとき――。早苗がどんなに憎まれ口をたたいても、指のきれいな女はきっと心根がやさしいと、すべてを受け入れることができた。守ってあげたくなる、早苗の指だった。

及川恭子はどうなのだろう。表面的な物腰はちがっても、早苗と根は共通している気がする。

車が新興住宅街に入っていく。白い壁と青や赤の色鮮やかな屋根。その景色は及川の住む町とほとんど変わりがないように見える。どれも築五年程度の新しさで、住民の家族構成や暮らしぶりまでが容易に想像できた。

「九野、今日はおれが話すからな」少年の家の前に立ち、宇田が言った。「母親にとって息子は恋人みたいなもんだ。おまえが状況を説明すると向こうはショックを受けて余計に戸惑うんだ」

口の中だけで返事してうなずく。玄関脇にはスクーターがあった。マフラーが改造してあり、少年のものと推察できた。まだ学校は春休みだ。今日は家にいるかもしれない。

約束の時間より一時間ほど早いが、それには相手に準備をさせず、少年を逃がさないという意図があった。

インターホンで来訪を告げると、母親が現れた。時間より早いことに少し驚いていたが、昨日と同じく応接間に通された。お茶を供されたところで宇田が「ご主人とは相談なされましたか」と切りだした。

「ええ話しました。とりあえず治療費プラス、慰謝料っていうんですか、そちらのおっしゃられた金額をいただければ、主人のほうも事を荒立てたくはないと」

「あの、慰謝料と言われるのはちょっと。あくまでも九野個人が払う見舞い金という種類のものですから」

宇田が釘を刺す。払い過ぎると却って勘ぐられるという理由から、工藤が決めた金額が五万円だった。実際に九野の財布から出る金だ。

「ええ、それはどんな名目でもいいんです。うちの子供が深夜に徘徊してたのも悪いわけですし、学校には内密にしてくださるそうですから、わたくしとしてもこれ以上面倒なことにはしたくないのですが、なぜか子供の方が……」

「お子さんがどうかなさったんですか」

「被害届は取り下げないって」

思わず顔を見合わせた。母親も困惑の表情だった。

「刑事さんが味方についてるから大丈夫なんだって。その、わたしは詳しく事情を知らないのですが、なんでも被害届を出すように勧めたのは本城署の刑事さんだとか」

「ええ、まあ、それはそうなんですが。取り下げていただければあとはこちらの内部の話ですから、問題なく事を収めます」

「でも……おかあさんは関係ないって」

「しかし、あなたは保護者のわけですから、それくらいは説得していただかないと」

宇田が苦りきった顔で言う。九野はただなりゆきを見守っていた。

「ふだんは素直ないい子なんですけど、なぜか今回に限っては」

「お子さん、今日はいらっしゃるんですか」

「あ、いえ」母親がかすかに表情を変えた。「出かけてますが」

嘘だと思った。母親にとっては九野が加害者であり、自分の息子とは会わせたくないのだろう。九野は思わず口をはさんでいた。

「さっき窓から見かけましたよ」

もちろんでまかせだが、母親は赤くなると自分から嘘を認めた。

「でも子供はよろしいんじゃありませんか。被害届を出したときにちゃんと事情聴取はされてますから」

「一度会ってわたしと話をさせてもらえませんか。おかあさんも本当のところを知りたいでしょう」

「ああ。できればそうした方がいいかな」宇田も同意した。「どっちが先に手を出したかっていうのは重要な問題なんですよ」

「でも、うちの子はまだ高校生ですから。あの、なんていうか、大人の人に責め立てられると……」

「責め立てたりなんかしませんよ」宇田は軽く笑って言った。

「でも、こちらの刑事さんに」そう言って九野を指差す。「うちの裕輔が、おやじ狩りって言うんですか、それで返り討ちに遭ったような言い方をされると……」

「それは事実なんですよ。金を出せとか、殴るぞとか、そういった文言《もんごん》があったんです」

「そんな……」母親は不服そうだ。

「とにかく一度」

そう宇田が言いかけたところで小さく階段がきしむ音がした。すかさず九野が立ちあがり、玄関へと歩いた。

「裕輔君だよね」

やさしく声をかけた。少年は振り向こうとせず靴を履いている。だぶだぶのズボンが揺れていた。あわてて母親も駆けつけた。

「裕ちゃん、ご挨拶は」

少年が外へ出ようとしたので咄嗟に三和土《たたき》に降り、トレーナーのうしろ襟をつかんだ。

「逃げなくていいじゃないか。あの夜のこと、おかあさんにちゃんと話しなさい」

「離してくれよ」

少年が九野の手を振りほどこうとする。いつぞやの威勢のよさはまるでなく、蚊の鳴くような声だった。

「裕ちゃん、ちゃんと話しなさい。刑事さんたち、学校には黙っててくれるっていうから」

「おふくろには関係ねえよ」

「そんなこと」

「おい、九野。離してやれ」宇田がうしろに来ていた。

「今日はちゃんとさせないと」

「いいから離してやれ」

宇田に言われ少年を解放した。少年が目を伏せたまま外に出る。少しの間をおいて、甲高いスクーターのエンジン音が家の中にまで響いた。

「本当にすいません」母親がしきりに恐縮している。

「じゃあ我々はこれで」宇田が九野を見て顎でしゃくった。「明日またお邪魔することになりますが、今日中には説得しておいてもらえますか」

「明日もですか」遠慮がちではあるものの、迷惑そうな口調だった。

「こういうのは早めに済ませたいもので」

「……でも、それって考えてみれば、うちの子はもともと本城署の刑事さんに言われて被害届を出したわけですし、あとはそちらの問題なんじゃないでしょうか。子供にはあとで何とでも言って聞かせますから、そっちで破棄するなりなんなりしていただけませんか」

しばらくの沈黙があった。母親の言い分はもっともで、騒ぎを起こしたのは少年ではなく花村なのだ。

「そうはいかないんですよ。出した当人でないと、取り下げることはできないんです」

今度は宇田が申し訳なさそうな声を出す。丁重に頭を下げ、少年の家を辞した。

「あのガキ、どうして逃がしたんですか。あの場で問い詰めれば」

不満を口にする九野に宇田は「馬鹿野郎」と小さく吐き捨てた。「子供が親の前で本当のことなど言うもんか」

車に乗りこむ。九野が運転席に座った。

「おまえがあの小僧を捕まえて直接説得しろ。少々脅したってかまわん。書類送検すると言ってやれ。さっさとやらないとおまえが送検されるぞ」

黙ってうなずいたが、つまらない仕事が増えたことに嫌気がさした。

「向こうが先に手を出したっていうのは本当なんだろうな」

「係長、わたしを疑ってるんですか」

「念のためだ。それから本庁の人間には言うな。監察の耳に入るとやっかいだからな」

エンジンを始動し、アクセルを踏んだ。

「ああそうだ。ところで九野よ」宇田が前を見たまま言った。「言い忘れたが、昨日、署まで不動産屋がおまえを訪ねて来たぞ」

「不動産屋が？」

「ああ、自宅に行ってもいつも留守だからってよ」

「何の用なんですか」

「さあな、八王子の空き家がどうとか言ってたけどな」

空き家？　義母が住んでいるのに、いったいどういう思いちがいだ。

「家でも買うのか」

「まさか。そんな金あるわけないでしょう。向こうの勘違いですよ」

宇田は「ふん」とつぶやくと鼻毛を抜きはじめた。

どういうことか。義母が義理の息子のところへ行けとでも言ったのだろうか。

均一に家々が並ぶ住宅街を走らせながら、なにやら不安が込みあげた。


夜は午後十一時から及川の遠張りをした。佐伯の言うとおり、病院はできるだけ患者をつなぎとめておきたいところらしい。及川の入院はすでに一週間となり、退院日の知らせは聞こえてこない。

午後は車中で二時間ほど睡眠をとってから少年を探しに盛り場に出かけたが、見つけることはできなかった。ゲームセンターで不良がかった少年たちに聞くと、昼間はピザ屋で出前のアルバイトをしているらしいことがわかった。となれば明日にでも電話でしらみつぶしに調べ、バイト先を特定すればいい。時間がなければ、地取りに飽き飽きしている井上にやらせるまでだ。

夕方、義母に電話をするとまた留守だった。買い物か、近所の主婦とおしゃべりか。ここのところ電話をかけるタイミングが悪いようだ。それとも旅行にでも出かけたのだろうか。二泊程度の旅ならば、義母は何も知らせないで行くことが多い。そもそも義母から連絡を取ってくることなどまずないのだ。

服部はあいかわらず及川のことを報告するのに消極的だ。この間、清和会は若頭が恐喝容疑で逮捕された。二年も昔の事案だった。家宅捜索は関連施設を併せて都合五回も行われ、世間の目は完全に清和会に向いていた。管理官が出す指示は、ほとんどが本庁の四課か署の暴力犯係に対してのものだ。

「今日は昼間、何をしてたんですか。副署長の指示で動いてたそうですが」

助手席の服部が、いつものように仁丹を口に入れて言った。てのひらに息を吐きかけ、くんくんと臭いを嗅いでいる。

「たいしたことじゃないですよ。署には署の懸案事項ってものがありまして」

「副署長に及川のことを報告したわけじゃ……」

どうやら服部はそのことを心配しているようだった。

「いえ。副署長はこの事案に関してはノータッチですよ」

「ところで、記者が嗅ぎつけてきたようです」

「本当に？」

「鼻のいい連中ですよ。ハイテックスの本城文社の連中に聞き込みをかけているうちに、会計監査のことを知ったらしいですね。清和会を洗っても何も出てこないもんだから、矛先を変えてみたんでしょう」服部はネクタイをゆるめ、首を左右に曲げた。

「今日、顔見知りの記者がマンション前で待ってたんですよ。わたしを見るなり、ニヤッとして、第一発見者は参考人名簿に入ってるんですかって」

「まずいですね」

「保秘で突っぱねましたけどね。でも、そろそろかな」そう言いつつ、服部に焦っている様子はない。

「経過報告だけでも管理官にしておきますか」

「九野さんから、おたくの刑事課長に報告してもらえますか」

「わたしが、ですか」思わず目を剝いた。

「管理官は、わたしのこと嫌ってるんですすよ」

「それは、しかし」

「本社のガードが固くて事情聴取に手間取ったことにしましょう。連中があまり協力的じゃないのは事実だし」

「まあ、それはそうですけど」

「おまけに物証がない段階で滅多な真似はできないでしょう」

「いや、でも」

「頼みますよ。『ちょっと気になることがあって』とか、そういう言い方でいいと思います。会計監査の話を切りだしたら及川の顔色が変わったとか、そのへんは省いて……」

「しかし、ここまで及川のことを引き延ばしたのは服部さんの意向でしょう。それをわたしに言わせるのは、ちょっとひどいなあ」

「まあ、そうおっしゃらないで。頼みますよ、九野さん。マスコミに先に出ちゃうのだけは避けなきゃならないし」

九野は自分の顔がこわばるのがわかった。おそらく服部は最初からそのつもりだったのだろう。引っぱるだけ引っぱり、適当なところで所轄の刑事に言わせればいいと思っていたのだ。言葉に詰まっていると、服部は「どっちにしろチンケなヤマですよ」と呑気な声をだした。

「もともと清和会とのかかわりさえなきゃただのベタ記事で終わりですよ。捜査本部だって立たなかっただろうし」

苛立ちをなんとか自分の中で圧しとどめる。九野は一人かぶりを振った。

そのとき遠くにサイレンが聞こえた。ＰＣではなく救急車の音だ。どこかで事故があったか、急病人が出たのか、いずれにせよこの市民病院に向かっているのだろう。

職員通用口に人影が姿を現す。看護婦が急患の受け入れ態勢をとっているようだ。

服部が双眼鏡を取りだした。身体を起こし、窓にレンズをつけるようにして見入っている。やがて赤色灯を回した救急車がやってきて、後部扉から患者を担架ごと降ろした。

「病人かな。点滴もないし、それほど慌ててる様子もないし」服部がひとりごとのように言う。「ああ、年寄りだ。髪が真っ白だから」

不意に義母の顔が浮かんだ。八王子で一人で暮らしている義母の、悲しみをたたえたような静かな笑顔が。

「付き添いがいないってことは、自分で電話したのかな」服部は双眼鏡をのぞいたましゃべっている。「よくいるみたいですよ。タクシー代わりに救急車を呼ぶ連中が」

途端に胸がざわざわと騒いだ。

「ちょっと失礼」九野がドアを開けた。

「どこへ行くんですか」服部が振り向く。

「ちょっと用足しに」

嘘をついて外に出た。近くの公園へと急ぐ。昼間、宇田係長が言っていた。署まで不動産屋が訪ねて来たと。本当は、義母は家を売って老人ホームに入るのではないか。体調に不安があり、完全看護の暮らしを望んでいるのではないか。そんな想像がよぎったのだ。

腕時計を見る。十二時に近かった。普通ならもう床についている時間だ。こんな時間に電話をしたら、いかに義理の息子といえども迷惑に決まっている。それに、義母を逆に不安にさせやしないか。歩きながら逡巡した。いや、確か最近は深夜のラジオを愉しみにしていると言っていた。若者向けではなく、高齢者を対象にした落ち着いた深夜番組があると義母は教えてくれた。

とにかく電話をしよう。義母が出たら、昼間かけてもなかなかいないからと言い訳すればいい。

外灯の下で携帯電話を手にした。早苗の実家を呼びだす。呼出音が数回鳴るのだが、それが途切れることはなかった。

胸の中で灰色の感情がみるみるふくらんでいく。どういうことか。ずっと義母は留守なのか。いつから義母の声を聞いていないか思いだそうとしたが、うまく頭が働かなかった。

念のため今度はボタンで番号をひとつひとつプッシュした。同じように呼出音が鳴るだけだった。

やはり旅行に出かけているのだろうか。この時間に用事などあろうはずがない。

義母の知り合いに電話してみようか。仲がいいのは近所の内村夫婦と、女学校時代の同級生の高木という未亡人だ。どっちか一人ぐらいは一〇四でわかるだろう。

いや、いくらなんでも非常識だ。義母から話に聞くだけで、自分は会ったこともない人たちだ。

しばらくその場に立ちつくしていた。腰に手をあて軽く深呼吸した。

きっと旅行だろう。陽気もよくなって、いつもの仲間と出かけたのだ。たとえ四、五泊の旅だとしても、いちいち義理の息子に知らせる義務はない。こちらが気にかけているほど、義母は弱ってなどおらず、自由に老後を楽しんでいるのだ。だいいち何かあったとしたら、義母が自分から知らせてくれるはずだ。そこまで水臭くはない。九野はそう思うことにした。

もう一度深呼吸した。心が晴れたわけではなかったが、自分のうろたえ方に小さく苦笑し、車に戻ることにした。

助手席では服部が窓の外に目をやっている。「しかしまあ、医者っていうのも大変な商売ですね。電話で呼びだされたのか、さっきも医者らしい男が駆けつけてきましたよ」そう言って鼻をすすった。

「そのかわり給料がいいから」

「そりゃあそうだ。ベンツだったもんなあ」

九野は買い置いてあったペットボトルのお茶を口にふくんだ。

「さっきの年寄り、やっぱり死にそうなのかな。医者をわざわざ呼ぶくらいだから」

収まりかけた動揺がまた首をもたげる。服部のデリカシーのない物言いにも腹が立った。同じ年代なら、自分の親も老いているはずなのに。

「服部さん、ご両親は健在ですか」

「ええ、元気です。親父はまだ現役で働いてますよ。証券会社を退職したあと、子会社の顧問をやってます。……九野さんのところは？」

「母は死にましたが父は健在です。九州で兄貴夫婦と暮らしてます」

「ほう、そうですか」服部が気のない相槌をうつ。

「近くにお住まいなんですか」

「江東区に兄貴夫婦と二世帯住宅で暮らしてますよ」

それなら気がらくだろう。急に倒れたとしても、誰かが気づいてくれる。

急に倒れる？　縁起でもない言葉が浮かんだことに九野は軽く目を閉じた。

こうなったら明日はなんとか時間を作って八王子の家をのぞこう。無駄足だろうと、心配を抱えてすごすよりははるかにいい。

いや、明日にそんな時間はない。課長に及川のことを報告しなければならないし、少年の一件もある。

気持ちが焦《じ》れた。なんとか連絡をとる方法はないものだろうか。車のドアを開けた。考えるより先にそうしていた。

「どうかしたんですか」服部が怪訝そうな顔を向ける。

「すいません。ちょっと腹の具合が悪いみたいで」

服部はうなずくだけで何も言わなかった。

公園まで小走りに急いだ。さっきはトイレにでも行っていたのかもしれない。そんな気がした。先月山形に行ったばかりだし、そうそう旅行などするものではない。義母は家がいちばんいいという昔の女なのだ。

また外灯の下に立って電話をかけた。なんの効果もないはずなのに携帯を強く耳に押しつけていた。留守だった。

腕時計を見る。先程から十五分ほどしかたっていなかったが、これで用を足していた可能性は消えた。不吉な予感がだんだんその嵩《かさ》を増していく。

もしかして寝込んでいるのだろうか。よからぬ想像が浮かび、青くなった。

そこから先は考えたくなかった。独居老人の孤独な死という想像の片鱗が一瞬頭をかすめ、あわてて追いはらった。いくらなんでもそれはないだろう。義母はよく近所の話を聞かせてくれる。毎日誰かとおしゃべりして生活を楽しんでいるはずなのだ。

車に戻りながら決心した。これから様子を見に行こう。本当に不在なら、旅行だと思って納得すればいい。

ドアを開け「ちょっと八王子まで行ってきます」と服部に告げた。

「はい？」何を言っているのかという顔をした。

「妻の実家です。義理の母が電話に出ないものですから」

「妻？」服部はあっけにとられていた。「だって、九野さんは……」

「動きがあったら携帯で知らせてください。何もないとは思いますが」

「ちょっと……どういうことですか」

「だから義母が電話に出ないんです」

「それって……」服部は二の句が継げないでいた。

「すいません。今夜は一人で張ってもらえますか。あ、いや、変わったことがなければ三時間ほどで戻ってこれると思いますが」

「でも、あんた、独身でしょ」

「ちょっと説明してる暇がないから」

「説明してる暇がないって」

「すいません」

ドアを閉めた。服部が慌てて反対のドアから降りてくる。「ちょっと待てよ。あんた、どっちにしろそれは私事《わたくしごと》だろう」感情を害した口ぶりだった。

「だからすいませんって言ってるでしょう」

「あんた、今日は昼間だってすっぽかしてるじゃないか。ハイテックスをあたるはずだったのに」

「それについては副署長経由で話がいってたでしょう」

「しかし昼も夜もってことはないだろう」

「とにかく、わたしはこれで」

もう相手などしていられない。九野はアスファルトを蹴って走りだした。背中に「おい」というとがった声を浴びる。これで服部との関係が悪くなるかもしれなかったが、気が急いてそれどころではなかった。

大通りまで出てタクシーを拾った。運転手に自宅の町名を告げる。自分の車で飛ばした方が早いと判断したからだ。

ふと、年老いた女の一人暮らしには広すぎる家屋が頭に浮かんだ。学生時代、初めて泊めてもらったとき、家の天井が高くて、電球の笠の向こうがやけに暗いのに驚いた。早苗は、子供のころは怖くて寝るまで母にそばにいてもらったと言っていた。義母は一人で心細くないのだろうか。

ますます胸が締めつけられた。後部座席で、九野はひたすら貧乏揺すりをしている。

自宅マンションで車を拾いあげると、乱暴に路地を走らせた。幹線道路に出てからは法定速度を無視して飛ばした。

カーステレオからはラジオの深夜放送が流れている。ＤＪの騒々しいしゃべりが神経にさわったので、局を次々と変えていった。ひとつ、落ち着いたアナウンサーの声が流れる局があった。義母は毎晩これを聴いているのだろうか。

アナウンサーが、リスナーからの手紙を朗読するように読んでいる。夫を亡くして数年になるが少しも寂しいと感じたことはない、共に過ごした一生分の思い出があるからだと、気負うことなく日常が綴られた文章だった。

人生の終点に向けて、静かに準備をしている人たちの放送のように聞こえた。明るくも暗くもなく、ただ淡々と運命を受け入れる。ハンドルを握りながら、まるで自分までが七十歳になったような気分だった。

もしも義母が死んだら……。心の準備はまったくしていなかった。血はつながっていないけれど、たぶん自分は泣き崩れてしまうのだろう。

無事でいてくださいよ。心からそう祈っていた。

もし無事だったら本当に一緒に暮らそうと九野は思った。

一時間とかからず妻の実家にたどり着いた。坂の上、闇の中に屋根の形がいっそう黒く浮かびあがっている。車でいっきに駆けあがり、門の前に停車させた。

敷地内に足を踏みいれ、中の様子をうかがう。雨戸が閉めきってあるので明かりはどこからも漏れてこない。

九野は郵便受けをのぞいた。新聞も郵便物もたまってはいない。

これをどう判断するべきなのか、すぐにはわからなかった。旅行ではなさそうだ。そして、いやな想像だが布団の中で起きあがれない状態でいるわけでもない。少なくとも、夕刊が届けられる時間までは家にいたのだ。

そっと呼び鈴を押す。しんと静まった家の中でその音がこだましているのがわかった。

戸に耳を当ててみたが人のいる気配は届いてこない。

一度家屋から離れて二階を見あげた。腰に手をあててしばらくたたずんでいた。

そのとき、中からかすかな物音が鳴った気がした。床がきしむ音だ。

「おかあさん」声をあげていた。「いるんですか」

また音がした。今度はたぶん室内の戸を開ける音だ。玄関のガラス戸の向こうに黒い人影が見えた。

「薫君、なの」か細い義母の声だった。

「そうです。薫です」答えながら、いたのかと全身の力が抜けた。

玄関の鍵が外されガラス戸が開かれた。義母は闇に向かって目を凝らしていた。

「どうしたのよ、こんな時間に」寝間着姿の義母が声を低くして言う。安堵と不安が混ざった表情だった。

「すいません。驚かせて」

「驚くわよ。誰かと思ったでしょう」

「電話しても、おかあさん、出ないから」

「とにかく入って」義母は両手で腕をさすると深夜に訪れた娘の夫を家に招きいれた。

「もう寝てましたか」

「ううん。ラジオ聴いてたけど」

居間の電気を点け、義母は台所に向かった。

「おかまいなくって、そんな他人行儀なこと言わないで」

「おかあさん、おかまいなく」

義母はお湯を沸かし、九野のぶんだけのお茶をいれた。自分は何も飲みたくないと
コタツで頬杖をついている。

「十一時過ぎに二回ほど電話をしたんですが、おかあさん、出ないから。手がふさが
ってたんですか」

「薫君だったんだ、あの電話」義母は目を伏せて小さく息をついた。

「じゃあ、いたんですね」

「うん、いたけど」

「どうして出なかったんですか」

義母は顔をあげると視線を宙に向けた。「出たくなかったの」

「出たくないって、そんな。前にかけたときも出なかったし」

「前って？」

「二、三日前の昼間ですけど」

「ああ、じゃあそのときは本当に留守。たぶん福祉会館の読書会に出てた」

「今夜はどうしてですか。そりゃあ夜中の電話は気味が悪いかもしれないけど、緊急の用だってあるわけだし」

「緊急なの？」義母が九野を見る。

「いや、そうじゃないですけど。ここのところ留守が多かったから、なんか急に心配になって」

「そんな。子供じゃないんだから」

「でも」

「……出たくないって、何かわけでもあるんですか」

義母は黙ったまま頰を撫でていた。

「でも、なによ」

「わけがあるなら教えてください」

「……ここのところ、出たくない人から夜中に電話がかかってきたから、居留守を使っちゃえって思って」

「誰ですか、その出たくない人って」

義母が唇をすぼめる。

「いいじゃないですか、教えてくださいよ。変な奴だったらぼくが文句を言ってやりますよ」

「べつに変な人じゃないの」

「じゃあ誰ですか」

義母は視線を落とすとかすかにほほ笑んだ。「おかあさんね……」いまさらのように手で髪を整えている。「ある人とずっと文通してたの」

「文通？」

「そう。国分寺に住んでる男の人なんだけど、三年くらい前に教員の退職者サークルが主催した俳句の交流会で一度だけ話をしたことがあったの。おかあさんもその人も世話役だったから。それで、そのときの名簿があったから礼状を書いて、なんとなく手紙のやりとりをするようになって。もう今はやめにしたんだけど」

「いくつぐらいの男なんですか」

「六十……六かな。奥さんに先立たれて、一人で暮らしてるの」

「そいつがいたずら電話をかけてくるんですか」

「いたずらじゃないの」義母がかぶりを振る。

「じゃあ何ですか」

「……最初はね、近所の誰それとカラオケをしたとか、老人会で花見に行ったとか、お互いに日常のとりとめもないことを書いて、月に一回とか二ヵ月に一回とか、そういう感じで文通らしきものをしてたの。会ったりはしないのよ」義母はその部分を強調するように言った。「手紙のやりとりだけで、顔を見たのは句会で会った一度きりなの。電話もかけないし」

「それで」

「おかあさん、わりと楽しみにしてたの、その手紙。面と向かって話すより気がらくだし、近所の人には言えないようなことでも遠慮なく書けるし。それに文章を書くのってボケ防止になるっていうし」

「ボケ防止だなんて」

「ううん。おかあさんたちはもうそういう歳だもん。頭使わないとどんどん錆《さ》びてっちゃうし」

「ええ、わかりました。それで」

「そしたら、先月来た手紙に……結婚してほしいって」

「結婚？」

せいぜい会いたいぐらいのことだろうと予想していたので、九野は面喰らった。

「そうなのよ」

義母は立ちあがると、「やっぱりおかあさんもお茶、飲もうっと」そう言って湯呑みを取りにいった。

「それで、おかあさんはどうしたんですか」義母の背中に向かって言った。

義母はそれには答えないで「煎餅《せんべい》、あるけど」と戸棚を開けていた。

「いいですよ、こんな夜中に煎餅なんか。それよりどうしたんですか」

「おかあさんね」義母が湯呑みを手に戻ってくる。「なんかがっかりしちゃって」

「断ったんですか」

「返事書くのやめたの」

「そう」

「急に生々しいものを見せつけられたみたいで」

「ええ」

「こっちはもう新しいことなんか望んでないし」義母は静かにお茶をすすった。「一人でいることにすっかり慣れてるんだから」

九野は何か言おうと思ったが、適当な言葉が浮かんでこなかった。

「こっちが勝手な想像をしてた部分もあるんだろうけど。もっと飄々《ひょうひょう》と生きてる人だと思ってたから、それでがっかりしたの」

黙って義母の手元を見ていた。

「でも、向こうもきっと後悔したんじゃないのかなあ。しばらくしたら電話がかかってきて、申し訳ないって謝ってて」

「ええ」

「おかあさんは、気にしてませんって答えたんだけど、会って謝罪がしたいって。そんな電話がここのところ数回あったのよ。それで出たくなかったの」

「そう」

「それだけのことなの。心配かけてごめんね」

柱時計が二回鳴った。その音が広い家屋の隅々にまで響いていく。

「おかあさん、もてるんですね」

「からかわないの」義母はたたく仕草をし、笑った。

「でも、何事もなくてよかったですよ」

「ありがとう。わざわざ来てくれて。でも忙しいんじゃないの」

「ええ。ここのところ休みがとれなくて」

「薫君」

義母を見る。口元に柔らかな笑みをたたえていた。

「おかあさんのことなら心配しないでね。身体は丈夫だし。周りの人にもよくしてもらってるし」

「わかってますよ。今日はたまたま、無性に気になっただけで……」

しばらく沈黙が流れた。義母は九野の湯呑みにお茶をつぎたした。

「おかあさんは」ぽつりと言った「もう一人に慣れたけど、薫君は一人に慣れちゃだめよ」

「なんですか急に」

「いい人、いないの？」

「なに言ってるんですか。早苗が聞いてますよ」

「早苗はもう死んでます」

「そんな……」

「一生喪に服する必要なんかどこにもないんだから」

また二人で黙った。柱時計の振り子の音が静かに響いていた。

「さてと」義母が立ちあがりかけた。「じゃあ、二階にお布団敷いてあげる」

「あ、いいです。帰りますから」

「帰るって、こんな時間に」

「明日、早いし」

九野は自分で湯呑みを流しに運ぶと、そのまま玄関に向かった。

靴を履いて腰を伸ばす。背中に疲労が張りついていた。

「じゃあ、帰ります」

「うん。気をつけて」

義母はカーディガンを羽織って外まで九野についてきた。車に乗りこむとき、「薫君、ありがとうね」そう言ってはにかむようにほほ笑んだ。

車を走らせる。坂を下りながらルームミラーに目をやると、義母は通りにまで出て九野を見送っていた。

その影はなんだか頼りなげで、義母がますます愛しく思えて仕方がなかった。

18

「どうしてわかってもらえないのかなあ」

スマイルの事務室、応接セットのソファで店長の榊原は苦りきった顔をしていた。おそらく店側の用意した雇入通知書に、パート全員のサインを得ることが本社から下りた命令なのだろう。一人でも欠ければ榊原たちの立場が悪くなることは容易に想像がついた。

及川恭子は男三人に囲まれても動じなかった。自分は間違っていないという自信があったし、波風が立つことも怖くなかった。だいいち別の心配事に比べれば、さざ波のようなものだ。

「ほかの人からはみんなご理解いただいているんですよね。及川さんだけでしょう」

「でも、みなさんはけっして理解してサインをしたんじゃないと思います」

恭子は冷静だった。榊原から目をそらさなかった。

「どうしてそんなことが言えるのよ」そして当の榊原はいつもどおり恭子の目を見ようとしない。「ほんと、頼むよ。及川さん」

事務室の社員がそれとなくこちらの様子をうかがっていた。もう自分のことは店中の人間が知っているのだと思った。

昨夜、スーパー側の雇入通知書にサインしなかった旨を連絡すると小室の行動は早かった。今日の朝には恭子の家を訪れ、本城店の用意した書類の詳細を知りたがった。恭子は覚えている範囲で答えたが、やはり有給休暇と退職金を放棄させるのが店側の狙いのようだった。小室は、そんなものは労働基準監督署に訴え出ればまるで効力はないと鼻息荒く言っていた。むしろ雇用者としての立場を悪くするだけなのだそうだ。そしてあらためて厚生労働省の作成した通知書の見本を手渡してくれた。

「これを突きつけて、これにならサインするって言ってやって」小室は恭子の手を握って言った。「きっと多摩店でもわたしを自宅待機にさせておいて、パートたちに同じ書類にサインさせてると思うの。書面通知だけしておけば、労働省のいう条件明示の義務を果たしたことになるから、不利な条件を押しつけてそれで済ませようって腹なのよ。こうなったら断固戦うわ」

戦うという言葉を聞きながら、恭子は自分からも手を握りかえしていた。恍惚感というのは大袈裟だけれど、奇妙な気分の昂まりがあった。上辺《うわべ》だけの付き合いでない、本当の仲間がいるのだという心強さもあった。

「我々はパートのみなさんとも仲間意識をもって働いていきたいんですよねえ」

池田課長がため息をつく。その声に力はなかった。

「そうそう。だいいち店がつぶれたらあなた方だって職を失うわけでしょう」

店長はひたすら苛立っている。三人のうちの若い社員は黙ってなりゆきを見守っているだけだ。

「それと今回の通知書とどういう関係があるんでしょう」恭子が冷静に言う。「わたしはパートタイム労働法に基づいた条件を提示していただきたいと申しているだけです」

「どこで入れ知恵されてきたのよ、まったく。もしかしておたくの旦那さん？」

「いいえ。主人とは関係ありません」

「パートで有給をよこせとかボーナスをだせとか、虫がよすぎるんだよなあ。そうは思わないわけ」

榊原が髪をかきむしる。上司の言葉が適切でないと思ったのか、池田課長が「まあまあ」となだめて言葉を引きついだ。

「及川さん。あなたが持ってきた労働省の作成した雇入通知書なんですが、これはあくまでもモデルケースであって、必ずしもこの通りのものを作れと言っているわけではないんですよ。それぞれの職場にそれぞれの事情があるわけで、すべての権利を勝ちとれるわけじゃないんですよね」

「でも有給休暇と退職金は、与えるようにと労働省が指導を出してます。あ、それと雇用保険も」

朝方、あらためて小室から教えられたパートの権利だった。小室はワープロで打たれた想定問答集のようなものを持っていて、それを恭子に渡していた。

「やめましょうよ。なにも事を荒立てる必要なんかないじゃないですか。それに指導はあくまでも指導であって、役所だって理想を言っているだけのことですよ。もっと柔軟に物事を考えていただけませんかねえ」

「いえ、義務だって聞いてますけど」

「あのですねえ」池田が軽く目を閉じてかぶりを振った。「そりゃまあうちなんかが労働基準監督署から睨まれたらひとたまりもないですよ。中小企業はお役所を怒らせたら終わりだし。でもね、及川さん。権利をいうなら、わたしら正社員だってすべての権利を認められてるわけじゃないんですよ。サービス残業だってあるし、有給だって満足に取ってる人なんかいないですよ。この前なんか商品の入れ替えがあって、男子社員は全員徹夜してるんですよね。それでも本店の方から残業枠が決められてるから、わたしら余分な手当なんかビタ一文もらってないですよ。会社ってそういうものなんですよ。杓子定規《しゃくしじょうぎ》にはいかないんですよ」

恭子と同年代と思われる池田は、続けて「及川さんのご主人もきっと同じですよ」と言った。

池田は学生が着るような紺のブレザーを身にまとっている。靴はローファー。いまどきアイビーというのが、郊外のスーパーらしいといえばらしいのだが。

「わたしの勝手な憶測ですけど、及川さんはご主人には相談なさってないんじゃないですか。会社がどういうところかわかっている方なら、無理に権利を主張しようとはなさらないと思うんですよ。互いに少しずつ譲り合って、バランスをとっているところがどこの職場にもあるはずなんですよ」

援軍を得たと思ったのか、榊原はうんうんとうなずいている。

「でも、それはあくまでも会社と社員の関係だと思うんです」恭子にとっては予想外の課長の言いぶんだったが、ひるむことはなかった。不思議と頭も働く。「パートというのはその輪には入れてもらってないわけですし、景気が悪くなったら真っ先に切られるのはわたしたちだし」

「あのね、リストラだったら我々の方が深刻なわけですよ」榊原が苦々しそうに口をはさんだ。「それに、言っちゃあ悪いけど、奥さん方っていうの生活がかかってないわけでしょう。いやになったとか身体がきついとかですぐに辞める人だっているし。わたしらそんなことはしたくたってできない。それを同じように有給よこせとか退職金よこせとか言われたって」

「まあまあ、店長」また池田がなだめにかかった。そして恭子の方を向く。「どうですかねえ、職業選択の自由っていうものが誰にもあるわけだし、その、なんて言うか……うちみたいな小さなスーパーじゃなくて、ダイエーさんとかヨーカドーさんとか、そういう大きなところへ行けば、きっと及川さんのお望みのような雇用契約を結べると思うんですよね」

恭子は身体を固くした。きたなと思った。

「不満のある職場で、なにも無理して働くことはないわけだし」

「解雇ということでしょうか」

「いや、そんなことは言ってないでしょう」池田が小さく顔をひきつらせた。「あくまでも提案をさせてもらっているだけですよ。お互いのために」

「解雇ならそれでも結構ですが、そのときは解雇理由を書面にしていただけますでしょうか」

「ほんとにさあ」榊原が語気を強めて言った。「誰に入れ知恵されたわけ。ふつうの奥さんはそんなこと言いださないよ。こっちは雇ってあげてんだよ。こんな近くに職場があって、及川さんだってありがたくてしょうがないでしょう。それとも満員電車に揺られてどっかに勤めに出ますか。主婦にそんなことできやしないでしょう」

「雇ってあげてるっていうのは」その言葉には恭子もさすがに腹が立った。

「いや、それは言葉のあやだから」池田がすぐさま間に入った。「つまり、地域に雇用を提供してるってことなんですよね」

「でも、店長さんは、いま『雇ってあげてる』っておっしゃいました」

「じゃあ失言。取り消し」と池田。

「おまえが勝手に取り消すなよ。おれが言ったことだろう」

「いや、ほら……」

「いやなら辞めりゃあいいんじゃないの。簡単なことなんだよ」

「まずいですよ、店長」

「何がまずいんだ」

「とにかく、少し黙っていてくださいよ」

池田に諌められ、榊原が不機嫌そうに横を向く。榊原は感情のコントロールがうまくできない男のようだった。よくもこんな男を店長にしたものだ。

「ねえ、及川さん。うちらもスーパーだし、地元の人たちと面倒は起こしたくないんですよね。パートのみなさんも仕事を離れればお客さんになるわけだし、スーパーなんてお客さんあっての商売だし、悪い評判が立ったらすぐにそっぽ向かれちゃうし。ほら、こういうのってお互いさまなんじゃないかなあ。うちはみなさんに働いてもらって助かってる、みなさんは近くに働く場ができて助かってる。ギブ・アンド・テイクってやつなんじゃないかなあ」

「ええ、それはわかります。でも待遇改善は誰かが言いださないと始まりませんし」

「待遇改善ってねえ……」池田が手で首の裏を揉んでいた。「うち、そんなに待遇悪いですか。そんなことはないと思いますよ。たとえば、ほら、うちの隣のお弁当屋さん、あそこなんか時給八百円でもう五年ぐらいやってるんですよね。いっさい昇給なし。そういうのに比べたらうちは自発的に五十円ずつ上げてるし、年末になると餅を配ったりしてるし、ま、小さなことかもしれないけど、みなさんのこと考えてるつもりなんですよね」

「でも、わたし、そんなに無理なお願いをしているでしょうか。法律で定められているのなら、その権利をいただきたいと申しているだけですから」

「あなたねえ」またしても榊原が割って入った。「権利権利って、そういうのはフルタイムで働いている人間の言うことだよ。好きなときだけ働いて、小遣い稼ぎして、それでいろんな権利までよこせっていうのは、いいとこどりなんじゃないの、実際の話。虫がよすぎるよ」

「小遣い稼ぎって言われると……わたしたちだって家計を助けてるわけだし」

「だから店長は、ちょっと極端な話をしているわけで」池田がとりなそうとする。

「何が極端だよ」

「ちょっと店長は黙っててくださいよ」

「もういい」榊原が立ちあがった。こめかみを赤くしている。「あとはおまえに任せる。とにかくだなあ、例外を認めるわけにはいかんのだからな」

榊原は語気荒くそう言うと部屋を出ていった。最後まで恭子の目を見ることはなかった。

「……君も行っていいよ」

池田にうながされ、若い社員も去っていく。

「ねえ、及川さん。どうしちゃったんですか」池田の声がいきなり柔らかくなった。

「いままでの及川さんとどこかちがうんだよなあ。ほら、前はぼくらとだって冗談を言い合ってたし。まあ、店長は気難しいところがあるから好きじゃないかもしれないけど、でもやっぱり職場って人間関係じゃない。いまならまだ取りかえしがつくと思うんだよね。あなたが引きさがってくれれば、ああ及川さんもやっぱり話がわかるんだってことになって、これまで通り仲良くやっていけるじゃないですか。でも、このまま頑なな態度でこられると、どうしたって陰口たたく人だって出てくるだろうし、そうなると及川さん、うちの店では働きにくくなると思うなあ。アメリカじゃないんだもん。言いたいこと言って仕事は仕事っていうふうにはいかないでしょう」

池田が両手を広げ、外国人のように肩をすくめる。そして恭子の顔をのぞきこみ、「とりあえず今日は保留ってことにしませんか」と言った。

「保留といいますと」

「お互い一晩考えて頭を冷やしましょうってことですよ。なにも今日結論を出さなきゃなんないってこともないし」

「じゃあ明日には結論をいただけるわけですね」

これも小室から言われていた。相手が結論を引き延ばそうとしたら期日を決めるよう求めるようにと。

池田がうーんと唸りながら下を向く。

「わかりました」急に明るい声で言った。「こっちも一晩考えるから、及川さんもちちゃんと考えてよね」そしてやけになれなれしく恭子の肩を軽くたたいた。「また、そんな怖い顔して」

緊張がとけたのか一瞬苦笑してしまう。でもすぐに真顔に戻した。

「及川さんってしっかりしてるよなあ。うちの女房とは大ちがいだ」池田が立ちあがって伸びをした。「うちの社員になってもらいたいくらいですよ」

それには答えないで事務室を辞去した。

なんとか渡り合えた。決着はついていないが、押しきられることはなかった。

階段を降りながら、少し足が震えた。安堵とも恐怖ともつかない感情が溢れでて、何度もおくびを吐き続けた。これで一人ならたまらないだろうなと思った。なんだか小室だけがいまの自分を支えていてくれる気がする。

想像していたほど店側は強硬ではなかった。多摩店の小室は、権利を主張した途端に自宅待機を命じられたそうだ。それに比べれば、この本城店はまだゆるやかだ。池田たちはいかにも対処の仕方を知らない様子だった。向こうだって慌てているのだ。

それに、解雇されたところでたいした痛手はない。家計はやや苦しくなるが、そのときはまた別のパート先を探せばいい。こういう気軽さを男たちはずるいと思うのかもしれないが、そういう仕組みにしたのは当の男たちだ。疚《やま》しがることなどひとつもない。

スイングドアのところで割烹着《かっぽうぎ》姿の淑子と鉢合わせした。

「あ、及川さん、どうなったの」興味津々に聞いてくる。

「今日のところは結論が出ないみたい」軽く笑んで答えた。

「サインはしたの」

「ううん。しないつもり」

「強いわあ、及川さん」

「そんな」

「わたしら抵抗しようなんてまったく思わないもの。ねえねえ」腕をつついてきた。

「パートでも有給とか退職金がもらえるって本当のことなの」

「そう。パートタイム労働法っていうので定められてるの」

「ふうん」淑子は尊敬の混ざった目で恭子を見上げている。「じゃあ及川さんが頑張ってくれると、わたしらも有給がもらえたりするんだ」

かちんときたが顔には出さなかった。たぶんともに戦おうという女たちは現れないのだろう。小室は内部に協力者を作るように勧めたが、今のところ恭子にその気はない。孤独な闘争で結構だ。

店内に入るとレジのボックスに立ち、キーを差しこんだ。店はまだ混んではいない。久美が遠くのレジから笑みを投げかけてくれた。やや気が晴れた。

榊原の悪感情のこもった顔が脳裏に甦る。引きかえせせなくなったなとそっと奥歯をかみしめた。これからは毎日が針のむしろだろう。でもいい。言いたいことも言わないで生きているよりはずっといい。

そんな考え事をしながら、しばらくは、まばらにやってくる買い物客の応対をしていた。商品を右のかごから左のかごへと移し替え、現金を受けとり、お釣りを渡す。

胸の底はずっと澱んだままだ。その理由はわかっているのだが、わざと避けることにした。夫のことに少しでも考えが及ぶと、憂鬱どころの騒ぎではなくなる。

「及川さん」

その声に顔をあげると、レジの前には表情を曇らせた池田が立っていた。

「申し訳ないけど、すぐにレジを締めてもらえますか」

「あ、はい」

かごを立て、クローズの印を出して最後の客の精算を済ませる。池田が目で合図をするのであとについていった。

明るい店内を出て薄暗い通路を歩く。着いた先は段ボールが高く積みあげられた倉庫だった。

「及川さん」池田が向き直る。「ぼくは隠し事をしたくないから全部正直に言います」

「はい……」

「本店からの指示なんですよ。悪く思わないでください。今日から当分は倉庫係をお願いします」

すぐには言葉が浮かんでこなかった。じっと池田の目を見つめる。たいした驚きはなかった。小室も言っていた。店側がもっとも恐れるのはほかのパート主婦を扇動されることだ、と。恭子を隔離しようとするのは当然のなりゆきなのだろう。

「契約違反だとか、そんなふうには思わないでくださいね」

「ええ」落ち着いて返事することができた。

「及川さんを雇い入れるとき、レジ業務を特定して契約したわけではないですから」

「……と言うより、何の契約も結んでいませんよね」

「そうですね」池田が力なくほほ笑んだ。「ご理解いただいて幸いです」

「でも、納得はしてないんですけど」

「そうでしょうね。ぼくだって女性の方に力仕事なんか頼みたくないですよ。心が痛みますよ。うちの女房と同年代の人に、どうしてこんなことがさせられますか」

「気にしないでください。やりますから」

「怒らないんですか」

「大丈夫です」

段ボールの山を見ていたら、なんだか悲しくなった。これが現実というものだ。

「どうして怒らないんですか、ぼくが及川さんの立場だったら怒りますよ」

「でも……」

「ぼくもこれはないだろうと思ってるわけですよ。本店に報告したら、すぐにレジを外せっていう命令がきて、ぼくはその必要はないって抵抗したんだけど」

「ありがとうございます」

「お礼なんか言わないでください。ほんとに申し訳ないんだけど、これが会社ってところなんですよ。ぼくみたいな一介の中間管理職にはどうすることもできないわけで、上から命令が下ったら……」

「いいです。わたし平気です」

「言っておきますけど、ぼくは反対したんですよ。パートの女性にこんなことをさせたら、ほかのパートの主婦からも反感を買うって」

「だから、わたしは平気です」

池田は額に手を当てると天井を仰いだ。

「及川さん、知ってますよね」

「はい？」

「多摩店でパートをやってる共産党系の市民運動家が、雇用条件に異議を申したてたことを。及川さん、その人と会ってるわけですよね」

「ええ、会いました」もう隠しだてすることではないと思った。

「考え直しませんか」

「いいえ」かぶりを振った。「わたし、間違ってるとは思ってませんから」

「もちろん間違ってるとは思いませんよ。正しい要求かもしれません。でもね、職場ってそういうところじゃないんですよ。長いものには巻かれろって諺《ことわざ》があるじゃないですか」池田が真剣な眼差しでしゃべっている。「これは別に否定的な意味で言ってるんじゃないですよね。いやな言葉だけど、世渡りってとても大切なことじゃないかなあ。及川さんが要求を下げてくれたら、ぼくでできることは何でもしますよ。売れ残った生鮮食品なんかは、ぼくの権限で無料で配ってもいいし」

「あの、わたし、ここで何をすればいいんですか」

これ以上無駄な話はしていたくなかった。とっくに覚悟はできている。

池田は恭子を正面から見据えると、また盛大にため息をついた。

「じゃあ、あとしばらくしたら明日分の商品の搬入がありますから、それを奥から順に積みあげて……」

池田が仕事の説明を始める。恭子に動揺はなかった。心のどこかに諦観じみた感情があり、今の自分は何にでも耐えられそうな気がした。

自分を試すいい機会だとも思った。結婚してこのかた、ずっとぬるま湯に浸かってきた。一度くらい、自分にどんな力があるのか知ってみたい。たとえその動機が逃避からくるものだとしても。

「及川さん、何か困ったことがあったらぼくに相談してください。気が変わったときも」

池田は真顔でそう言い、丁寧に腰を折って去っていった。

最初は懐柔《かいじゅう》しようとしているのかと警戒していたが、どうやら池田は人のよい男のようだった。上司と現場の板挟みになり、彼自身も困っているのだろう。

倉庫に突っ立っていたらトラックがバックする警告音が聞こえた。入り口がトラックの荷台にふさがれ辺りが暗くなる。

若い社員たちが数人現れ、手際よく荷台の商品を降ろしていった。

恭子もその流れ作業の列に加わる。若者たちは当初ぎょっとしていたが、すぐに関心を示さなくなった。

力作業は久しぶりだ。たちまち額に汗が浮きでて、恭子はハンカチでそれを拭った。

明日からは化粧をするのをやめよう。そしてスカートを穿くのも。

恭子は黙々と作業をこなしていった。

家に帰ってからは花壇造りにいそしんだ。子供たちは外に遊びに出かけたので、一人で鍬をふるい土を耕した。病院の見舞いは休んだ。毎日毎日来られると、茂則だって話すことがなくて困るだろう。一応、電話で看護婦に行けないという伝言だけは頼んだ。

花壇を囲うレンガは、最初は縦にして埋めるだけのつもりでいたが、せっかくだから横に積みあげることにした。

そのほうが見た目もきれいだし、なにより時間をかけられる。

何かに熱中していないと、恭子は自分が保てない。

19

朝の捜査会議で、九野薫は服部とは並ばないで座った。時間ぎりぎりに滑りこんだこともあるが、無言の抗議の意味もあった。及川の件をさんざん引き延ばしておいて、その報告を自分にさせようというのは、やはり納得がいかなかった。

会議では発言することもなかった。もっとも朝の会議は朝礼に毛が生えた程度のものので、今日も管理官が険しい表情で指示を出しているだけだ。

「清和会の構成員について、いまだ所在のつかめない者が数人いるようだが、周辺の署の協力をあおいでも突きとめるように」

幹部を追及しても何も出てこないので、一部跳ねっかえりの単独犯行という線まで洗うことになったらしい。

所轄暴力犯係の捜査員たちは、清和会の取り調べにとっくに疑問を抱いている。本庁の刑事とちがい、地元暴力団とはつながりが深く、互いに取引をしている部分もある。ここまで粘るケースは通常考えにくいというのが彼らの心証だ。

同じ係の佐伯や井上はすっかりやる気をなくしている。本庁から来た四課の管理官が、最初に頭に血を昇らせたのがそもそものボタンの掛けちがいなのだと、地取りにも身が入らない様子だ。

会議が終わると服部が近づいてきた。「おはようございます」といつもどおりの口調で会釈し、昨夜、夜張りを抜けたことについては何も言わなかった。

及川の件を幹部に知らせることについては、ごく事務的に耳打ちしてきた。

「じゃあ九野さん、おたくの課長には及川を参考人として呼びたいという切りだしで……。相談をもちかけるといった感じがいいと思います」

ご丁寧に打ちあけ方までアドバイスされた。

そして服部は、自分は喫茶店で待っていると一人階段を降りかけた。

「服部さん。それはないでしょう。せめて同席してくださいよ」

すかさず呼びとめた。この男の考えていることがわからなかった。

「同じ署員同士のほうが本音の話ができるでしょう。本庁の人間はいないほうがいいですよ」

「そんな」

「いいじゃないですか。昨夜のことは不問にしますから、これでおあいこにしましょう」

「おあいこって……」

「ところで、おかあさんはどうだったんですか」

「いや、こっちの勘ちがいで何もなかったですが」

「自分より若いおかあさんだったりして」

「はい？」

「いいですよ。堅いことは言いませんから」

「おかしな勘ぐりはやめてくださいよ。ほんとに――」

九野は不愉快さを隠さずに抗議したが、服部には悪びれた様子もなかった。「それじゃあ」と薄い笑みさえ浮かべて階段を弾むように降りていく。その背中に向かって舌打ちしたが、この男には通じそうもなかった。

てのひらで顔をこする。仕方なく九野は、捜査員たちが引きあげていくなか廊下に立ちどまり、刑事課の課長である坂田を目で探した。

　そして背の低い、けれど肩幅だけは異様に広い坂田と目があったとき、その視線があらかじめこちらに向けられていることに気づき、おやっと思った。坂田も自分に用があるのだとすぐにわかった。なぜか坂田は口元に不自然な笑みをたたえていた。

「おい、九野。ちょっといいか」

　そう言って顎をしゃくる。早足に先を行くので黙ってついていった。シャツのうしろ襟の汚れが目についた。泊まりこみが続いているのだろう。

「参考人名簿ぐらいちゃんと記載しろよ」軽く振りかえって明るく言う。

「いや、実はそのことで」

「うん？」

「ハイテックス関係でちょっとお耳に入れたいことが」

「……ああ、それはあとでいい」

　坂田は空いている取調室に九野を通し、うしろ手にドアを閉めた。

「まあ、座ってくれ」

　よくない話だと直感で思った。机に向かい合うと途端に坂田は視線をそらせた。

「実は、おまえが過日、高校生相手に怪我を負わせた件についてだがな」坂田は机の上で自分の指をもてあそんでいる。「その……これは形だけなんだが、別の者が取り調べをすることになってな」

九野が眉間にしわを寄せる。すぐには言葉の意味がわからなかった。

「形だけなんだ。おまえの悪いようにはしない」

「本庁の監察室ですか」

「いや、そうじゃない。うちの暴力犯係だ」

「どういうことでしょう」

「だから一応調書を取ってだな」

「……つまり、わたしは傷害事件の被疑者になるわけですか」

「まあ平たく言えばそうだが」

「平たくもなにも、そのままじゃないですか」思わず語気を強めた。

「大丈夫だ。起訴にはならん」

「だったら取り調べの必要などないでしょう。だいいち、わたしは少年の被害届を取り消させるために動いてるんですよ」

「それはもういい。宇田係長に任せる」

「どういうことですか。ちゃんとした説明をしてください」

坂田はひとつ咳ばらいをすると、「そんなに怖い顔するなよ」とわざとらしく目尻をさげた。

「それから、一応書類をそろえるために、これも形だけでいいんだが、退職願を書いてくれるか」

耳を疑った。言葉を失っていると、坂田は「形だけだから」と、何事でもないように繰りかえした。

「ご冗談でしょう」答えながら、こめかみが小さく痙攣する。「どうしてわたしが退職願を書かなきゃならないんですか」

「頼むわ。な、九野。絶対おまえの悪いようにはしないから」

「わたしは副署長から、少年の被害届を取りさげさせるように言われてるんですよ。それがどうして……。もしかして工藤さんの命令ですか」

「それは言えない。とにかくこの件に関してはおれが処理することになったんだ」

「そんな無茶な」

「な、おれの立場も考えてくれ。必ずうまく収めるから」

「うまく収めるって……」

「それにおまえ、もう一人別の少年の腕も骨折させてるんだろう」

「誰が言ったんですか」顔が熱くなった。

「そっちの被害者も昨日来たんだ。もちろん届けは受理せず預かりにしてあるんだがな」

警官に暴行されたという届けなど身内が受けつけるわけがないので、それには納得できた。身内の不祥事は全力でもみ消すのが警察組織の鉄則だ。花村はその場にいられなかったのだろう。

「おまえにしたって、本庁の監察記録に残るよりはましじゃないか」

「それはそうですが」

「じゃあ、ひとつ頼むよ」

「いやですよ。いやに決まってるでしょう」

「そう言うなよ。おれの立場もわかってくれ」

「そんな……」

「一身上の都合って書いてくれればいい」

「課長。わたしだって警察は長いんです。そうやって実際退職に追いこまれた例をいくらだって見てきたんですよ。冗談じゃない。たしかに少年たちに怪我を負わせたのは事実ですが、向こうが先に手を出したんですよ」

「それはわかっているさ」

「わかっているならどうして。些細なことじゃないですか。交通課《コウツウ》の連中が暴走族を痛めつけたとか、生活安全課《セイアン》の連中が補導した少年を道場で締めあげたとか、この手の案件はいくらだってあるでしょう」

「だから何度も言っているだろう。形だけだ。ある種のしきたりみたいなもんじゃないか。絶対おれが悪いようにはしない」

坂田がなだめるように言う。

九野は大きく息をつくと背もたれに身体を反らせた。目を閉じ、小さくかぶりを振る。なぜ自分がこのような立場に立たされることになったのか、なんとか考えようとするのだが、頭がうまく回らなかった。少年のうしろに有力者がいるとは考えにくく、自分が煙たがられる存在だとも思えなかった。ただひとつだけはっきりしているのは、上司の命令は宣告に近いということだった。抵抗を試みながらもそれが無駄であることは、警察組織の人間たる九野自身がいちばんよくわかっている。

「おまえを辞めさせはせんよ」坂田が急に真顔になって言った。「取り調べも形だけだ。もしかすると戒告とか減俸とかはあるかもしれんが、たいしたことじゃないだろう」

「……わけは教えてもらえないんですよね」

「わけなんて何もないさ」

「じゃあ課長の名で一筆書いてください。自分の依頼によって書かせたものだと」

「馬鹿言うな。そんなもん書けるか」

「形だけですから」目を細めて言った。

「ふざけるなっ」坂田がいきなり声を荒らげた。「貴様、上司をおちょくる気か。いやなら内勤にするぞ」坂田はこめかみを赤くし、九野を正面から見据えている。

「そもそもおまえが蒔いた種だろう。手帳を見せれば追っ払えるものを、ガキの喧嘩の相手なんかしやがって。尻拭いするおれの身になってみろ。誰が好きこのんで部下の退職願なんか預かるもんか」指先が小さく震えていた。

九野が気圧《けお》された形で黙る。坂田は自分の怒鳴り声に興奮したのか、一呼吸おいてまた言葉を連ねた。

「おまえは独り者だから強気だな。そうだよな、独身なら怖いもんはないだろう。自分の面倒を見ればいいだけだからな」つばきがテーブルの上に飛ぶ。「おまえ、本当はいつでも辞めてやるって気でいるだろう。そういうのは伝わるんだ」

「まさか。刑事なんか潰しはきかないし、リストラされやしないかってひやひやものですよ」

「嘘をつけ。八王子の土地持ちが。おれだって本庁に知り合いぐらいいるんだ。情報だって入ってくるんだ。何がリストラが心配だ」

「八王子？　何のことですか」九野が眉をひそめる。

「……あ、いや」坂田が急に声のトーンを落とした。ばつが悪そうに九野から目をそらす。「すまない……今のは取り消しだ。忘れてくれ」額には汗をかいていた。

「課長、いったい何のことですか」

「だからすまなかった。おれもどうかしてんだ」坂田は手の甲で額の汗を拭うと、大きく息を吸った。「ここんとこ本庁とうちとの関係がうまくいってなくてな、間に挟まれて気が立ってたんだ。つまりその……疲れてんだ。一週間、帰ってないしな」

坂田がそんな弱音を言うのは初めてだったので、少し意外な気がした。それにしても坂田は何のことを言ったのか。

「なあ、おれの頼みを聞いてくれるか」

「あ……ええ」九野は静かにうなずいて返した。

納得はしていないが、軽いあきらめがあった。花村が間違いなく辞めさせられるように、組織に抵抗して勝った人間はいないのだ。

「明日でいい。調書は空いている時間に係の人間と作ってくれ。本当に形だけだ。どっちもおれの部下だしな。だからハイテックス関連の捜査はこれまでどおり続けてくれればいい。……ああそうだ」思いだしたように顔をあげた。「おまえ、ハイテックスのことで何か話があるって言ってたな」

「はい、実は……」憂鬱な気持ちを抱えながら、話すタイミングとしてはちょうどいいかと妙なことを思った。

「放火のあった同日、ハイテックス本城支社に本社からの会計監査が予定されていたことがわかりました。第一発見者の及川茂則は経理課長です」

「会計監査だと」坂田がぎょろりと目を剝いた。

「一度参考人として呼んでみたいのですが」

「貴様、今日は何日だ」

「ですから、たぶんハイテックスの社員は気にも留めてなかったのでしょう」

「ふざけるな。答えろ。今日は何日だ」今度は顔全体を赤くする。

「四月の六日ですが」

「事件から十日も経って報告することか」

「向こうも重要なことだとは思ってなかったみたいです。それに本社の総務もあまり協力的ではなくて……」

坂田は黙ったまま耳をほじると、その指先をじっと見ている。

「こちらが退職者を優先して洗っていたということもあるのですが」ここは嘘を言った。

「で、どうなんだ。おまえの心証は」

「灰色です」クロと答えたかったが躊躇した。「支社をもう一度あたってみますが、小さな横領をしていた疑いがあります」

「なんだと」坂田が顔をしかめる。

「おそらく在庫品の横流しでしょう。支社内では噂になってます。流した先もほぼ特定できてます。本社は知らぬ存ぜぬですが」

「ほかにわかってることは」

「及川の当夜の宿直は予定外で、本人が申しでたものです」

「まったくもう……」低く呻き、両手で髪を引っ詰めるようにして押さえつけていた。「一件目はどうなんだ。それも第一発見者が臭うのか」

「その前日、妻に車を病院まで運ばせてます。確認済みです」

「本庁の野郎だな」

「はい？」

「あのひょろっと背の高い一課の男だ。あの野郎が引き延ばしやがったな」

「いえ、そんなことは」

「おまえ知ってるか」

「何をですか」

「四課の元気のいい奴が、取り調べ中に清和会幹部の鼻骨を折っちまいやがった」

「わたしよりやるじゃないですか」

「馬鹿野郎。ますますひっこみがつかないんだよ」

「たかがやくざに遠慮することもないでしょう」

「メンツの問題だ。それに弁護士も騒いでやがるんだ」

坂田はたばこに火を点けると、険しい顔で横を向いて何やら思案している。

「それで、及川を一度参考人として呼びたいのですが」

「ちょっと黙ってろ」紫煙をくゆらせ考えごとを続けていた。

こんなときなのに欠伸が込みあげてきた。腹に力を入れてかみ殺す。窓枠にはめ込まれた鉄格子が壁に影を映しだしていて、ぼんやり眺めていたらますます瞼が重たくなってきた。

昨日の睡眠時間を思った。たぶん横になっていたのが合計四時間ほどで、眠りに落ちていたのはその半分程度のものだろう。またしても薬が欲しくなった。

「管理官にはおれから言っておくが、第一発見者を参考人として呼ぶのは待て」坂田が低い声で言った。

「でも相手はど素人ですし、もしやったのなら、呼んでちょいと揺さぶれば」

「いいから言うとおりにしろ」不機嫌そうにたばこをもみ消す。

「泳がせろってことですか」

「ああ、そうだ」

「そうする意図がわからないんですが」

「命令だ。それまでちゃんと見張ってろよ」

坂田が立ちあがる。灰皿を手に九野を見おろし、「だから本庁の連中は好かねえんだ」と吐き捨てた。

「それから書類は明日書いて持ってきてくれ」

退職願とは言わずに、書類と言葉をはぐらかした。

坂田が肩をいからせて部屋を出ていく。九野は自分の置かれた立場を思ってみたが、事の重大性については正直なところ判断がつかなかった。警察組織の理不尽さはわかっているつもりでも、辞めさせられる理由などどこにもないだろうと自分に言い聞かせている。


「タイミングをずらしたいんでしょう、きっと」

服部は喫茶店のソファで長い足を組んで言った。九野が課長とのやりとりを聞かせると、及川を泳がせる理由に関して、時期の問題だと推察したのだ。

「清和会を締めつけるだけ締めつけておいて、はい人ちがいでしたじゃ連中も面目丸つぶれでしょう。少しは間をあけないと」そして愉快そうに白い歯を見せる。「藤井の馬鹿だろうなあ、幹部の鼻の骨を折ったっていうのは。目に浮かびますよ。すぐかっとなって被疑者を殴りとばすような単細胞だから」

服部はコップの水を飲み干すと、ソファに深く身を沈めた。九野はモーニングサービスのトーストにかじりついている。もっさりとしてなかなか喉を通らなかった。

及川の件を九野一人に報告させたことについて、服部は申し訳なさそうな顔ひとつしなかった。どうでした、と尋ねる物言いは、まるで麻雀の結果でも聞くような軽さだった。

「我々も、そろそろらくができるかな」と服部。

「らくができるとは？」

「上層部がぼくらだけにやらせるわけがないでしょう。ハイテックスの洗いだしには別の班が組まれるんじゃないかな。手柄の匂いがするところには、わっと寄ってくるもんですよ」

「まあ、確かに」

「及川は今日、退院だそうです。さっき病院に問い合わせました。さっそく家庭訪問といきましょう」

「……わかりました」

「いや、それより病院の前で快気祝いでもしてやったほうがいいかな」

及川の妻の顔が浮かんだ。夫が退院となれば当然妻も迎えに来ていることだろう。

「こっちは何でも知ってるぞってところを見せたほうがいいでしょう。声をかけるだけでも及川は動揺すると思うんですよ」

ついでに妻の顔もこわばるにちがいない。

「いっそ観念してくれるとありがたいんですけどね。管理官に伝わったとなりゃあ待つ必要もないし」

九野が食べ終わるのを見ると、服部が伝票を手に立ちあがった。「こっちの経費で落としますよ」そう言ってレジに歩く。気のせいかその足取りは軽やかに見えた。

喫茶店を出て車に乗りこんだ。多少は遠慮があるのか服部がハンドルを握った。街路樹の桜はすでにあらかた散っていて、ところどころに緑の芽が吹いている。どういうわけか、またしても及川の妻のことを思った。あの家族も今年は花見をしていないだろう。子供は春休みだったが、行楽地にも行けないでいたのだ。

「服部さん。子供がいたら声かけるのやめましょう」九野はそんなことを口にしていた。

「どうして」

「いい趣味とは言えないでしょう」

服部はしばらく黙ったのち「了解」と答えた。続けて「情けは禁物なんだけどな」とひとりごとのように言った。

車は病院の駐車場に入れた。職員や見舞い客の車ですでに半分ほどが埋まっている。正面玄関が見渡せるスペースに入れた。そしてあたりを見渡すと、及川の白のブルーバードがすでに停めてあった。おそらく妻が迎えに来ていて、退院の手続きでもしているのだろう。

「会社の人間は来てるんでしょうかねえ」

九野は助手席の窓を開けた。外の空気を入れて眠気を覚ましたかった。

「どうでしょう。支社の人間は触らぬ神に祟《たた》りなしだろうし、本社には頭痛のタネだろうし。来ないんじゃないですか。組織なんてそんなもんでしょう」

ふと横を見ると、二十メートルほど離れたところにワゴンが停まっていた。病院の駐車場にはふさわしくない大型のもので、窓には黒いシールドが張られていた。

「及川も一生冷や飯暮らしになるわけか」服部がつぶやいている。

なにげなくその方向に目をやっていると、真ん中の窓が三分の一ほど開き、そこから何かのレンズがのぞいた。人影も見える。

「おっ、出てきましたよ」

服部に言われて視線を移す。病院の正面玄関に及川が家族とともに現れた。子供たちの笑い顔が目に飛びこんだ。

「あーあ。ガキがいやがる」服部が舌打ちする。「でも、やっぱり声だけでも――」

「服部さん。テレビ局が来てます」九野が言った。ドアのレバーに伸ばしかけた服部の手が止まる。「駐車場の奥です。大型のワゴン。窓からレンズがのぞいてます」

そのとき別の方角からかすかなシャッター音が響いた。あわてて振りかえると、数メートル離れた車の陰にカメラをかまえた男の姿があった。

「なんてこったい」服部が顔を歪めた。「おれたちゃ朝からつけられてたのか」

二人で車から降りた。

「ほかにもいますか」と服部。

「いや、二社だけのようです」周囲を見渡したが、ほかに変わった様子はなかった。

「じゃあ九野さんはワゴンを頼みます。ぼくはカメラマンを追っ払います。あいつは東京タイムスの野郎だ」

九野は身を低くすると車を離れ、半円を描くように遠回りしてワゴンへと向かった。やはり子供のいる前で及川に気づかれたくはなかった。

車の間を縫うようにして足早に進み、裏側からワゴンに近づく。向こうも九野たちの動きを視野に入れていたのか、こちらが声をかける前に助手席の窓が開き、報道記者と思われる男が顔を出した。

「あんたら、どこの社だ」

「NBCです。及川の逮捕状が出たそうですね」

まだ二十代半ばとおぼしき記者が、どこで覚えたのか一丁前にカマをかけてきた。

「ふざけるな」九野がとがった声を出す。

「でも請求はしたんでしょう」

「聞いたふうな口を利くな。退院したんであらためて事情を聞くだけだ」

「放火のあった当日はハイテックス本社からの会計監査が予定されていたそうですが」

「それよりカメラを止めろ」

「第一発見者の当夜の宿直は自ら申し出たものだそうですね」

「いいからカメラを止めろ」

記者はしばらく黙ると、身体を捻り、後席のカメラマンに手で合図をした。カメラが降ろされ、窓が閉められる。

そのとき、ワゴンのすぐ前を及川とその家族が通り過ぎていった。親子四人で楽しげに歩いている。顔をそむけ、視線を合わさないようにした。

一家のうしろ姿にそっと目をやる。男の子が父親にまとわりつき、甲高い笑い声がこちらにまで届いた。そして四人の乗りこんだ乗用車はゆっくりと駐車場から出ていった。

首を伸ばして通路の反対側を見る。服部がカメラマンの前に立ちはだかっていた。

「九野さん」記者が口を開く。「及川を任意で呼ぶ予定だったんじゃないですか。いいんですか、行かせて」

「そんな予定はない」

「家宅捜索のほうはどうですか」

若い記者がメモ帳を広げて、九野の次の言葉を待っている。ペンを持つ指は子供のように幼かった。

ひとつ息をついた。あまり頑《かたく》なな態度はまずいと思い、口調を変えた。

「そんな予定はないよ」苦笑いも浮かべた。「あんたら、あんまり先走ったことしないでくれよな。子供まで撮っただろう」

「もちろん人権には配慮します。それに映像は逮捕時まで流しません」

「それが先走ってるっていうの。第一発見者はあくまでも大勢いる参考人の中の一人なんだから」

「でも重要参考人ですよね」

「重参《ジュウサン》でもないさ」目を伏せ、もう一度笑ってみせた。

これ以上しゃべって言質をとられたくないので、九野はその場を離れることにした。

離れ際、振りかえって「おれらをつけてたの？」と聞いた。

「内緒です」

おそらく駆けだしなのだろう、まだうっすら伸びた髭《ひげ》も産毛《うぶげ》に近いような記者が、硬い表情で答えていた。

車に戻ると、ボンネットに腰をおろした服部が外国人みたいに首をすくめていた。

「これは報告したほうがいいかな」

まるで他人事でもあるかのように、眩しそうに春の陽を浴びている。


その夜の会議で、管理官は第一発見者について何も触れなかった。手短に清和会への家宅捜索の指示を出すと、あとはもっぱら四課の部下の報告に聞き入っていた。

九野とは目を合わせなかった。と言うより眼中にないのだろう。服部には一瞥を投げかけ、かすかに表情を険しくしていた。

夜張りを解除したのは坂田課長の命令によってだった。若い奴をあててやると、なぜか九野を気遣うようなことを言った。

そして久しぶりに早い時間に、自宅マンションに帰ると、脇田美穂がエントランスホールにたたずんでいた。

「ああ、よかった」美穂が声を発した。「署に泊まりだったらどうしようと思ってた」

天井からの白熱灯を浴びて、顔に濃い陰影がある。

「ねえ、ちょっと話聞いてよ」

影ではない。美穂の目の縁には青い痣《あざ》ができていた。

「どうした、その顔は」

「聞かなくたってわかるでしょう。あのおやじ、狂ってるよ」

「花村か」

「そうよ」美穂が顎を突きだす。「どうしてくれるのよ。当分お店にも出られないじゃない」

九野はそれには答えないで屈みこみ、「医者には行ったのか」と顔の痣に触れた。

「もう閉まってるよ。明日にでも行く。それよりわたし被害届出すから、九野さん手続きしてよね」

「おれが？」

「だってわたし、署には行きづらいじゃない。知った顔ばっかだし。九野さんが調書取ってなんとかしてよ」

「そんなことしたら、花村氏、余計に狂っちまうぞ」

「知らないよ、そんなこと。どうせ馘なんでしょ」

「しかし……」

「ねえ、今夜泊めてよね」美穂は急に甘い声を出し、九野の腕をとった。

「まずいよ」

「じゃあわたしどうするのよ。あのおやじ、うちの合鍵持ってんだよ。ねえお願い」

そう言って腕を揺すっている。

　とりあえず部屋に入れることにした。もっとも泊めるつもりはない。花村が知った場合どうなるか容易に想像がつく。二人でエレベーターに乗った。

　美穂は部屋に入るなり洗面所に駆けこみ、鏡を見て「うわっ」と声をあげた。

「さっきより黒くなってる。ひどいよ、これ」

　そばにあったタオルに水を含ませ目に当てる。居間に移動してソファに腰をおろし、ため息をついた。

「この部屋、たばこ吸っちゃいけないんだっけ」

「いいよ」戸棚にしまってあった灰皿を出してやった。

　美穂は細いメンソールたばこに火を点けた。赤いマニキュアが目に飛びこむ。

「女に暴力をふるうとは許せんな」ありきたりの慰めを口にした。

「でしょう。やっぱ九野さん、やさしい」唇をすぼめて紫煙を吐いた。その仕草は水商売の女そのものだった。「もう家に来ないでほしいって言ったら、おれに内緒で九野と会ってるだろうって。疑ってんの。頭に来て『そんなのわたしの自由でしょ』って言ったら、ものも言わずにパンチが飛んできて、それで逃げてきたの」

「おい……」ゆっくりと血の気がひいていった。「なんで否定しない」

「だって、いいかげんいやになったんだもん」

九野が立ちあがる。耳を澄ました。

「どうしたの」

「黙ってろ」

そっと玄関まで歩いた。レンズに目をあて外をのぞく。何も映ってはいなかった。念のためにドアを開けてみる。夜風が入りこんできた。

そのまま外廊下に立ち、手摺《てす》りから下を見る。街灯の下に人が立っていた。

花村だとすぐにわかった。こちらを見ている。

調べて来たのか。同僚の住所ぐらいすぐに割れる。

二十メートル以上離れているはずなのに、目の色までわかった。

脱力感に襲われた。馬鹿は手に負えないな。心の中でつぶやいていた。

花村が踵をかえす。ゆっくりと離れていき、道に停めてあったベンツに乗りこんだ。野太いエンジン音が静かな住宅街に響き渡った。

「ねえ、どうしたの」部屋の中から美穂の声がする。

九野は部屋に戻り、不安げな顔の女に「泊まっていってもいいぞ」と言った。

美穂の表情が愛らしく緩んだ。

（下巻へつづく）

■本書は、二〇〇一年四月小社より単行本として刊行され、二〇〇四年三月に講談社文庫に収録されたものの新装版です。
■この作品はフィクションです。登場する団体、名称、人物等は、実在のものとは関係ありません。

|著者| 奥田英朗　1959年岐阜県生まれ。プランナー、コピーライター、構成作家を経て1997年『ウランバーナの森』でデビュー。第2作の『最悪』がベストセラーとなる。続く『邪魔』（本書）が大藪春彦賞を受賞。2004年『空中ブランコ』で直木賞、2007年『家日和』で柴田錬三郎賞、2009年『オリンピックの身代金』で吉川英治文学賞を受賞した。その他の著書に、『マドンナ』『ガール』『イン・ザ・プール』『町長選挙』『東京物語』『サウスバウンド』『ララピポ』『無理』『純平、考え直せ』『噂の女』『沈黙の町で』『ナオミとカナコ』『ヴァラエティ』『向田理髪店』『罪の轍』『コロナと潜水服』などがある。

邪魔《じゃま》（上）　新装版《しんそうばん》

奥田英朗《おくだひでお》

講談社文庫

定価はカバーに
表示してあります

2021年3月12日第1刷発行

発行者――渡瀬昌彦
発行所――株式会社　講談社
東京都文京区音羽2-12-21　〒112-8001
電話　出版（03）5395-3510
　　　販売（03）5395-5817
　　　業務（03）5395-3615

Printed in Japan

デザイン―菊地信義
本文データ制作―講談社デジタル製作
印刷――凸版印刷株式会社
製本――株式会社国宝社

ISBN978-4-06-522612-4

講談社文庫刊行の辞

二十一世紀の到来を目睫に望みながら、われわれはいま、人類史上かつて例を見ない巨大な転換期をむかえようとしている。

世界も、日本も、激動の予兆に対する期待とおののきを内に蔵して、未知の時代に歩み入ろうとしている。このときにあたり、創業の人野間清治の「ナショナル・エデュケイター」への志を現代に甦らせようと意図して、われわれはここに古今の文芸作品はいうまでもなく、ひろく人文・社会・自然の諸科学から東西の名著を網羅する、新しい綜合文庫の発刊を決意した。

激動の転換期はまた断絶の時代である。われわれは戦後二十五年間の出版文化のありかたへの深い反省をこめて、この断絶の時代にあえて人間的な持続を求めようとする。いたずらに浮薄な商業主義のあだ花を追い求めることなく、長期にわたって良書に生命をあたえようとつとめるところにしか、今後の出版文化の真の繁栄はあり得ないと信じるからである。

同時にわれわれはこの綜合文庫の刊行を通じて、人文・社会・自然の諸科学が、結局人間の学にほかならないことを立証しようと願っている。かつて知識とは、「汝自身を知る」ことにつきていた。現代社会の瑣末な情報の氾濫のなかから、力強い知識の源泉を掘り起し、技術文明のただなかに、生きた人間の姿を復活させること。それこそわれわれの切なる希求である。

われわれは権威に盲従せず、俗流に媚びることなく、渾然一体となって日本の「草の根」をかたちづくる若く新しい世代の人々に、心をこめてこの新しい綜合文庫をおくり届けたい。それは知識の泉であるとともに感受性のふるさとであり、もっとも有機的に組織され、社会に開かれた万人のための大学をめざしている。大方の支援と協力を衷心より切望してやまない。

一九七一年七月

野間省一

講談社文庫 最新刊

青木祐子
コーチ！〈はげまし屋・立花ことりのクライアントファイル〉
オンライン相談スタッフになった、惑う20代女性のことり。果たして仕事はうまくいく？

真保裕一
アンダルシア〈外交官シリーズ〉
欧州の三つの国家間でうごめく謀略に「頼れる外交官」黒田康作が敢然と立ち向かう！

柳広司
風神雷神(上)(下)
天才絵師、俵屋宗達とは何者だったのか。美術界きっての謎に迫る、歴史エンタメの傑作！

田中芳樹
新・水滸後伝(上)(下)
過酷な運命に涙した梁山泊《りょうざんぱく》残党が再び悪政と対峙する。痛快無比の大活劇、歴史伝奇小説。

北森鴻
桜宵〈香菜里屋シリーズ2〈新装版〉〉
マスター工藤《くどう》に託された、妻から夫への「最後のプレゼント」とは。短編ミステリーの傑作！

創刊50周年新装版

島田荘司
暗闇坂の人喰いの木〈改訂完全版〉
刑場跡地の大楠の周りで相次ぐ奇怪な事件。名探偵・御手洗潔が世紀を超えた謎を解く！

奥田英朗
邪魔(上)(下)〈新装版〉
ささいなきっかけから、平穏な日々が暗転する。人生のもろさを描いた、著者初期の傑作。